# DER KALTE
# HIMMEL

# ANDREA STOLL

# DER KALTE HIMMEL

Roman

Weltbild

Besuchen Sie uns im Internet:
*www.weltbild.de*

Genehmigte Lizenzausgabe für Verlagsgruppe Weltbild GmbH,
Steinerne Furt, 86167 Augsburg
Copyright der Originalausgabe © 2011 by Wilhelm Goldmann Verlag,
München, in der Verlagsgruppe Random House GmbH
Umschlaggestaltung: *zeichenpool, München
Umschlagmotiv: Getty Images, München (© Angela Lumsden),
www.shutterstock.com
Gesamtherstellung: GGP Media GmbH, Pößneck
Printed in the EU
ISBN 978-3-86365-551-8

2016  2015  2014  2013
Die letzte Jahreszahl gibt die aktuelle Lizenzausgabe an.

Erst als sie ihre Hände am Küchentuch abstreifte, fiel ihr auf, wie still es war. Nur das Ticken der Wanduhr war zu hören. Das Wachstuch auf dem Esstisch der Familie war noch feucht, gerade erst hatte sie mit einem nassen Lappen die letzten Krümel aufgewischt, die Kaffeetassen gespült und die Holzbrettchen, die die Kinder für ihre Brote nahmen, zum Trocknen in das Hängeregal geschoben.

Nicht, dass etwas anders gewesen wäre an diesem Morgen, alles war wie immer. Nur der Himmel lag heute besonders schwer über den Feldern, grau und bleiern, wie seit Tagen schon. Auch das war nicht ungewöhnlich für Anfang November. Die ersten Herbststürme hatten das Blattwerk von den Hopfenstangen gefegt, der von den Regengüssen der letzten Wochen aufgeweichte Boden war durch den frühen Frost hart und rissig geworden. Man musste aufpassen, wenn man nicht umknicken wollte.

Marie dachte daran, wie sie Felix an diesem Morgen seine knöchelhohen Lederstiefel besonders fest zugebunden hatte. Wie immer war dem Sechsjährigen das Anziehen schwergefallen. Es war ihm sichtlich unangenehm, wenn sie an ihm herumzupfte. Felix wand sich auf der kleinen Holzbank im Flur des Bauernhauses; er wehrte sich, bis sie schließlich energischer wurde.

»Warte«, sagte sie erst leise, dann etwas lauter, »warte, so warte halt.«

Der Knoten musste doppelt gebunden werden, denn wenn Felix einmal draußen war, vergaß er oft Raum und Zeit. Er achtete nicht auf die Wege, und nur die Schläge der Kirchturmuhr vom nahen Dorf, die bei günstigem Wind auch auf den entferntesten Feldern zu hören waren, erinnerten ihn mitunter daran, dass es Zeit war, nach Hause zu gehen. Doch verlassen konnte man sich darauf nicht. Oft schlug Marie das Herz bis zum Hals, weil Felix auch nach Einbruch der Dunkelheit noch nicht zu Hause war. Dabei wusste sie genau, wie leicht er sich von seinen Beobachtungen fesseln ließ, wie vollständig er alles vergaß, was andere Menschen von ihm erwarteten, sobald ein Holzstöckchen am Wegrand, ein totes Tier auf der Wiese oder das Spiel des Windes in den Bäumen seine Aufmerksamkeit gewann.

Die Stille, die Marie in ihrem leeren Haus fühlte, war so überwältigend, dass ihr ganz schwindlig wurde. Es war die Art von Stille, in der lange zurückgedrängte Gedanken plötzlich Gestalt annehmen. Wie die Wolken am Himmel ballten sich diese Gedanken in ihr zusammen, unruhig trieben sie in ihr voran, und doch hätte sie sie nicht in Worte fassen können.

Später würde ihr Paul erzählen, dass in diesem Moment der Stille Felix wie so oft die Hopfenfelder querfeldein gerannt war. Auch das war nicht ungewöhnlich, denn wann immer sie an ihren Sohn dachte, hatte sie das Bild des laufenden Felix vor Augen. Mehr noch, sie spürte den seltsam wiegenden Rhythmus seiner Bewegung, fühlte, wie er seine Arme dabei immer wieder schwingen ließ und auf den Ballen seiner Füße im Laufen hoch- und niederwippte. Nie zuvor hatte sie diese Bewegung bei einem anderen gesehen, eine Bewegung, die eigentlich an keinen Menschen, sondern eher an einen Vogel erinnerte.

Vogelartig, ja, das war es, durchzuckte es sie, ein seltsamer Vogel, ja, das war er, ihr Sohn, und noch während sie über diesen Ausdruck nachdachte, strömte ein warmes Gefühl aus der Mitte ihres Körpers in ihr auf, ein Gefühl, das sie schon in den ersten Wochen nach seiner Geburt verspürt hatte, wenn sie dieses Kind betrachtete, das so anders schien, ohne dass sie genau hätte sagen können, was denn anders an ihm war. Nie hatte Felix wie seine älteren Geschwister ihren Blick gesucht, wenn er an ihrer Brust lag, immer ging sein Blick nach innen, immer war er ganz auf sich und seine Bedürfnisse ausgerichtet. Auch als Kleinkind und später als Junge schien für Felix nur das, was seine Neugierde erregte, der alleinige Kompass seines Handelns zu sein. Was die Menschen um ihn herum taten oder sagten, kümmerte ihn kaum, oft schien es, als würde er durch sie hindurchschauen.

Seine beiden älteren Geschwister hatten bald das Interesse an ihm verloren, Felix war einfach kein Kind, das man an sich drücken und herumwirbeln konnte, und auch die üblichen Kinderspiele, die Lena und Max erst eifrig und dann zunehmend lustlos an ihm exerzierten, funktionierten einfach nicht. »Ochs am Tor, jetzt mach schon! (…) Anschlagen musst du halt, schau, wir zeigens dir! (…) So schwer ist das doch nicht. (…) Schau halt zu!« Doch Felix fing an zu weinen, bis sie ihn ausließen, und sobald er alt genug dafür war, lief er seinen Geschwistern einfach davon.

Stundenlang saß er dann im Schuppen und beobachtete, wie die um den Hof wandernde Sonne durch die silbrig schimmernden und über die Jahre rissig gewordenen Holzwände ihre Lichtspiele auf den leergefegten Boden warf. Oder er legte die in der Scheune eines Hopfenbauern immer reichlich vorhandenen Hölzer zu meterlangen Mustern zusammen, die er sich so und nicht anders ausgedacht hatte und deren Ordnung ihn stundenlang zu fesseln vermochte.

Und doch hatte sich in Marie die Bewegung seines Vogelspiels zu einem Bild verfestigt, das stärker als alle anderen das Rätsel seines Wesens fühlbar werden ließ. Erst im wiegenden Rhythmus seiner schwingenden Bewegung schien er ganz er selbst zu sein, frei und sicher zugleich, wie sie ihn sonst nie erlebte.

\*

Der Dieselmotor von Sepps Laster war eines der Geräusche, das die Aufmerksamkeit eines jeden normalen Jungen auf sich gezogen hätte. An diesem Tag hatte es sich Paul nicht nehmen lassen, den Magirus-Deutz selbst zu steuern, um die gebraucht gekaufte Hopfenmaschine, auf die er schon seit Monaten ein Auge geworfen hatte, sicher nach Hause zu bringen.

»Sauber«, grinste Paul und zündete sich im Führerhaus eine Zigarette an.

Wie zur Bestätigung echote Sepp einen von Pauls Lieblingssprüchen. »Siehst du, der Aufschwung ist für alle da!«

»Sag ich doch«, jubelte Paul und nahm nun die Abzweigung von der Landstraße, die direkt zu seinem Hof führte. Hier gab er noch einmal Gas.

»Da wird die Marie aber Augen machen«, legte Sepp nach, doch diesmal lächelte Paul nicht, sondern trat nur erneut tüchtig aufs Gaspedal.

In diesem Moment sah er, wie aus dem Nichts ein Schatten aus dem nahen Hopfenfeld geflogen kam. Felix.

Der Schrei, von dem Paul später nicht mehr wusste, ob er aus seinem Mund oder aus Sepps gekommen war, rauschte in seinen Ohren, als er die Doppelachsen des Magirus-Deutz mit mehr als zwanzigtausend Kilo Gesamtgewicht zu einer ohrenbetäubendem Vollbremsung brachte.

*

9

Kaum mehr als einen Kilometer entfernt stach Marie gerade im Gemüsegarten den Rotkohl für das Mittagessen, als sie den Postboten schon von weitem auf den Hof zu radeln sah. Bis zum Mittag wollten ihre Schwiegereltern, die zu einem Krankenbesuch in die nahe Kreisstadt gefahren waren, wieder zu Hause sein, und auch Lena und Max wären dann von der Schule zurück.

Wie still es war, wenn die anderen fehlten. Ihre Schwiegermutter Elisabeth verließ den Hof fast nie, und auch ihr Schwiegervater Xaver war seit seinem Rückzug aufs Altenteil kaum mehr über die Dorfgrenze hinausgekommen.

Ganz gegen seine Gewohnheit hatte auch ihr Mann Paul den Hof heute in aller Herrgottsfrühe verlassen. Sogar den Kaffee, den sie jeden Morgen frisch für ihn aufbrühte, hatte er achtlos stehen lassen. In kleinen Schlucken hatte sie ihn dann lauwarm ausgetrunken, während sie das Frühstücksgeschirr beiseiteräumte.

»Frau Moosbacher?«

Marie lief dem Postboten entgegen und legte den Rotkohl auf die Bank vor der Haustür.

»Des müssen's quittieren.«

Marie schielte auf das Einschreiben, bevor sie sich die Hände an ihrer Schürze abwischte. Ein Stempel mit dem Aufdruck »Kreisschulbehörde Hollertau« war als Absender zu lesen. Rasch griff Marie nach dem Kugelschreiber und quittierte das Schreiben.

*

Auf der Landstraße, die zum Hof führte, stand die Tür des Fahrerhauses weit offen, als Paul zu Tode erschrocken vor seinem Sohn auf die Knie ging. Sepp saß noch immer reglos auf dem Beifahrersitz und sah, wie sein Freund am ganzen Körper zitterte.

Paul umschlang seinen Jungen und hielt ihn so fest er konnte. Felix verharrte stocksteif in seinen Armen und starrte dabei auf das überdimensional verlängerte M des Kühlergrills. Seine Augen hielten sich daran fest, während sein Vater gleichzeitig schrie und schluchzte. Im Gegensatz zu sonst wehrte sich Felix nicht. Er blieb einfach stehen und ließ den Ausbruch über sich ergehen.

Irgendwann lockerte Paul seine Umarmung und suchte Felix' Blick. Doch je mehr sich sein Gesicht dem seines Sohnes näherte, umso bemühter starrte Felix an ihm vorbei. In den Augen des Jungen erkannte Paul die Ratlosigkeit eines Menschen, der sich im Nebel verlaufen hatte. Aber hier war kein Nebel. Der leichte Dunst des frühen Morgens hatte sich verzogen, und unter dem grauen Himmel traten die Konturen dunkel und scharf hervor.

Was war nur mit diesem Jungen los? Wie hatte er den Dieselmotor nicht hören können? Wo verdammt war er mit seinem Kopf gewesen, um alles, aber auch alles um sich herum so zu vergessen, dass er um ein Haar überfahren worden wäre? Und das von seinem eigenen Vater!

»Paul? Alles in Ordnung, Paul?« Sepps Stimme holte ihn wieder in die Realität zurück.

Endlich ließ Paul seinen Sohn los. Doch als Felix diesen Moment nutzen wollte, um sich so schnell wie möglich von seinem noch immer aufgelösten Vater zu entfernen, packte ihn Paul erneut.

»Nichts da, mein Freund! Du fährst mit uns nach Hause. Und da bleibst für heute, haben wir uns verstanden?«

*

Marie zog das kleine Holzmesser aus der rechten Schublade des Küchenschrankes und schlitzte den Umschlag hastig auf. »Einschulung Felix Moosbacher« stand da. Noch im Lesen ließ sich Marie auf einen Küchenstuhl fallen und legte den Umschlag fast mechanisch auf den Tisch. Der Termin war für den 8. Januar 1968 angesetzt. In weniger als einer Woche würde die dafür notwendige Schuluntersuchung stattfinden.

Marie war so in ihre Gedanken versunken, dass sie kaum hörte, wie der alte Ford ihrer Schwiegereltern in den Hof einfuhr. Bei ihrer Rückkehr aus der nahen Kreisstadt hatten sie den zehnjährigen Max und seine zwei Jahre jüngere Schwester von der Schule abgeholt. Marie zuckte zusammen, als draußen eine Autotür zuschlug. Sie würde sich mit dem Mittagessen beeilen müssen.

Elisabeth öffnete gerade die Haustür, als ein ohrenbetäubendes Getöse den Hof erfüllte. Schnell ließ Marie das Schreiben in der Tasche ihrer Schürze verschwinden und rannte in den Flur. Ungläubig schob sie sich an ihrer Schwiegermutter vorbei in den Türrahmen und starrte sprachlos auf den Laster mit der Erntemaschine.

Max, der eben noch mit seinem Großvater gesprochen hatte, ließ seinen Ranzen achtlos auf den Boden fallen und rannte auf Sepps Laster zu, bei dem sich soeben die Tür des Fahrerhauses geöffnet hatte. Max' Stimme überschlug sich fast vor Aufregung.

»Mensch, Papa! Was ist das denn?«

Sichtlich stolz sprang Paul aus dem Führerhaus.

»Eine Hopfenmaschine, Bub. Sauber, was?«, antwortete er.

Auch Sepp war nun von der Beifahrerseite aus herausgeklettert. In diesem Moment registrierte Marie überrascht, dass Paul ihrem Jüngsten aus dem Laster half. Paul genügte ein Blick zu seiner Frau, um zu ahnen, was in ihr vorging.

»Was machst du denn für ein Gesicht? Ich dachte, du freust dich!«

Marie verzog keine Miene, doch Paul wusste nur zu gut, dass es in ihr brodelte.

»Der Sepp hat mir beim Motoren-Fissler einen Extra-Rabatt ausgehandelt«, legte er nach.

Doch Marie dachte nicht daran, ihre Meinung hier vor allen anderen auszubreiten. Auch ohne sich umzusehen wusste sie nur zu gut, dass alle Augen und Ohren der hier Versammelten auf sie gerichtet waren. Sie spürte die Blicke ihrer Schwiegermutter in ihrem Rücken und schaute zum alten Xaver hinüber, der seine Kappe inzwischen abgenommen hatte und sie nachdenklich in den Händen knetete. Die kleine Lena starrte mit offenem Mund von einem zum anderen. Allein Felix hatte sich aus der versammelten Runde gelöst und schlich, ohne sich noch einmal umzudrehen, auf die Scheune zu.

»Wo habt ihr denn den Felix aufgegabelt?«, fragte Marie ihren Mann.

Paul warf Sepp einen raschen Blick zu. »Auf der Landstraße. Er ist mir fast in den Wagen gelaufen. Damisch wie ein Schlafwandler.«

Marie sah ihren Mann schweigend an. Dann drehte sie sich um und ging zurück ins Haus.

In der Küche hatte Elisabeth bereits den vorbereiteten Hackbraten in den Ofen geschoben und das Rotkraut in Salzwasser gelegt. Schweigend deckte Marie den Tisch und sah durch das Küchenfenster, wie die Männer draußen mit dem Abladen begannen. In ihrem Kopf hämmerte es. Was hatte Felix auf der Landstraße zu suchen gehabt?

Sie konnte die Augen nicht länger davor verschließen, dass seine Erkundungsgänge immer weiter führten und seine Ausflüge nicht mehr zu kontrollieren waren. Es wurde höchste Zeit, dass Ordnung in seine Tage kam. Es wurde Zeit für die Schule.

Gemeinsam mit den Kindern blieb Xaver draußen stehen und beobachtete, wie die Maschine vom Hänger in den Hof rollte. Da stand sie nun und bot ein beeindruckendes Bild. Sie war größer als jeder Traktor und mächtiger, als sie Xaver von der Landwirtschaftsschau im letzten Jahr in Erinnerung hatte. Natürlich ließ sich sein Sohn davon beeindrucken. Doch womit um alles in der Welt wollte er das Ding bezahlen? Xaver war nicht entgangen, dass Paul seit seiner Ankunft auf dem Hof seinen Blicken ausgewichen war.

»Hast du im Lotto gewonnen oder was?«, fragte er.

Pauls Augen wurden schmal. Er hasste es, wenn ihn sein Vater wie ein kleiner Junge behandelte.

»Das nicht. Aber einen Hopfenpreis auf die heurige Ernte ausgehandelt, von dem du nur hast träumen können.«

Xaver sah seinen Sohn nachdenklich an. Dass die Brauereibesitzer ihr Herz für einen jungen Bauern entdeckten, wäre ihm in der Tat neu.

*

Durch die Holzwände der Scheune drangen vereinzelte Lichtstrahlen, die über Felix' gesammelte Stöckchen hinwegwanderten. Er hatte seine Fundstücke zu einem großen geometrischen Muster auf dem Boden gruppiert und schob nun, einem inneren Bild folgend, Stöckchen für Stöckchen hin und her. Mit jeder seiner Bewegungen wirbelte er ein wenig Staub auf, so dass sich bald ein zarter Schleier über das von ihm geschaffene Bild leg-

15

te. Die wenigen Sonnenstrahlen, die die Wolkendecke in der Hollertau gegen Mittag endlich durchbrechen konnten, irrlichterten über dem Boden und fesselten die ganze Aufmerksamkeit des Jungen.

Als sich ein großer Schatten über sein Bild schob, erschrak Felix. Sein Großvater stand hinter ihm.

»Warum legst du immer genau elf Stöckchen zusammen?«, fragte er.

Felix hob sein Gesicht. Doch er suchte nicht den Blick seines Großvaters, seine Augen verloren sich in den Lichtstrahlen, die aus den Wandritzen in den Raum flirrten.

»Die Elf ist groß und freundlich«, sagte er ruhig. »Und sie ist gelb.«

»Gelb wie die Sonne?«, fragte Xaver.

»Ja«, antwortete Felix. »Wie die Sonne.«

*

Anders als in den Sommermonaten, wo die Männer ihre Vesper häufig auf den Hopfenfeldern verzehrten, versammelte sich die Familie in den Wintermonaten jeden Mittag um den Esstisch in der warmen Küche.

Der Hackbraten dampfte bereits auf der Platte, doch vor dem Austeilen sprach die Familie wie immer das Tischgebet. Ihre Stimmen murmelten ineinander, alle, auch die Kinder hielten die Hände gefaltet.

Alle außer Felix. Seine ganze Aufmerksamkeit hatte sich diesmal auf den Salzstreuer gerichtet. Marie bemerkte als Erste, wie seine kleine rechte Hand über den Tisch auf das Tongefäß zu wanderte. Das Gebet neigte sich bei den Worten »Gott, von dem wir alles haben, danken wir für seine Gaben« bereits seinem Ende zu, als Elisabeth energisch nach den Fingern des Jungen griff und sie gewaltsam zusammendrückte.

»So macht man das!«

»Amen«, schlossen sie alle.

»Jetzt lass doch den Jungen«, sagte Xaver.

Scheinbar unbeeindruckt von all dem begann Marie, das Essen auszuteilen, als Elisabeth ihrem Zorn über Felix erneut Luft machte.

»Wer nicht beten kann, braucht auch nicht essen«, hob sie an, als ihr Xaver mit einem energischen »Elisabeth!« ins Wort fiel.

Keiner der anderen sagte ein Wort. Schweigend aßen sie ihren Braten.

Als Felix ein Stück über den Teller rutschte, schob es die neben ihm sitzende Lena rasch mit ihrer eigenen Gabel zurück. Marie warf ihrer Tochter einen dankbaren Blick zu. Sie wusste nur zu gut, dass sie von Paul gar nicht erst erwarten durfte, dass er sich offen gegen seine Mutter stellte. Also hatte sie sich schon vor langer Zeit angewöhnt, diese Dinge einfach zu ignorieren. Elisabeth stammte aus einer anderen Zeit. Marie aber erzog ihre Kinder, wie sie es für richtig hielt. Den Diskussionen ging sie so gut wie möglich aus dem Weg.

»Ein Einschreiben ist heute gekommen«, sagte sie. »Der Felix wird im neuen Jahr eingeschult.«

Elisabeth warf ihrem Sohn einen alarmierten Blick zu, der Marie nicht entging. Paul wich dem Blick seiner Mutter aus. Sein Gesicht war ernst. Marie schluckte und sah fest in die Runde.

»Am achten Januar kommt er in die Schule.«

»Na, ja«, sagte Xaver und blickte seinen Enkel aufmunternd an. »Rechnen kann er ja schon.«

*

»Eins, zwei, drei, vier Eckstein, alles muss versteckt sein«, rief Max und stützte sich mit der rechten Hand gegen die alte Linde, während er sich mit der linken Hand die Augen zuhielt.

Wie so oft hatten sich einige Dorfkinder zum Spielen auf dem Moosbacher Hof eingefunden. Auf dem weitläufigen Gelände, das von einem kleinen Weiher zum Dorf hin begrenzt wurde, maßregelte sie niemand. Das Herumtoben der Kinder gehörte hier auf dem Hof einfach dazu, selbst Elisabeth verlor kein Wort, wenn das Schreien und Rufen wieder einmal überhandnahm. »Ein gesundes Kind gehört nach draußen«, sagte sie dann und konnte nicht begreifen, dass sich ihr jüngster Enkel am liebsten in die Küche zurückzog, wenn der Tumult vor der Tür einem neuen Höhepunkt zustrebte.

Am liebsten saß Felix dann vor dem Radio und hörte sich die Wetterberichte der Region an. Das Zahlenschreiben hatte er sich bei seinen älteren Geschwistern abgeschaut und notierte Tag für Tag die vorausgesagten Niederschlagsmengen, die Sonnenstunden und die Windrichtung für das Hopfengebiet. Marie hatte ihm extra dafür ein Schulheft gekauft, das er unermüdlich mit den neuesten Daten füllte. Das Beeindruckendste aber war, dass Felix alles, was er in sein Heft notierte, auch sofort auswendig dahersagen konnte. Oft machten sich seine älteren Geschwister einen Spaß daraus und riefen »Felix, der 16. Juni 1962« oder »Sag mal, der 24. Oktober 1966«. Wie aus der Pistole geschossen, ratterten dann die Daten aus Felix heraus und hielten jeder Überprüfung durch die Geschwister stand.

An jenem Nachmittag jedoch war Felix die Tür zu seinem Lieblingsplatz verschlossen, denn Elisabeth hatte den Häkelkreis der katholischen Frauenhilfe am Küchentisch sitzen. Da musste auch Felix draußen bleiben.

Vor der Scheune war Marie damit beschäftigt, frischgestochene Kohlköpfe auf Holzkisten zu schichten, die sie allwöchentlich in einem Fahrradanhänger auf den Wochenmarkt transportierte. Aus den Augenwinkeln beobachtete sie ihren Jüngsten, der unschlüssig vor seinem großen Bruder stand, als Max endlich die Hand von den Augen nahm. Beim Anblick seines ratlosen Bruders wurde er wütend.

»Mensch, Felix, wenn du nicht mitspielen willst, schleich dich.«

Doch Felix verstand nicht, was Max von ihm wollte. »Wo soll ich denn hingehen?«, klagte er leise.

Jetzt reichte es Max. »Das darfst du mich doch nicht fragen! Oh Mann!«

Max beschloss, die brüderliche Nervensäge zu ignorieren, und blickte sich suchend nach seinen Spielkameraden um, die sich längst ihre Verstecke gesichert hatten. Als Felix ihm immer noch vor den Füßen stand, platzte Max endgültig der Kragen.

»Hau ab, hörst du? Jetzt geh endlich.«

Aus den Büschen und hinter den Mauervorsprüngen hörte man leises Stöhnen. »Spielverderber«, rief es über den Platz. »Trantüte«, schimpfte es aus dem Schuppen. Die zweite Stimme gehörte Lena.

Weitere Schimpfworte wurden durch ein ohrenbetäubendes Brummen übertönt. Paul hatte den Motor der Erntemaschine gestartet und war völlig in die Technik der verschiedenen Schalthebel vertieft, als er seinen Jüngsten bemerkte, der hinter ihm stand und mit großen Augen auf die sich drehenden Pflückfinger starrte.

»Na, komm schon, Bub«, rief Paul, »ich zeig's dir.«

Als sich Marie neue Holzkisten aus dem Schuppen holen wollte, sah sie Felix auf dem Schoß seines Vaters vor dem Lenkrad sitzen. Bei dem Anblick des Armaturenbretts hatte Felix seine sonstige Scheu vor körperlicher Nähe völlig vergessen, das Blinken und Leuchten der riesigen Maschine zog ihn ganz in seinen Bann.

»Na, da staunst, was?«, rief Paul begeistert, und Marie hätte viel dafür gegeben, diesen Moment der Sorglosigkeit mit ihren Männern teilen zu können.

*

Schon im Nachthemd schaute Marie noch einmal bei ihren Kindern vorbei. Max und Lena kosteten wie immer die letzten Minuten aus, bevor ihre Mutter endgültig das Licht löschen und die karierten Vorhänge zuziehen würde. Sie hüpften und sprangen juchzend auf ihren Betten herum und bewarfen sich mit Kissen. Und wie immer lagen auf dem Boden zwischen den Kinderbetten noch jede Menge Spielsachen auf den bunten Fleckerlteppichen verstreut, die Marie fast mechanisch aufgriff und auf die Kommode oder das schmale Regal stellte, bevor sie sich zum Gutenachtkuss zu den beiden hinunterbeugte.

Wie anders sah es in der gegenüberliegenden Schlafkammer ihres Jüngsten aus, der längst eingeschlafen war und dabei noch immer das Kinderbuch *Die Häschenschule*, das sie ihm in den frühen Abendstunden vorgelesen hatte, fest umklammert hielt. Niemals hätte Felix es geduldet, dass seine Spielsachen kreuz und quer auf dem Boden lagen, ja, wenn Marie länger darüber nachdachte, musste sie sich eingestehen, dass Felix niemals spontan oder unbedacht nach Spielsachen griff.

Das, was Kinder normalerweise interessierte, einen

Teddy etwa oder einen bunten Ball, beachtete er überhaupt nicht. Sein Teddy saß, seitdem er ihn geschenkt bekommen hatte, unberührt im Regal, seine Blechautos und Holzlastwagen hatte er wie Zinnsoldaten in Reih und Glied nebeneinander aufgestellt. Nur die Murmeln, die er sonst in einer kleinen Holzkiste aufbewahrte, lagen wie ein Gitternetz aufgereiht – so akkurat verbunden, als würden sie von unsichtbaren Fäden zusammengehalten.

Auf Zehenspitzen näherte sich Marie seinem Bett, vorsichtig bemüht, seine Ordnung nicht zu zerstören, und zog ihm behutsam das Kinderbuch aus den Händen. Ganz ruhig lag er da, und in diesem Augenblick gab es nichts, was den schlafenden Felix von anderen Kindern unterschieden hätte.

Als Marie ihr gemeinsames Schlafzimmer betrat, hatte Paul schon auf sie gewartet. Zärtlich hielt er ihr die Bettdecke hoch und zog sie sacht an sich. Während seine Finger ihren Rücken herunterwanderten, spürte er, wie verkrampft sie war.

»Was ist?«, sagte er leise. »Manchmal denk ich, du magst mich gar nicht mehr.«

»Unsinn«, flüsterte sie, was Paul zum Auftakt nahm, ihre Brüste zu streicheln. Als er ihr wenig später das Nachthemd hochschob und in sie eindrang, wusste sie sofort, dass sie nicht bei der Sache war. Alles, aber auch alles an diesem Tag stand zwischen ihnen. Sein Gesicht war ganz nah über dem ihren, und in diesem Moment begriff auch er, wie fern sie war. Er zog sich sofort zurück, blieb aber dicht neben ihr liegen und nahm sie in den Arm.

»Ich mach mir Sorgen, Paul«, sagte sie leise. »Eine Erntemaschine! Wo sollen wir denn das Geld hernehmen?«

Paul räusperte sich. »Einen Spitzenpreis für einen Spitzenhopfen hat mir der Schenkhofer in die Hand versprochen. Und mit der Maschine kann ich noch viel mehr Ertrag rausholen. Vertrau mir.«

Er strich ihr über die langen Haare, die sie am Tag immer in einem Knoten verbarg und die nun im Schein der Nachttischlampe wie flüssiges Bernstein glänzten. Marie suchte seinen Blick. Wie gerne wollte sie ihm glauben. Und wie sehr wünschte sie für diesen kurzen Moment all das zu vergessen, was die Tage so schwer und manche Stunden so bitter machte.

*

Der Nachtfrost wich nur langsam, als Marie am nächsten Morgen ihren Marktstand auf dem Platz vor der Barockkirche aufbaute. Sie hatte mehrere Kisten mit Wintergemüse vor sich ausgebreitet und sah schon von weitem, wie Frau Schenkhofer in ihrer Pelzjacke und einem kleinen schräg sitzenden Hütchen auf sie zukam.

Unter dem hölzernen Gestänge der Auslage saß Felix auf einem alten Kissen und legte seelenruhig ein neues Muster aus all den Strünken und Blättern, die beim Verkauf zu Boden fielen. Marie warf ihm einen liebevollen Blick zu und beobachtete, wie er beim Sortieren der Abfälle leise vor sich hin zählte und die Gemüsereste wie Zahlen miteinander zu verbinden schien.

Plötzlich hörte Marie erst leise, dann immer lauter, die Orgelklänge einer Bach-Fuge aus der nahen Kirche kommen. Fasziniert sah sie zu dem gesprengten Giebel des Barockdaches hinüber und bemerkte, dass auch Felix in seinem Zählen innehielt und gebannt dieser Musik lauschte, deren strenge Ordnung ihn sofort fesselte.

»Fünf Feldsalat, fünf Weißkohl wie immer, Marie«, sagte Frau Schenkhofer, die inzwischen ihren Korb auf den Boden gestellt hatte und Felix damit den Blick auf ihre Stiefel versperrte. »Haben Sie schon gehört, dass wir einen neuen Kantor kriegen?«

»Einen neuen Kantor?«, murmelte Marie, die bereits dabei war, das Gemüse in Zeitungspapier zu wickeln, und schaute kurz zu einem blauweißen VW-Bus hinüber, der ihr schon beim Ausladen aufgefallen war. Der VW-Bus war mit einer großen Sonnenblume bemalt und hatte ein Berliner Kennzeichen. Das sah man hier nicht alle Tage.

»Frischen Rosenkohl hätte ich noch, wie gemalt schaut der heute aus«, lächelte Marie.

»Ein Kilo nehm ich«, antwortete die Frau.

»Aber gern«, antwortete Marie, wog das Gemüse, und

ließ sich nun von ihrer Kundin den Korb herüberreichen, um alles zu verstauen.

»Das macht …«, rechnete sie und addierte mit dem Bleistift auf einem Zeitungsrand die Beträge, als vom unteren Gestänge laut und klar Felix Stimme ertönte: »Eine Mark fünfundachtzig.«

Marie starrte auf die von ihr errechnete Summe und suchte dann den Blick ihrer Kundin.

»Eine Mark fünfundachtzig«, bestätigte sie.

Der leise Stolz in ihrer Stimme war auch Frau Schenkhofer nicht entgangen. Erst jetzt bemerkte sie den Jungen, der da unter dem Marktstand saß und selbstvergessen Strünke und Blätter hin- und herschob.

Immer mächtiger drangen nun die Orgelklänge, die sich aus dem Zusammenspiel der verschiedenen Register ergaben, über den winterlichen Marktplatz. Als Marie erneut zu ihrem Rechenkünstler nach unten schaute, war Felix verschwunden.

*

Mit aller Kraft drückte sich Felix gegen die schwere Kirchentür aus nachgedunkeltem Eichenholz, bis sie endlich einen Spalt nachgab und er in das Innere des Barockbaus schlüpfen konnte. Natürlich kannte er die Kirche von vielen Gottesdiensten, doch noch nie hatte er das Kirchenschiff ohne seine Familie betreten. Nun stand er hier allein und ließ seine Augen über den hellen Steinboden gleiten, während er sich vorsichtig zur Treppe hinbewegte, die hinauf zu der mit Blattgold verzierten Empore führte, auf der sich der Spieltisch der Orgel befand. In den mehrfach unterteilten buntglasigen Rundbogenfenstern ließ das hereinbrechende Licht die Passionsgeschichte lebendig werden, vor allem der Judaskuss im Garten Gethsemane schien mit seinem Licht direkt zur Empore hinzuleiten, als sich die Kirchentüre erneut, und diesmal mit einem lauten Schlag, öffnete.

Mit wehender Soutane stürzte Pfarrer Huber den mit barockem Zierrat geschmückten Gang entlang, und nur mit einem raschen Satz gelang es Felix, sich hinter der letzten Säule vor dem Aufgang zu verbergen. Die Stufen, die der Pfarrer mit großer Hast erklomm, knarrten unter seinen Füßen. Das Orgelspiel verebbte.

Erst jetzt sah Felix die junge Frau, die vor der Kirchenorgel saß. Ihre langen roten Haare fluteten über ihren Rücken, und die mit Licht erfüllten Fenster beleuchteten ihre Erscheinung wie mit einem milden Feuerschein. Felix hatte noch nie solche Haare gesehen.

Er legte den Kopf in den Nacken, um dieses Schauspiel in sich aufzunehmen. Erst in diesem Moment bemerkte der Junge, dass sich über all dem barocken Glanz und Lichterfunkeln eine gewaltige Wolkendecke erhob. Ein Himmel war das wie aus Luft und Wind. Das Deckengewölbe war von einem lokalen Künstler des achtzehnten Jahrhunderts so naturalistisch ausgemalt, dass sich ein Kirchenbesucher während der langen Andachten durchaus ins Freie träumen konnte.

»Was machen Sie hier?« Die Stimme des Pfarrers bebte vor Ärger.

»Grüß Gott, Herr Pfarrer. Ich bin die neue Kantorin.«

»Sie?«, erwiderte er empört. »Das wär mir neu.«

Er musterte die Frau von oben bis unten.

»Ich hab einen Mann aus Berlin eingestellt, Alex Brunner.«

»Alex Brunner«, antwortete die Frau mit einer fast schon provozierenden Ruhe, »Alex Brunner, det bin ick.«

Die Pause, die Felix atemlos mit anhörte, zog sich in die Länge.

»Sie haben gar nicht an die Möglichkeit einer Frau gedacht, stimmt's?«, warf Alex Brunner ein.

»So ein Schmarrn!«, knurrte der Pfarrer. »Ich werde das umgehend prüfen lassen, Frau, Frau …«

»Brunner«, sagte sie. »Brunner, Hochwürden. Wie ich schon sagte.«

Marie bemerkte die ungewöhnliche Erscheinung erst, als Alex Brunner wenig später in ihren blau-weißen VW-Bus stieg. Die junge Frau trug einen auffällig bestickten Ziegenfellmantel, ihre Haare flatterten wie Feuerstreifen im eisigen Ostwind. Verwundert schaute Marie zu der Fremden, die ihrerseits die neugierigen Blicke der jungen Hopfenbäuerin zu spüren schien und mit wachen Augen und einem freundlichen Gesicht zu ihr hinüberlächelte. Felix hatte sich schon längst wieder unter dem Gestänge verkrochen und spielte mit seinen Strünken, als ob nichts gewesen wäre.

\*

Die Kirchturmuhr schlug drei Uhr nachmittags, als Marie und Felix nur wenige Tage später den Backsteinbau der Volksschule betraten. Draußen hatte ein leichtes Tauwetter eingesetzt, das den Asphalt kohlefarben glänzen ließ. Die Schuluntersuchung der künftigen Erstklässler sollte wie immer im ersten Stock des Gebäudes stattfinden.

Am Treppenabsatz wurden sie, wie schon bei der Untersuchung von Max und Lena, von Rektor Meyer begrüßt.

»Grüß Gott, die Moosbachers«, lächelte er entgegenkommend. »Na, Felix, freust dich schon?«

Der Rektor beugte sich zu dem Jungen hinunter und sah ihm direkt ins Gesicht. Felix wich seinem Blick aus und starrte ins Leere. Verdutzt blickte Meyer zu Marie.

Seine Überraschung wurde noch größer, als Felix plötzlich mit fester Stimme und in wildem Staccato loslegte: »Hasenhans und Hasengretchen gehen lustig Pfot in Pfötchen um die sechste Morgenstund durch den bunten Wiesengrund …«

Der Rektor runzelte die Stirn. »Was sagt er da?«, fragte er irritiert.

»Das ist aus der *Häschenschule*«, beeilte sich Marie zu erklären. »Das ist ein Kinderbuch, das ich dem Felix abends vorlese.«

»Ach!« Jetzt verstand der Rektor und lächelte erneut. »*Die Häschenschule!* Warte nur ab, bis du hier in der richtigen Schule bist! Die ist noch viel schöner.«

Marie und Felix betraten das Klassenzimmer, in dem sich der Amtsarzt einen provisorischen Untersuchungsraum hergerichtet hatte. Auf dem Lehrerpult befanden sich ein Fieberthermometer, eine Taschenlampe, Holzstäbchen, Formulare und ein Stethoskop, andere Utensilien lagen ausgebreitet auf der ersten Schulbank.

Der Arzt machte sich nicht die Mühe, die eintretende Mutter anzusehen. Ihren Namen entnahm er der vor ihm liegenden Liste.

»Guten Tag, Frau … ach ja, Moosbacher. Ja, wen haben wir denn da?«

Er hob den Kopf und streckte dem Jungen die Hand hin. Doch Felix dachte gar nicht daran, den Mann zu begrüßen. All seine Aufmerksamkeit wurde wie magisch von dem Stethoskop gefesselt, das er ohne Vorwarnung sofort ergriff und neugierig hin- und herwendete.

»Warum hat das Rohr zwei Ohren?«, fragte er verblüfft.

Der Arzt betrachtete den Jungen überrascht.

»Damit ich hören kann, was mir das Gerät erzählt«, erwiderte er. »So, Junge, jetzt gib mir das Stethoskop mal wieder her.«

Mit einem geübten Griff entwand er Felix das Gerät und schob ihm gleichzeitig das Hemd hoch. Sofort wehrte das Kind die Hand des Mannes ab, was diesen veranlasste, nur noch fester nach dem Jungen zu greifen.

»Warten Sie«, sagte Marie hastig, der nicht entgangen war, dass sich feine Schweißperlen auf der Stirn ihres Sohnes gebildet hatten. »Lassen Sie mich das machen, bitte.«

Der Arzt sah sie mit offener Skepsis an, ließ aber seine Hände sinken. Marie strich Felix über die feuchte Stirn und knöpfte ihm vorsichtig das Hemdchen auf. Sie streifte das Hemd ab und erschrak. Felix Unterhemdchen war bereits völlig durchgeschwitzt. Der Arzt trat nun nah an Felix heran und drückte ihm das Stethoskop auf den Rücken. Die Haut des Jungen schien zu glühen.

»Was ist los? Hat er Fieber?«, fragte der Amtsarzt.

Felix nutzte diesen Moment, in dem sich der Arzt an Marie wandte. Er griff nach dem Fieberthermometer und ratterte erneut los.

»35,0 °C Untertemperatur; 35,3 bis 37,4 °C Normaltemperatur, 37,5 bis 38,0 °C erhöhte Temperatur, 38,1 bis 38,5 °C leichtes Fieber, 38,6 bis 39,0 °C Fieber, 39,1 bis 39,9 °C hohes Fieber, 40,0 bis 42,0 °C sehr hohes Fieber.«

»Donnerwetter!«, staunte der Amtsarzt. »Da müsste ich selber nachdenken. Aber anpatschen darfst du das Thermometer trotzdem nicht. Meine Sachen müssen steril sein.«

Mit einem Satz packte er den Jungen und zog ihn zurück auf seinen Untersuchungsstuhl. Felix bekam es mit der Angst zu tun und schrie: »Lass das!«

Damit war die Geduld des Amtsarztes zu Ende. »Na, jetzt reicht es aber! Siebengescheit und frech zugleich. Da können Sie sich ja auf was gefasst machen.«

Marie wand sich vor Verlegenheit. »Er ist nur aufgeregt, Herr Doktor. Dann wird er schnell panisch.«

Sie warf einen hastigen Blick auf ihren Jungen und betete innerlich, dass das Ende dieser Prozedur doch nun erreicht sein möge. Doch da griff der Arzt nach den Holzstäbchen und legte sie Felix ohne weiteres Federlesens auf die Zunge.

»Jetzt sagst A!«

Marie schloss die Augen. In diesem Moment begann Felix wie eine Sirene zu tönen.

»Aaaaaaaaaaaaaah!«

*

Felix trompetete immer noch wie am Spieß, als Marie ihren Sohn mit hochrotem Kopf durch das Stiegenhaus der Schule zerrte. Vorbei an den anderen wartenden Müttern, vorbei an den Kindern, die mit offenem Mund auf ihren künftigen Klassenkameraden starrten. Das Lächeln des Rektors war zu Eis gefroren.

Aus dem geöffneten Zimmer im ersten Stock hörte man den Amtsarzt rufen: »Im Keim ersticken, Frau Moosbacher! Mit einem Schwererziehbaren brauchen

Sie uns hier gar nicht zu kommen. Den schicken wir gleich auf die Sonderschule.«

Rektor Meyer sah Marie fragend an, als sie sich wortlos mit Felix an ihm vorbeidrängte. Endlich hatten sie den Eingang passiert.

Als Felix die Straße sah, hörte er auf zu schreien. Nach Atem ringend sah er sich um. Ein leichter Nieselregen benetzte die Gesichter von Mutter und Sohn. Marie ging vor Felix in die Knie, um ihm seine blaue Wollmütze umzubinden. Die feinen Tropfen setzten sich auf Felix' Wimpern fest, wie ein feiner Schleier umsäumten sie seinen Blick. Fast sah es aus, als ob er weinte. Doch Felix weinte nicht. Er sah seine Mutter auch nicht an, sein Blick wanderte weit weg.

In Marie löste sich das Erschrecken nur langsam. Jetzt erst fühlte sie, dass auch ihr Gesicht ganz nass war, dass ihr der feine Regen schon von den zurückgebundenen Haaren auf die Wangen tropfte und ihre wollene Winterjacke das Wasser in sich aufzusaugen schien.

»Wir schaffen das, hörst du!«, flüsterte sie ihrem Sohn zu. »Wir schaffen das.«

Erschöpft von der Aufregung liefen sie die Dorfstraße entlang, die nach Westen hin Richtung Landstraße hinaus zum Moosbacher Hof führte. Die Straßenlaternen leuchteten bereits, in einer halben Stunde würde es an diesem dunstigen Novembernachmittag bereits dunkel sein.

Hier draußen schien Felix wieder ohne Angst. Mit

seiner leicht schwingenden Bewegung hüpfte er den Rinnstein entlang und konzentrierte sich auf die regelmäßig verlegte Straßenbegrenzung, die jedoch an einigen Stellen schadhafte Löcher aufwies. Diese Löcher interessierten ihn besonders, mit der Fußspitze lotete er ihre Maße aus, um dann umso entschlossener weiterzuspringen, hinein in die schöne Regelmäßigkeit der Abschlusskante, die seinen Bewegungen Richtung und Rhythmus zu geben schien.

*

Felix war vielleicht zwanzig Meter vorausgesprungen, als etwas anderes, ein aus den Häusern kommendes Geräusch seine Aufmerksamkeit gefangennahm. Jetzt bemerkte auch Marie den blauen Schein, der aus dem Fenster eines kleinen Dorfhauses auf die Straße fiel. Das Fenster war gekippt, und Marie hörte beim Näherkommen die Stimme eines Nachrichtensprechers, der von Studentenprotesten in Berlin berichtete. Felix klebte längst an der Fensterscheibe und starrte gebannt auf den flimmernden Bildschirm. In der Familie Moosbacher gab es keinen Fernseher, und auch sonst im Dorf besaß keiner außer dem Bürgermeister ein Gerät.

Als Marie neben ihren Sohn trat, blickte sie genauso fasziniert wie er durch die Scheibe. Es waren Bilder einer fremden Welt, die da auf sie einstürmten. Wie betäubt starrte Marie auf die Bilder einer selbstbewussten großstädtischen Jugend, die mit Transparenten und Sprech-chören durch die Straßen von Berlin marschierte.

*»Die nach dem Tod des Studenten Benno Ohnesorg auf-getretenen Studentenproteste flammen in den letzten Wo-chen wieder stärker auf«,* sagte der Nachrichtensprecher.

»Was machen die Leute da?«, fragte Felix.

»Ich weiß nicht«, murmelte Marie. »Ich glaube, sie protestieren. Sie wollen wohl etwas ändern.«

Marie hatte den Satz kaum zu Ende gesprochen, da sprang Felix auch schon wieder weiter. In schwungvol-len Bewegungen breitete er nun seine Arme aus, frei wie ein Vogel, der einer unbekannten Ordnung folgt, immer tiefer in die Dämmerung hinein.

Maries Blick verweilte noch einen Augenblick länger im Fenster und wanderte nun über den Bildschirm hi-naus. Erst jetzt begriff sie, dass hier die junge Kantorin wohnen musste, denn ein Klavier und ein hoch aufra-gendes Bücherregal standen im Wohnraum, in dessen Mitte sich noch einige halb geöffnete Umzugskisten befanden. Alex Brunner hatte sich wohl noch im Flur eine Zigarette angezündet und betrat mit der Zigaret-te in der einen und einem Stapel Noten in der anderen Hand den Raum, in dem der Fernseher vor sich hin lief. Als sie Maries neugierigen Blick bemerkte, nickte sie lächelnd und wandte sich dann wieder ihren Um-zugskisten zu.

Marie ihrerseits nickte kurz und lief dann endlich weiter, immer die Dorfstraße entlang, bis die Laternen aufhörten und sie mit Felix das letzte Stück zum Hof in völliger Dunkelheit zurücklegen musste. Auf dem mit Schlaglöchern und Pfützen übersäten Feldweg setzte Marie vorsichtig einen Fuß vor den anderen. Langsam begann sie in ihrer feuchten Winterjacke zu frieren. Noch immer spürte sie dem Moment nach, in dem sich ihre zwei Augenpaare am Fenster begegnet waren.

*

Auch der nächste Tag begann mit feinem Sprühregen. Vom Hof aus beobachtete Marie, wie Paul und sein Vater mit dem Traktor über den schlammbedeckten Weg zum zwei Kilometer entfernten Hopfenfeld fuhren.

Die Anspannung zwischen beiden Männern war nach Pauls überraschendem Kauf der Hopfenmaschine mit den Händen greifbar, doch noch hatte keiner der beiden ein Wort gesagt.

Elisabeth dagegen versuchte schon beim Frühstück, ihre Schwiegertochter nach dem Ergebnis der Schuluntersuchung auszufragen. Ein fehlendes Schulheft von Lena bot Marie die Chance, ihre Frage im Raum stehen zu lassen, doch so schnell würde Elisabeth nicht aufgeben. Marie wusste genau, dass ihre Schwiegermutter ihren jüngsten Enkel für nicht voll entwickelt hielt. Ein Zurückgebliebener war er in Elisabeths Augen, und für solche Fälle hatte es in ihrer Generation kein Erbarmen gegeben. »Das Gesunde muss geschützt werden, nicht das Kranke«, war einer ihrer Lieblingssätze, die sie ohne Unterschied auf Kinder, Pflanzen und Tiere anzuwenden wusste.

Ohne dass in der Familie je über Politik gesprochen wurde, wusste Marie, dass ihre Schwiegermutter den Bund Deutscher Mädels im Dorf angeführt und ihre Jugend in der Zeit des Nationalsozialismus genossen hatte. »Nie mehr waren die Sommer so schön wie damals vor dem Krieg«, beharrte sie, auch wenn Xaver darauf stets mit »Schmarrn« antwortete. »Du warst halt jung damals«, meinte Xaver, »das verklärt die Erinnerung.«

Er selbst sprach wenig über diese Zeiten, doch als ihn sein Sohn einmal fragte, wie es gewesen sei, so kurz nach der Schule in den Krieg eingezogen zu werden, hatte ihn Xaver nur lange und wortlos angestarrt. Als Paul nicht lockerließ, schleuderte ihm sein Vater ein einziges Wort zurück: »Furchtbar.« Das war alles, was sich Xaver zu seiner Soldatenzeit entlocken ließ, die immerhin vier Jahre gedauert hatte. »Furchtbar.«

*

Zwischen den schlammfarbenen Stangen des abgeernteten Hopfenfeldes arbeiteten Paul und sein Vater daran, die Pflanzen winterfertig zu machen, bevor der große Schnee, der oft erst im Dezember einsetzte, das Land für Monate bedecken würde. Gemeinsam schnitten sie die Pflanzstöcke zurück und besserten den Aufleitdraht aus, der bei der Ernte an vielen Stellen eingerissen worden war.

Schweigend und verbissen arbeiteten sie so vor sich hin. Paul spürte genau, dass ihn Xaver von Zeit zu Zeit von der Seite ansah, und dieses Gefühl machte ihn rasend.

»Sag halt endlich, was du sagen musst«, platzte es schließlich aus ihm heraus.

»Ich sag doch gar nichts«, brummte Xaver zurück.

»Ich weiß auch so, was du denkst«, gab Paul zurück. »Aber jetzt sag *ich* dir mal was. In den letzten zwei Jahren haben wir so viel Geld in die Böden gesteckt. Wir liefern den besten Hopfen, den der Schenkhofer weit und breit kriegen kann.«

Xavers Gesicht blieb undurchdringlich. Die silbrigen Bartstoppeln schimmerten um die tiefgezogenen Furchen, die das Leben in seine Haut gegraben hatte.

»Das kann nächstes Jahr schon ganz anders aussehen«, meinte er.

Doch so leicht war Paul nicht zu entmutigen.

»Mit der Erntemaschine kann ich den Ertrag verzehnfachen«, erläuterte er eifrig. »Ich hab das genau kalkuliert, die Brauerei hat allen Grund mir einen Festpreis anzubieten.«

Xaver starrte auf den Draht, der die Luft durchschnitt und vor Feuchtigkeit glänzte.

»Gegen Wind und Wetter sind wir Bauern immer machtlos gewesen.«

Paul schluckte seinen Ärger herunter und angelte sich eine Zigarette aus der Hosentasche. Der Wind machte das Anzünden nicht einfach, aber schließlich hatte er es geschafft und blies den Rauch in immer größer werdenden Kringeln hinaus in das weite und öde Land.

\*

Draußen war es nun endgültig dunkel geworden, und auf dem Moosbacher Hof spülten Marie und Elisabeth gemeinsam den Abwasch, während die Männer wie jeden Mittwoch zum Stammtisch gegangen waren.

»Ich hab gehört, dass sich der Felix ganz schön angestellt hat«, hob Elisabeth an.

»Was die Leute immer reden«, entgegnete Marie.

So leicht würde sie sich nicht aus der Reserve locken lassen. Sie stapelte die Teller besonders langsam in den Küchenschrank und ging dann, ohne ein weiteres Wort in der Sache zu verlieren, durch die Stiege hinauf in die Kinderzimmer.

Felix war schon eingeschlafen, die beiden Großen tobten wie immer bis zum letzten Augenblick und kletterten im Gestänge ihres Etagenbettes wie kleine Äffchen herum. Für einen Moment blieb Marie still am Bett ihres Jüngsten sitzen und beobachtete, wie sich seine Brust hob und senkte. Da lag er, ihr Jüngster, der allen Rätsel aufgab, da schlief dieses gerade mal sechs Jahre alte Kind, das mit einem Meter fünfunddreißig eher klein und mit seinen zarten Gliedmaßen ziemlich schmächtig für sein Alter war.

Warum konnte nicht alles so einfach sein wie bei den Großen? Warum war er so anders? Nachdenklich drückte sie dem schlafenden Felix einen Kuss auf die Stirn und schlich sich dann auf Zehenspitzen aus dem Zimmer hinaus.

*

»Wer drei gesunde Buben hat, wie ich, der braucht keine Erntemaschine«, stellte Bauer Andechs am Stammtisch fest.

Allwöchentlich versammelten sich hier neben Paul der katholische Pfarrer Emeram Huber, Rektor Heinrich Meyer, Pauls Schulfreund Otto Welker, der die Filiale der Volksbank leitete, weitere Hopfenbauern wie Martin Andechs und Sepp Geisler und natürlich auch der Brauereibesitzer Friedel Schenkhofer, der die mitunter auftretenden Rivalitäten unter den Bauern geschickt für seine Zwecke zu nutzen verstand. Manchmal kam auch der Motorenhändler Fissler dazu, doch sicher war das nie.

Pauls spontaner Kauf war natürlich auch unter den Männern des Dorfes das Thema Nummer eins. Und nicht jeder gönnte dem jungen Hopfenbauern seinen

Traum von einer besseren Zukunft, vor allem dann nicht, wenn die eigenen Möglichkeiten für einen solchen Schritt in weiter Ferne lagen.

»Wir Bauern haben dem Wirtschaftswunder lange genug zugeschaut«, redete sich Paul in Stimmung.

»Ja, der Aufschwung«, sinnierte der Brauereibesitzer. »Solang man dabei nicht abhebt, mag sich das ausgehen.«

»Komm, Schenkhofer«, gab Rektor Meyer zurück. »Du bist doch der Erste hier, der mit dem Fleiß unserer Bauern Geschäfte macht. Und Kinder«, jetzt wandte sich der Rektor dem Andechs zu, »Kinder habt ihr doch alle mehr als genug.«

Der Brauereibesitzer lächelte. »Wo der Rektor recht hat, hat er recht, was Paul? Unsere Buben kommen heuer ja auch in die Schule.«

Der Andechs grinste schief. »Na, Pauls Jüngstem müssen die Flötentöne erst noch beigebracht werden, was man so hört.«

Paul blickte wütend auf und war kurz davor, den Andechs im Zorn zu packen. Da legte sich die rechte Hand des Rektors besänftigend auf Pauls Unterarm. »Lass gut sein«, sagte er.

In den folgenden Wochen sollte Paul noch häufig an diese Worte denken.

\*

Zwei Nachmittage später stand Marie inmitten der Chorgemeinschaft auf der üppig verzierten Orgelempore der Barockkirche. Wie so oft, wenn sie aus dem Haus ging, hatte sie auch diesmal Felix mitgenommen. So konnte sie ihn im Auge behalten, denn in ihrer Nähe bewegte sich der Junge meist ruhig und unauffällig – es war das Beste für alle. Marie grauste noch in der Erinnerung daran, wie oft ihre Versuche, Felix einmal in der Obhut ihrer Schwiegermutter auf dem Hof zu lassen, in Tränen und Geschrei geendet waren.

Hier auf der Empore hatte sich Felix gleich einen Platz nahe der Orgel gesucht, wo er unauffällig am Boden kauerte und gespannt verfolgen konnte, wie sich die Fußspitzen oder die Fersen der Organistin abwechselnd in die Pedale drückten.

Die in einem Halbrund gruppierten Sänger folgten den Anweisungen ihres Chorleiters nach Kräften. Rektor Meyer dirigierte wie immer sehr bemüht und versuchte, mit seltsam gesteigerter Mimik die Aufmerksamkeit seiner Sänger bei sich zu behalten, was jedoch nicht in allen Fällen gelang. Immer wieder wanderten die Blicke der Chorsänger hin zur roten Mähne der jungen Organistin, die überraschend einfühlsam und musikalisch versiert den Laienchor begleitete, während dieser *Es kommt ein Schiff geladen* intonierte.

Elisabeth tuschelte wiederholt mit Frau Andechs, und die Frau des Motorenhändlers Fissler warf der Frau des

Brauereibesitzers Schenkhofer vielsagende Blicke zu. Und es dauerte nicht lange, bis der katholische Pfarrer Huber unüberhörbar aus der Sakristei trat und mit schwerem Schritt die Stufen hinauf zur Empore erklomm.

Die zweite Strophe war gerade vorüber, da ließ Rektor Meyer den Taktstock sinken.

»Respekt, Herr Pfarrer«, lächelte er hintersinnig, »Respekt zu Ihrer reformfreudigen, ja reformatorischen Haltung! Nicht wahr?«

Bei seinen letzten Worten hatte er sich demonstrativ an die Runde der Sänger und Sängerinnen gewandt, von denen mancher still in sich hineinlächelte.

»Lass gut sein, Meyer«, ranzte der Pfarrer. »Das Fräulein ....«

»Brunner«, warf die Organistin ein, »Brunner, Hochwürden.«

»Ja, das Fräulein Brunner hat dankenswerterweise die Vertretung für das Weihnachtskonzert übernommen«, ergänzte der Pfarrer nun. »Dann wünsche ich gutes Vorankommen!«

Ohne auf das Zeichen des Rektors zu warten, nahm Alex Brunner erst leise, dann, als der Rektor ihr das Taktzeichen gab, lauter die Melodie des Kirchenliedes wieder auf.

Marie konnte die Augen kaum von der jungen Frau lassen. Die ruhige Selbstverständlichkeit, mit der sie hier in der Kirche ihrer Aufgabe nachging, beeindruckte sie.

Noch nie hatte sie eine Frau gesehen, deren Arbeit sie so ins Zentrum des öffentlichen Interesses rückte.

»Sie haben eine wunderschöne Stimme. Wo haben Sie denn so singen gelernt?«, fragte die Organistin nach der Chorstunde neugierig.

»Ach«, sagte Marie verlegen. »Das liegt bei uns in der Familie.«

»Und du, kleiner Mann«, wandte sich Alex Brunner an Felix, der inmitten der die Treppe herabdrängenden Sänger auf einen leeren Fleck auf den Stufen zu starren schien: »Du magst auch Musik, was?«

Alex streckte Felix die Hand hin, was dieser aber übersah.

»Macht ja nichts«, meinte Alex unbekümmert und strich ihm sacht über den Kopf.

Leicht wie eine Feder musste ihre Bewegung gewesen sein, denn Felix drehte nicht wie sonst bei solchen Bewegungen seinen Kopf zur Seite, sondern blieb vertrauensvoll bei den Frauen stehen.

»Besuchen Sie mich doch mal«, meinte die Organistin. »Vielleicht gleich heute Abend. Ich würde Ihnen gerne etwas zeigen.«

»Ja gern«, antwortete Marie überrascht.

*

Draußen dämmerte es bereits, als Marie wie jeden Tag die Hausaufgaben ihrer beiden Großen kontrollierte. Vor allem auf Lena musste sie immer ein wachsames Auge haben. Sie träumte gern mit offenen Augen vor sich hin, was so manchen Flüchtigkeitsfehler nach sich zog. Marie strich drei Fehler mit Bleistift an.

»Das machst du jetzt noch schön fertig, dann geht's ab ins Bett«, meinte sie.

Felix saß vor dem Radio und notierte fleißig die Wetterdaten für die Region, die wie jeden Abend um sechs Uhr verlesen wurden. Als der Nachrichtensprecher geendet hatte, ging Marie vor ihrem Jüngsten in die Hocke. Sanft griff sie nach seiner rechten Hand und legte sie auf die ihre.

»Felix, wenn man einen Fremden trifft, gibt man ihm schön die Hand. Und dann sagst du, ich bin der Felix Moosbacher.«

Felix' Blick ging ins Leere, er sah seine Mutter nicht an. Wie so oft in solchen Momenten fixierte er einen imaginären Punkt auf dem Fußboden. Und doch spürte Marie genau, dass er sie gehört, ja, dass er sie verstanden hatte.

*

Die hereinbrechende Dunkelheit hatte sich wie ein schwarzes Tuch über das Dorf gelegt, nur in den Wohnküchen brannten vereinzelte Lichter, die anderen Stuben blieben meist völlig dunkel. Als Marie endlich die Wohnung von Alex Brunner erreichte, leuchteten ihr die Fenster wie farbige Laternen entgegen. Einige bunte Tücher dienten der Kantorin als Ersatz für Vorhänge. Staunend registrierte Marie beim Betreten der Wohnung, dass auch im Inneren verschiedene Stoffe locker über den Tisch und die Sessel drapiert waren. Zahlreiche brennende Kerzen tauchten die Räume in ein einladendes Licht. Auf dem Boden lagen Schallplatten vor einem Regal, die eine zeigte einen dunkelhäutigen Mann mit einem riesigen Haarschopf. »Jimi Hendrix«, las Marie. Sie hatte keine Ahnung, wer das war.

Das warme Licht veränderte alles. Noch nie hatte Marie Räume betreten, in denen man sich so einfach wohlfühlen konnte. In einem Bauernhaus wurden die Dinge ihren Aufgaben entsprechend aufgestellt, für romantische Stimmungen gab es da keinen Platz. Alex lächelte, als sie sah, mit welcher Neugierde sich Marie umsah.

»Haben Sie Lust auf einen Tee?«, fragte sie und reichte Marie zur Begrüßung einen rotblauen Keramikbecher, aus dem es nach frischer Minze und Orangenblüten duftete.

Wie fremd dieser Duft war. Wie wohltuend. Nachdem Marie ihren ersten Schluck genommen hatte, hielt sie ihre Tasse weiter umklammert und atmete den frischen Duft tief ein. Alex stellte ihre Tasse auf den nächsten freien Holzstuhl, griff in ihr Bücherregal und zog ein Notenheft heraus.

»Das ist es, was ich Ihnen zeigen wollte«, sagte sie lächelnd. »*Maria durch den Dornwald ging*, ein altes Volkslied aus Thüringen. Jetzt hab ich Sie gar nicht gefragt, ob Sie Noten lesen können.«

»Natürlich kann ich Noten lesen«, antwortete Marie mit sichtbarem Stolz, »und meinen Kindern hab ich es auch gezeigt. Alle in meiner Familie können Noten lesen.«

»Na prima«, antwortete Alex, »ich wollte Sie nämlich fragen, ob Sie die Strophen eins und zwei als Solo singen können.«

»Ich weiß nicht«, antwortete Marie verlegen. »Ein Solo? Das hab ich noch nie gemacht.«

»Aber Sie haben den schönsten Sopran, Marie«, entgegnete Alex. Kerzengerade stand sie im Raum und sah die junge Hopfenbäuerin an. »Sie werden das ganz wunderbar machen.«

Für einen Moment stand Marie nur überwältigt da. Alex lächelte und drückte ihr ermutigend die Hände.

*

Als Paul und Xaver am nächsten Mittag vom Feld nach Hause kamen, wartete zu ihrer Überraschung Rektor Meyer in der Küchenstube.

»Ja, Herr Rektor«, begrüßte ihn Paul. »Haben unsere Großen etwas angestellt?«

»Aber nein«, lächelte der Rektor verbindlich. »Ich bin

46

wegen dem Felix hier, da gibt's was, was ich gern mit euch besprechen möchte.«

Elisabeth, die gerade dabei war, einen Hefezopf zu kneten, wusch sich die Hände und setzte sich erwartungsvoll mit an den Tisch. Paul warf Marie einen fragenden Blick zu, doch seine Frau wich ihm aus.

In Marie arbeitete es, aber sie zwang sich, ruhig zu bleiben, und lächelte den Rektor an. »Ein Bier, Herr Rektor?«

»Da sag ich nicht nein«, antwortete der, ließ sich von Marie einschenken und blickte sichtlich bemüht in die Runde. Auch Xaver hatte sich schwer auf seinen Stuhl fallen lassen und saß dem Rektor nun direkt gegenüber.

»Ich will es kurz machen«, sagte der Rektor. »Unser Amtsarzt hat mir mitgeteilt, dass er den Felix nicht für schulfähig hält. Nicht im üblichen Sinne, er meint, der Junge sei einem normalen Unterricht nicht gewachsen. Er hat mir empfohlen, ihn nach Sonnroth zu schicken.«

»Sie wollen ihn in die Sonderschule abschieben?«, rief Marie empört.

»Marie, bitte!«, warf Paul ein. »Jetzt hör dem Rektor doch erst mal zu.«

»Der Amtsarzt glaubt, dass sich der Felix im normalen Unterricht nur quälen würde«, ergänzte der Rektor. »Wir sollten es ihm nicht zu schwer machen.«

»Aber der Felix ist kein Depp«, entgegnete Marie energisch. »Er rechnet besser als ich, er …«

»Das mag ja alles sein, Marie«, warf der Rektor ein. »Aber wir sollten uns hier doch nicht von unseren Gefühlen, sondern von unserem Verstand leiten lassen.«

»Aber er kann wirklich rechnen«, sagte Marie, und ihre Stimme zitterte unmerklich.

Hilfesuchend blickte sie in die Runde. Von Elisabeth war in dieser Sache nichts zu erwarten, Paul sah in den Ausführungen des Rektors seine eigenen Zweifel bestätigt, und Xaver verbarg sich hinter den Rauchwolken seiner Pfeife. Marie überkam das Gefühl, vor einem Abgrund zu stehen.

»Geben Sie ihm eine Chance!«, sagte sie leise. Für einen Moment war es still am Tisch.

»Eine Chance hat ein jeder verdient«, brummte Xaver und sah den Rektor über den Tisch hinweg unvermittelt an.

Der hob nun besänftigend beide Arme. »Wo du recht hast, hast du recht, Xaver«, entgegnete er ohne wirkliche Überzeugung. »Eine Chance hat ein jeder verdient.«

Von den anderen unbemerkt schloss Marie für wenige Sekunden die Augen. Danke, dachte sie, danke. Diese Schlacht hatte sie gewonnen, und doch spürte sie genau, dass hier gerade ein Kampf begonnen hatte, der noch lange nicht zu Ende war.

*

»Warum hast du mir eigentlich nicht erzählt, dass der Felix beim Amtsarzt Probleme gemacht hat?«, fragte Paul, als er wenig später mit Marie in der Küche allein war.

Marie spürte, wie sie errötete.

»War halb so schlimm«, wiegelte sie rasch ab. »Kennst ihn ja, bei Fremden reagiert er leicht panisch.«

»Du hast doch den Rektor gehört! Wie stellst du dir das denn vor?«

»Das wird schon«, sagte Marie. »Das schafft er schon.«

Paul schüttelte den Kopf. »Das sehen die Leute im Dorf aber ganz anders. Was glaubst du, was ich mir da anhören muss.«

»Die Leute! Seit wann gibst du etwas auf dieses Geschwätz, Paul. Das hat uns doch früher auch nicht interessiert«, entgegnete Marie und kippte das Küchenfenster, um den Essensgeruch nach draußen zu lassen.

Sie sah auf den Hof hinaus. Draußen schien die Sonne, es war ein klarer kalter Tag im Spätherbst. Lena und Max spielten im Nachmittagslicht vor der Scheune, und sogar Felix hatte sich zu seinen Geschwistern dazugesellt. Er saß neben Max auf einer kleinen Bank und sah vage in Richtung seiner älteren Schwester. Die deutete mit einem Stock auf die Holzwand hinter sich. Lenas Stimme war nun deutlich zu hören.

»Der Felix soll mitspielen«, sagte sie.

»Du machst Witze«, antwortete Max.

Lena sah das anders. »Wieso? Der muss doch jetzt auch in die Schule«, antwortete sie.

In der Küche war Paul hinter seine Frau getreten. Marie lächelte stolz. »Jetzt schau halt, die beiden glauben an ihn«, sagte sie.

Sie begleitete ihren Mann in den Hausflur hinaus und gab ihm einen Kuss, bevor er sich wieder mit Xaver auf den Weg zur Feldarbeit machte.

»Also, denk daran. Du musst immer den Arm heben, ja?« Lenas Stimme klang streng, sie ahmte sichtlich den Tonfall ihrer Lehrerin nach. »Wie viel ist fünf und zehn?«

Da musste Felix nicht überlegen. »Fünfzehn«, platzte es ohne die geforderte Geste aus ihm heraus.

Max schüttelte den Kopf und riss Felix' Arm mit einem Ruck in die Höhe. Das war zu viel für den Jungen. Mit einem Satz sprang Felix auf und rannte davon. Max verzog sein Gesicht und sah Lena schief an.

»Der kapiert's nicht. Hab ich dir doch gleich gesagt!«

*

In dieser Nacht erwachte Marie von Felix' Weinen. Schlaftrunken schlüpfte sie aus dem Bett und lief in sein Zimmer hinüber. Wie von schlimmen Träumen gequält, warf sich der Junge in seinem Bett hin und her. Auf seiner Stirn standen feine Schweißperlen, das Oberteil seines Schlafanzuges war völlig durchnässt.

Vorsichtig knöpfte Marie das Hemd auf und zog es dem schlafenden Jungen aus, um ihm sofort ein frisches überzustreifen. Felix war so tief in seine Träume versunken, dass er auch durch diese Prozedur nicht erwachte. Nur sein Weinen war leiser geworden, und schließlich verebbte es ganz. Marie sah ihren Sohn ratlos an. Was quält dich denn so?, dachte sie. Ihr war kalt. Fröstelnd kehrte sie in ihr eigenes Bett zurück.

»Was ist denn los?«, fragte Paul.

»Schlecht geträumt hat er, der Felix«, sagte Marie.

Paul schwieg.

»Vielleicht dürfen wir einfach nicht so viel von ihm erwarten?«, meinte er dann. »Vielleicht müssen wir ihn einfach so nehmen, wie er ist.«

Marie antwortete nicht. Mit offenen Augen starrte sie auch dann noch in die Dunkelheit, als Paul schon längst wieder eingeschlafen war.

*

In der Woche vor Weihnachten gab es die ersten heftigen Schneefälle und strengen Frost. Marie deckte vor dem Haus die schon im Herbst zurückgeschnittenen Rosenstöcke mit Tannenzweigen ab, während Elisabeth auf der Holzbank vor der Haustür die Weihnachtsgans rupfte. Paul hackte das Holz für die Festtage, und Xaver schichtete die Scheite an der Hauswand auf. Aus der Ferne hörte man schon die fröhlichen Stimmen von

Lena und Max, für die die Weihnachtsferien begonnen hatten.

In der Küche saß Felix wieder einmal auf seinem Lieblingsplatz vor dem Radio. Konzentriert lauschte er dem Radiosprecher und notierte die Zahlen aus der Wettervorhersage in sein Heft.

»*In der Region Hollertau erwarten wir in den nächsten Tagen weiteren Bodenfrost. Die Temperatur erreicht am morgigen Samstag, den 20. Dezember, einen möglichen Höchstwert von −2 °C. In der Nacht können die Temperaturen bis −12 °C fallen.*«

In diesem Augenblick flog ein Schneeball mit lautem Knall gegen die Küchenscheibe. Felix sprang erschrocken auf, so dass der Stuhl hinter ihm umkippte. Am Fenster schnitten seine Geschwister Fratzen und johlten. Felix hielt sich die Ohren zu, lief in den Flur und stürzte aus der Haustür hinaus.

Als Elisabeth mit der Gans die Küche betrat und das allein vor sich hin laufende Radio anhörte, schüttelte sie den Kopf. Der Junge war ihr unheimlich. Was wohl jetzt wieder in ihn gefahren war?

*

Wie so oft, wenn er sich bedrängt fühlte, war Felix in die Scheune gelaufen. Und wie so oft kauerte er auch diesmal am Boden und griff mit der rechten Hand nach den gestapelten Stöckchen, um eines nach dem anderen im Muster seiner inneren Bilder auf dem Boden zu gruppieren.

Doch etwas unterbrach diesmal das Spiel des hereinfallenden Lichtes, das den Holzmosaiken erst ihre Farbe und ihren stetig wechselnden Charakter verlieh. Felix starrte auf das monströse Etwas, das alles andere in den Schatten stellte. Wie das Spielzeug eines Riesen füllte die Hopfenmaschine den Raum und zog Felix in ihren Bann. Felix ließ seine Stöckchen sinken, erhob sich von dem staubigen Boden und kletterte mit einiger Anstrengung auf den Fahrersitz der Maschine.

\*

Fast zur gleichen Zeit betrat Marie gemeinsam mit Max und Lena die Küche. Die Wangen der Kinder waren von dem langen Fußmarsch, vor allem aber von der Schneeballschlacht gerötet, wie zwei gesunde rotbackige Äpfel glänzten sie noch im gedämpften Licht der Stube.

Elisabeth erhitzte bereits den Linseneintopf, den sie für diesen Mittag vorbereitet hatte, und Marie wusch sich am Waschbecken die Hände und band sich dann eine Schürze um. Sie öffnete den Küchenschrank und drückte Lena die Suppenteller in die Hand, die Mutter und Tochter nun gemeinsam auf dem Tisch verteilten.

Über den Hof sah man bereits Xaver und Paul auf das Haus zulaufen, als der Motor der Hopfenmaschine plötzlich ansprang und sein Getöse das ganze Grundstück erfüllte. Marie, die ihren Mann eben noch durch die Scheibe hatte kommen sehen, schaute verdutzt hinaus. Noch bevor sie überhaupt denken konnte, spürte sie schon, wie ihr das Herz bis zum Halse schlug. Sie ahnte fast, dass der Verursacher dieses Motorengeräusches nur einer sein konnte: Felix.

Für einen quälenden Moment hielt Marie inne. Ein Teller rutschte ihr aus der Hand, ohne dass sie hätte sagen können, wie. Während das Porzellan auf dem Steinboden der Küche zerbarst, musste Paul über den Hof in die Scheune gerannt sein, denn das Motorengeräusch verstummte so plötzlich, wie es begonnen hatte.

Anstelle der Maschine drangen nun die Schreie des Jungen über den Hof. Marie, Elisabeth und die beiden älteren Kinder liefen aus dem Haus hin zur Scheune, wo Paul wie von Sinnen auf seinen Jüngsten eindrosch. Vergeblich mühte sich Xaver, den Wütenden zur Vernunft zu bringen.

»Bist du wahnsinnig?«, schrie Marie und entriss ihrem Mann das wimmernde Kind. Schützend schlang sie die Arme um Felix, ihr ganzer Körper bebte vor Zorn.

»Hast du eine Ahnung, was so eine Maschine kostet?«, brüllte Paul zurück. »Für wen rackere ich mich denn hier ab? Nur, dass der mir alles ruiniert.«

So außer sich hatte noch niemand von ihnen Paul erlebt. Lena und Max warfen sich vielsagende Blicke zu, auch Xaver wirkte spürbar betroffen. Einzig Elisabeth schien mit der Reaktion ihres Sohnes einverstanden zu sein. Sie blickte sichtlich befriedigt in die Runde, was ihr einen tadelnden Blick ihres Mannes einbrachte. Marie aber hörte Paul schon gar nicht mehr zu und lief mit dem Jungen ohne ein weiteres Wort ins Haus zurück.

»Das ist nicht normal, Paul«, sagte Elisabeth mit eindringlicher Stimme. »Der Junge ist nicht normal. Es wird höchste Zeit, dass du etwas unternimmst.«

Doch für Paul war jedes Wort zu viel. »Lass mir meine Ruhe«, raunzte er und ließ Elisabeth stehen.

Marie hatte Felix in sein Zimmer gebracht und strich ihm nun sachte über den Kopf.

»Ist ja gut«, flüsterte sie, »ist ja gut.«

Langsam verebbte sein Weinen, schließlich beruhigte er sich. Hier in seinem Zimmer, gehalten in der von ihm geschaffenen Ordnung, geborgen in der Nähe seiner Mutter, fasste er wieder Vertrauen. Und doch spürte Marie mit jedem Wort, das sie zärtlich und leise in sein Ohr flüsterte, dass sie vor allem versuchte, sich selbst zu beruhigen. Sich Mut zusprach und sich einlullte in den Singsang ihrer leisen Beteuerungen, so wie ein Kind singt, wenn es in den dunklen Keller gehen muss. Fast jeder Tag brachte neue Kümmernisse. Es war, als ob Felix' nahende Einschulung etwas in Gang gesetzt hatte, was nun nicht mehr zu stoppen war.

*

Früh am Weihnachtsmorgen schon hatte sich Felix unbemerkt aus dem Haus geschlichen und sich vor die Fischerhütte am Neudorfer Weiher gelegt. Er lag mit dem Rücken auf den Holzbohlen und starrte in den Himmel. Vorsichtig erst und dann immer rhythmischer stieß er kleine Atemwolken aus, die sich dunstig von der kalten Luft des frühen Morgens abhoben.

Als ihn Marie so fand, war er ganz steifgefroren, und sie schleppte ihn unter Protest vor den Ofen in der Küche – schließlich sollte Felix an diesem Nachmittag gemeinsam mit allen Familienmitgliedern den Weihnachtsgottesdienst besuchen.

Einige Zeit später lief Paul mit den beiden Großen die Landstraße zum Dorf hin voraus, Elisabeth und Xaver folgten ihnen. Den Schluss der kleinen Truppe bildeten Marie und Felix, der mechanisch neben ihr herlief. Er hüpfte nicht auf, wie Lena es in ihrem Übermut gerne machte, und er sprang nicht beiseite wie Max, wenn ihm der Gleichschritt der Familie zu fad wurde. Felix lief einfach vor sich hin, und eine blasse Anspannung hatte sich um seine Nasenspitze herum eingenistet.

*

Ein über drei Meter hoher Tannenbaum war in der Kirche aufgestellt, bis an die Spitze mit Strohsternen geschmückt. Marie stand auf der Orgelempore und beobachtete, wie ihre Familie in einer Kirchenbank links vom

Altar Platz nahm und sich Lena und Max auch von der festlichen Atmosphäre nicht davon abhalten ließen, sich heimlich gegenseitig zu knuffen und zu schubsen. Eingerahmt von ihren Großeltern und zum Mittelgang hin begrenzt durch Paul und Felix musste sich Marie aber um die beiden keine wirklichen Sorgen machen. Lenas lange Haare hatte sie heute sorgsam zu Zöpfen geflochten und Max' lockiges Haar besonders aufmerksam gekämmt, eine Mühe, die im Alltag leicht durch jeden Windstoß und jede Rauferei zunichtegemacht wurde.

Wie ihre Familie warteten die meisten Dorfbewohner in Festtagskleidung auf die Heilige Messe.

So wie die Strohsterne alljährlich für den Weihnachtsgottesdienst von den Frauen des katholischen Häkelkreises neu aufgebügelt wurden, so hatten die Damen auch den Heiland am Kreuz für die Weihnachtsmesse frisch poliert. Solche und andere Dienste waren eine Sache für sich, die Elisabeth auch ohne Wissen von Hochwürden Huber unter den Frauen des Dorfes zu organisieren wusste.

Fast alle Plätze waren besetzt. Alex Brunner saß bereits an der Orgel und zwinkerte Marie aufmunternd zu. Der Kirchenchor drapierte sich in einem Halbrund um Rektor Meyer, der seinerseits von der Brüstung aus gesehen hatte, wie der Pfarrer gemessenen Schrittes den Altarraum betrat. Er gab Alex ein Zeichen, und sie eröffnete die Christvesper mit den festlichen Klängen von Bachs Toccata in F-Dur.

Eine Viertelstunde später, der Pfarrer hatte längst mit seiner Weihnachtsansprache begonnen, bemerkte Marie von der Empore aus, dass Felix die Kirchenbank seiner Familie verlassen hatte und sich offenbar bei den hinteren Kirchenbänken unter der Orgelempore versteckt hielt.

»Maria aber behielt all diese Worte und bewegte sie in ihrem Herzen«, sprach der Pfarrer und sah zum Kirchenchor hinauf. »Und die Hirten kehrten wieder um, priesen und lobten Gott um alles, was sie da gehört und gesehen hatten, wie denn zu ihnen gesagt war.«

Rektor Meyer nickte dem Pfarrer zu und wies dem Chor seinen Einsatz. Alex begann die ersten Takte des thüringischen Volksliedes zu spielen, der Chor stimmte ein. Nun trat Marie wie verabredet ganz dicht an die Empore und begann ihr Solo anzustimmen.

So konnte sie nicht mehr sehen, wie Felix den bereits nach dem Eröffnungslied erstmals gefüllten Klingelbeutel entdeckte, den der Küster an der Hinterseite der letzten Kirchenbank befestigt hatte. Zunächst unbemerkt von der Gemeinde griff er einzelne Münzen heraus und ließ sie über die steinernen Fliesen hin zum Altarraum springen. Wie lustige Räder liefen die Markstücke durch den Mittelgang. Felix war so tief in sein Spiel versunken, dass er Meter für Meter auf Knien hin zum Altarraum rutschte und dabei beständig neue Münzen zum Springen brachte. Einige Besucher waren bereits auf den Jungen aufmerksam geworden, als auch Pfarrer

Huber endlich bemerkte, was sich da nur wenige Meter von ihm entfernt auf dem Kirchenboden abspielte.

Oben auf der Empore hatte Marie immer noch nichts von all dem mitbekommen. Sie blieb völlig in ihren Gesang vertieft.

*»Maria durch ein Dornwald ging. Der hatte in sieben Jahren kein Laub getragen. Jesus und Maria ...«*

Die Unruhe in der Gemeinde wuchs und war nun auch auf der Empore nicht länger zu überhören.

In dem Augenblick, als Marie nach unten sah, glaubte sie vor Scham und Angst in den Boden versinken zu müssen. Der Pfarrer hatte den Jungen am Arm gepackt und schleifte ihn vor den Augen der ganzen Gemeinde auf den Ausgang zu. In den Bänken blickten einige geschockt auf das Schauspiel, andere grinsten oder schüttelten den Kopf.

Paul lief ihnen hinterher.

»Sie reißen ihm ja den Arm aus!«, rief er empört und zog seinen Sohn aus den Armen des Pfarrers.

»Raus mit diesem Satansbraten«, knurrte der Pfarrer leise und warf Elisabeth einen vielsagenden Blick zu.

Paul ließ sich das nicht zweimal sagen. Schützend legte er den rechten Arm um die Schultern seines Jungen und lief mit ihm auf den Ausgang zu. Den Kopf hatte sein Sohn in den Nacken gelegt, Felix' Schultern verkrampften sich spürbar unter seiner Umarmung. Ein Stück Holz, dachte Paul, er fühlt sich so hart an wie ein Pfosten. Eingezwängt vom Arm seines Vaters ließ Felix seinen Kopf starr im Nacken liegen und äugte hinauf in das gemalte Wolkenpanorama wie in einen fernen unbegreiflichen Himmel.

Oben auf der Empore sang Marie weiter, als ob nichts geschehen wäre. Halt durch, dachte sie, diese Genugtuung darfst du ihnen nicht geben. Halt durch. Und Marie sang.

*»Was trug Maria unter ihrem Herzen? Kyrieeleison. Ein kleines Kindlein ohne Schmerzen, das trug Maria unter ihrem Herzen! Jesus und Maria …«*

Nur Alex konnte von ihrer Orgel aus sehen, wie Maries Lider flatterten, wie ihr ganzer Körper unter einer ungeheuren Anstrengung vibrierte. Es war der eiserne Wille einer Mutter, den entsetzten Gesichtern in den Kirchenbänken die Kraft ihrer eigenen Stimme entgegenzuhalten. Alex begleitete das Solo unbeirrt zu Ende.

\*

Es hatte angefangen zu schneien, als sich Paul auf dem Kirchenvorplatz eine Zigarette anzündete. Nachdenklich betrachtete er seinen Sohn, der das Kirchenvolk in Aufregung versetzt und den Pfarrer so in Rage gebracht hatte. Paul hatte keine Ahnung, was im Kopf dieses Jungen vorging. Ein Kind, das nicht weiß, was es tut? Ein Kind, das sich nicht einfügen will? Ein Kind, das auf die Regeln der Erwachsenen pfeift? War Felix frech oder war sein Jüngster einfach nur blöd? Zurückgeblieben? Ein hoffnungsloser Fall?

Beschämt musste sich Paul eingestehen, dass er es selbst nicht wusste. Doch er sah, wie die Lippen seines Sohnes vor Kälte bläulich schimmerten, wie er im Schneegestöber dieses dunkelnden Weihnachtstages bibberte. Paul schlug den Wollmantel auf und hüllte seinen Jungen darin ein.

*

Den Heiligabend verbrachte die Familie Moosbacher in gedrückter Stimmung. Den langen Weg zurück ins Dorf hatte kaum jemand ein Wort gesagt, und auch der Weihnachtsabend verlief diesmal äußerst schweigsam. In Maries Kopf hatten sich die Bilder dieses Gottesdienstes wie ein Alptraum eingebrannt, und sie versuchte noch immer, den Aufruhr in ihrem Inneren zum Schweigen zu bringen.

Elisabeth hatte, wie jedes Jahr, den Gänsebraten schon seit dem frühen Morgen in der Röhre schmurgeln lassen und war nun froh, dass sie das Anrichten des Bratens von der entsetzlichen Blamage während des Weihnachtsgottesdienstes ablenkte. Den Klingelbeutel zu plündern! Eine größere Sünde war schwer vorstellbar. Xaver verbarg sich hinter seiner Pfeife und schien noch schweigsamer als sonst. Paul bemühte sich sichtlich, seine gereizte Stimmung zu verbergen, er wollte den ohnehin lädierten Abend nicht völlig verderben. Einzig Lena und Max schienen die Bedrückung der Erwachsenen bald vergessen zu haben und tobten nach dem Essen mit ihren neuen Spielsachen herum. Lena hatte ein neues Strickkleid für ihre geliebte Puppe Clara bekommen und Max einen Bumerang aus Holz, den er sich schon lange gewünscht hatte.

Felix jedoch ließ sein Weihnachtsgeschenk, einen Holzlaster, gleich wieder liegen und griff lieber nach den Scheiten im Ofenkorb, um auch am Heiligen Abend die Holzstöckchen so lange auf dem Boden hin- und herzuschieben, bis ihm die Anordnung gefiel und er schlagartig müde wurde.

Felix legte das letzte Scheit akkurat an, so wie ein Maler den ultimativen Pinselstrich unter sein Gemälde setzt. Nun gab es nichts mehr, was er an seinem hölzernen Mosaik noch verändert hätte. Sein inneres Bild und die von ihm geschaffene Wirklichkeit waren eins geworden.

Nachdem Marie ihren Jüngsten zu Bett gebracht hatte, ging sie nicht zu den anderen in die warme Küche zurück. Fröstelnd trat sie in den dunklen Hof, sah durch das Fenster in die mit Kerzen erleuchtete Stube und hörte das Lachen ihrer größeren Kinder. Ihr war elend zumute. Sie schlang das wollene Tuch, das sie um ihre Schultern gewickelt trug, fester zusammen, als Paul aus dem dunklen Flur zu ihr hinaus ins Freie trat.

»Was machst du denn in dieser Kälte?«, fragte er.

»Mir war zum Ersticken«, flüsterte Marie. »Ich musste an die frische Luft.«

Für einen Moment sah Paul seine Frau hilflos an. Schließlich zog er sie vorsichtig in seine Arme. Er fühlte ihre Verzweiflung, spürte, wie steif ihr ganzer Rücken war.

»Komm«, flüsterte er leise. »Lass uns wieder reingehen. Du verkühlst dich noch.«

*

Blaugrau glänzende Wolken schoben sich langsam am Himmel entlang, als Paul am letzten Tag des alten Jahres auf das nah am Neudorfer Weiher gelegene Hopfenfeld fuhr. Hier befand sich seine größte Anbaufläche, hier hatte er die meiste Arbeit in die Böden gesteckt, in dieser Erde lag all seine Hoffnung auf eine bessere Zukunft.

Hoffnung, ja, das war das richtige Wort, Hoffnung hatte Paul immer noch, auch wenn er von Gewissheit nicht mehr sprechen konnte. Man hätte schon blind und taub sein müssen, um nicht zu bemerken, wie geschickt ihm der Schenkhofer auswich, dass er sich verleugnen ließ, wenn Paul versuchte, in der Brauerei einen Termin auszumachen, der eigentlich für Ende November verabredet worden war und der jetzt, am vorletzten Tag des Jahres, noch immer nicht stattgefunden hatte. Und so wie Schenkhofer sich auf keinen Termin einließ, so war natürlich auch noch immer kein Hopfengeld geflossen.

Geld, mit dem Paul schon lange gerechnet und das er mit dem Kauf der Hopfenmaschine verplant hatte.

Wie ein Depp stand er jetzt da. Solche Nachrichten machten im Dorf schnell die Runde. Da musste es schon mit dem Teufel zugehen, wenn der eine nicht aus den Einflüsterungen des anderen Kapital schlagen wollte. Und Schenkhofer war ein gerissener Hund, der genau taxierte, wie die Aktien standen. Wie höhnisch der Brauereibesitzer gegrinst hatte, als er dem Pfarrer seinen Buben buchstäblich aus der Hand gerissen und vor den Augen der ganzen Gemeinde um sein Kind gerungen hatte. Wie ein Ertrinkender war er sich da vorgekommen, wie ein Schiffbrüchiger aus den biblischen Geschichten, der in einen Sturm geraten war und nun kein Land mehr sehen konnte.

Wann hatte das nur angefangen? Mühsam versuchte Paul sich zu erinnern, wann die ersten Kommentare aufgekommen waren. Vor einem Jahr? Vor wenigen Monaten? Oder im Herbst, während der Ernte, als die anderen Bauern begannen, seinen Jüngsten wiederholt bei Streifzügen durch die Hopfenfelder zu ertappen? Über seine merkwürdigen Bewegungen Witze machten, über seine ausgebreiteten Arme lachten. Ja, hat man denn sowas schon gesehen? Was für ein merkwürdiger Vogel der Moosbacher Felix doch ist.

Paul schluckte, als ihm plötzlich klar wurde, wie sich das langsam, fast unmerklich hochgeschaukelt hatte. Die ersten Bemerkungen über Felix waren fast nebenbei gefallen und rasch wieder vergessen gewesen. Doch seit einigen Wochen häuften sich die Sticheleien, und Pauls alte Taktik, die dummen Sprüche einfach zu überhören, ging nicht mehr auf. Ja, seit Felix' Schreierei bei der Schuluntersuchung überbot sich der Stammtisch mit Mutmaßungen und Ratschlägen; es hing ihm zum Halse raus. Doch was noch schwerer wog, waren die Seitenhiebe auf ihn, die unausgesprochenen Vorwürfe, er habe sein Haus nicht im Griff, sei nicht Herr der Lage, unfähig, mit der Faust auf den Tisch zu hauen.

Paul schoss das Blut in den Kopf, als er sich ausmalte, was sich der Schenkhofer da zusammenreimte. Wer seine Familie nicht im Griff hatte, würde wohl kaum imstande sein, einem Brauereibesitzer die Stirn zu bieten. Aber da hatte er sich getäuscht, der Schenkhofer, dachte Paul. Nicht mit ihm! Er würde sich das nicht länger bieten lassen. Und sich zum Beginn des neuen Jahres endgültig das Hopfengeld holen, dass ihm der Brauereibesitzer nach der Ernte versprochen hatte.

Mit seinen Arbeitsstiefeln tastete Paul tiefer in die Furchen des Bodens hinein. An diesen letzten Dezembertagen war die Erde nun endgültig steif und fest gefroren; vor März würde er hier nicht mehr viel machen können. Aus der Ferne hörte er, wie die Dorfkinder mit einigen Knallfröschen und Straßenböllern die Silvesterfeier einläuten wollten.

\*

Als Marie am frühen Abend ihr Bügelbrett aufstellte, um die letzten Wäschestücke des alten Jahres zu bügeln, klingelte es. Zu ihrer Überraschung stand Pfarrer Huber vor der Tür.

»Hochwürden?«, begrüßte sie ihn fragend, da schob sie Elisabeth von hinten beiseite.

»Der Herr Pfarrer kommt zu mir«, sagte sie energisch und trat mit dem Geistlichen aus der Haustür hinaus ins Freie.

Marie wunderte sich, warum ihre Schwiegermutter den Mann nicht wie sonst in die Stube bat. Verdutzt starrte sie auf die Haustür, die Elisabeth ihr direkt vor der Nase zugeschlagen hatte.

*

Die große Wanduhr in der Küche zeigte neun Uhr am Abend. Mit Bleigießen vertrieben sich die Moosbachers die Stunden vor Mitternacht. Nur Felix hatte sich bereits früh zurückgezogen. Er war Marie schon am Nachmittag ausgesprochen schläfrig erschienen, ja eigentlich war er den ganzen Tag über nicht richtig munter geworden und hatte schon bei seinem ersten Kakao gegähnt, den er wie immer frühmorgens in der Küche trank, während Elisabeth herumhantierte oder bereits mit den Vorbereitungen für das Mittagessen beschäftigt war. Vielleicht brütete er ja etwas aus.

»Mama, Mama, ich hab ein Seepferdchen«, rief Lena und zog eine Bleiform aus dem heißen Wasser.

»Toll, Lena. Das sieht wirklich wie ein Seepferdchen aus«, lachte Marie und hob das Gebilde vorsichtig hoch.

Es war selten, dass die Familie so ausgelassen zusammensaß, und Lena kuschelte sich glücklich an ihre Mutter. Auch Xaver saß vergnügt in der Runde und zog an seiner Pfeife, einzig Elisabeth klapperte nervös mit dem Geschirr des Abendessens umher und schien in der Küche kein Ende zu finden.

Als Paul gegen zehn Uhr begann, Spielkarten auszuteilen, juchzte Max laut auf. Marie schaute auf die Uhr und erhob sich.

»Vielleicht sollte ich doch einmal nach dem Felix schauen«, meinte sie, doch Max hielt sie am Ärmel fest.

»Nicht jetzt, Mama«, bat er eindringlich. »Nicht jetzt, wo es grad so lustig ist.«

Marie musste lächeln, und bevor sie es sich überlegen konnte, sagte Elisabeth rasch: »Ich geh schon.«

Max und Lena strahlten. Paul hatte begonnen, die Karten auszuteilen, und bald waren alle so in ihr Skatspiel vertieft, dass die Zeit wie im Flug verrann.

»Vier Buben, da seht ihrs!«, rief Max.

»Jetzt bin ich erledigt«, stöhnte Paul, und alle lachten.

Die Uhr schlug viertel vor zwölf. Erst jetzt fiel Elisabeth auf, dass sie ihre Schwiegermutter seit über einer Stunde nicht mehr gesehen hatte. Sie erhob sich und wandte sich zur Tür.

»Ich schau noch mal nach dem Felix«, sagte sie.

»Beeil dich, gleich ist es so weit«, antwortete Paul und sammelte die Karten ein.

Auch die Kinder waren aufgestanden und sahen sich unschlüssig um.

»Marsch, alle Mäntel anziehen«, lachte Paul. »Ihr wollt doch das Feuerwerk nicht verpassen.«

*

Auch Marie lächelte noch immer, als sie in Felix' Zimmer trat. So ausgelassen und fröhlich hatte sie Paul schon lange nicht mehr erlebt. Wehmütig dachte sie daran, wie sie ihren Mann vor zwölf Jahren bei der Hochzeit ihrer Kusine in Ingolstadt kennengelernt hatte. Sein Lachen hatte sie wie ein Blitz getroffen. Es war ein Lachen, dass ihn von einer Sekunde zur anderen zu einem kleinen Jungen werden ließ, für den die Welt ein großer Zauber und jeder Tag ein Sonntag war. Unbeschwert, ja, losgelöst und frei von den Bedrückungen des Alltagslebens, so klang es, wenn Paul lachte. An seinem Lachen hätte sie ihren Mann unter Hunderten erkannt.

Wie sehr sie dieses Lachen vermisste. In diesen Stunden vor Mitternacht aber war es zurückgekommen, war Paul zurückgekommen, der Mann, den sie liebte und mit dem sie ihr Leben teilte. Das Herz war ihr mit jeder Stunde dieses Abends leichter geworden. Was immer auch kam, sie würden es schaffen. Zusammen würden sie alles schaffen.

Felix' Zimmer lag in völligem Dunkel, kein Laut war zu hören. Marie wollte ihren Jüngsten nicht wecken und schlich sich auf Zehenspitzen an sein Bett heran, um das hoch aufgetürmte und in sich verdrehte Federbett so zu richten, dass es dem Jungen nicht zu heiß würde. Ein Hitzestau in der Nacht konnte leicht zu panischen Träumen führen. Behutsam zog Marie den oberen Deckenzipfel nach unten, doch sie griff ins Leere. Ihre Hand tastete hin zu dem kalten Laken, wühlte sich hastig durch das ganze Bett hindurch und fiel schließlich schlaff an ihrem Körper herab. Felix' Bett war leer.

Später wusste Marie nicht mehr, in welches Zimmer sie zuerst gerannt war, in welchem Stockwerk sie zuerst gesucht, auf welcher Stiege sie zuerst die Türen aufgerissen hatte.

»Felix?«, rief sie immer wieder, »Felix?«, keuchte sie schließlich hilflos, als sie kaum noch bewusst registrierte, wo in dem weitläufigen Gelände sie sich gerade befand. Doch es kam keine Antwort.

Alles in ihrem Kopf schien sich zu drehen, als Marie mit einer Taschenlampe in der Scheune stand und die Hopfenmaschine anleuchtete. Jeden Winkel erhellte sie, hinter jedem Holzstapel und Heuballen sah sie nach. Nichts. Von Felix fehlte jede Spur.

*

Max und Lena kannten ihren Vater gut genug, um herauszufinden, wo er die Silvesterraketen versteckt hielt. Die Plastiktüte hinter den Gummistiefeln war leicht zu enttarnen gewesen, und noch bevor Paul aus der Stube hinausgetreten war, liefen sie ihm schon davon und hielten jeder eine Rakete in den Händen. Max juchzte und Lena hüpfte aufgeregt von einem Bein auf das andere, als sie in einem freudigen Wettlauf in den nächtlichen Hof hinaussprangen.

Beide bemerkten ihre Mutter nicht, die abseits der Lichtkegel, die von den erleuchteten Fenstern auf die Schneereste fielen, über den Hof stapfte. Marie lief lautlos, nur in ihrem Inneren hämmerte ihr Herzschlag, pochte das Blut in ihren Adern in einem fremden, unbegreiflichen Takt. Wo war Felix?

So lief sie an ihren großen Kindern vorbei, nahm nur aus den Augenwinkeln wahr, wie Paul aus der Haustüre trat, hörte noch, wie er den beiden Großen ein »Wartet halt« zurief, als sie plötzlich auf den Lichtschein im alten Nebengebäude aufmerksam wurde. Diesen Anbau hatte sie seit Jahren nicht betreten, er stammte noch aus der Zeit, als solche Höfe nur mit einer Vielzahl von Knechten und Mägden zu bewirtschaften gewesen waren.

Das Glockengeläut setzte ein, jetzt war es so weit. Das neue Jahr wollte begrüßt werden. Max hatte die erste Rakete gezündet. Ein Lichterregen leuchtete hoch über dem Hof, als Marie den Griff der schmalen Holztür niederdrückte.

Schritt für Schritt stieg sie die steile Stiege hinauf. Zwischen dem Geschrei der aufgeregten Kinder draußen und dem Ächzen der Holzdielen unter ihren Schritten konnte sie ein Gemurmel ausmachen, das von oben zu kommen schien. Mit jedem Schritt hörte Marie immer deutlicher die Stimmen eines Mannes und einer Frau, deren Worte sich wie in einer merkwürdigen Litanei zu einem einzigen Redefluss verwoben, einem Singsang, wie ihn Marie sonst nur in den Heiligen Messen hörte. Als Marie die Stimmen endlich erkannte, setzte ihr Herzschlag aus.

Endlich stand sie auf der obersten Stufe und riss die Türe auf.

*

Maries Schrei durchdrang den ganzen Raum. Da lag Felix, in Kräuterbänder gewickelt, auf einem alten Bett. Seine Arme waren rechts und links an die Bettpfosten geschnallt. Der Pfarrer schwang die Weihrauchschale und betete gemeinsam mit Elisabeth, die ihren Rosenkranz unaufhörlich durch die Finger gleiten ließ. Felix zitterte am ganzen Körper vor Kälte und Angst. Außer sich vor Entsetzen stürzte Marie auf ihn zu, doch Elisabeth versuchte, ihr Eingreifen zu verhindern.

»Marie!«, beschwor sie ihre Schwiegertochter. »Der Junge ist nicht normal. Hier sind Kräfte am Werk, gegen die seid ihr machtlos.«

Wie eine Rasende stieß Marie sie zur Seite, riss die Bänder, die ihren Sohn fesselten, entzwei und versetzte dem Pfarrer, der ihre Hand festhalten wollte, einen Schubs. Tränen liefen ihr über das Gesicht, als sie ihren Jungen endlich aus dem Bett hochreißen, an sich drücken und befreien konnte. Ihre Knie zitterten wie Espenlaub, als sie Felix die Treppen hinuntertrug. Schlotternd rannte sie mit dem verängstigten Kind über den Hof. Paul, der gerade noch lachend das neue Jahr begrüßt hatte, erstarrte bei ihrem Anblick.

»Marie«, rief er entgeistert. »Was ist denn los?«

»Frag deine Mutter«, keuchte sie und rannte wie besinnungslos weiter.

Doch dann blieb sie stehen und drehte sich um. Elisabeth und der Pfarrer waren aus dem Nebenbau herausgetreten und Marie bedachte beide mit einem Blick, der siedendes Wasser in Eis verwandelt hätte.

»Wenn sich noch einmal einer an meinem Buben vergreift«, schrie sie, »dann verschwinde ich mit meinen Kindern ein für alle Mal von diesem Hof. Habt ihr mich verstanden?«

Aus Pauls Gesicht war alle Farbe gewichen. Er sah im Lichtschein der Eingangstür, zu der sich Marie mit Felix gerettet hatte, aus wie ein Gespenst. Auch Lena und Max standen da wie erstarrt. Sie verstanden nicht. Xaver aber, der seine Mütze aufgrund der Kälte tief ins Gesicht gezogen hatte, nahm seine Pfeife aus dem Mund und warf sie voller Zorn zu Boden. Er ahnte, dass

Elisabeth diesmal zu weit gegangen war, sie musste etwas getan haben, was ihr Marie nicht verzeihen würde. Brüsk drehte er seiner Frau den Rücken zu und stapfte ins Haus.

Paul sah entsetzt von einem zum anderen. Da bemerkte er, wie der Pfarrer im Dunkel sein Fahrrad bestieg und ohne ein Wort der Erklärung vom Hof radelte.

»Mutter, was hast du getan?«, stammelte er.

»Ein Unglück«, flüsterte Elisabeth. »Es ist ein Unglück.«

*

Als sich Paul an diesem Abend zu Marie ins Bett legte, wagte er es nicht, seine Frau zu berühren, er wagte es noch nicht einmal, auch nur ein Wort an sie zu richten. So stocksteif lag sie neben ihm, so erstarrt und ohne jede Bewegung.

Als er schon glaubte, dass sie endlich eingeschlafen sei, brach es aus ihr heraus: »Einen Teufel wollen sie aus ihm machen, einen Teufel. Aber er ist doch ein Kind.«

Paul schwieg. Doch dann tastete er im Dunkel nach ihrer Hand, die eiskalt war, und drückte sie sacht.

»Versuch etwas zu schlafen«, flüsterte er. »Wir sprechen morgen darüber.«

*

Nach dem Schrecken der Silvesternacht hatte Felix einen Fieberschub erlitten. Den ersten und den zweiten Januartag saß Marie fast pausenlos an seinem Bett, bereitete stündlich Wadenwickel und betupfte die heiße Stirn des Kindes mit einem feuchten Waschlappen. Keinen anderen ließ sie an den Jungen heran, auch Paul musste draußen bleiben.

Am dritten Januar war Felix so weit wiederhergestellt, dass er aufstehen konnte. Als Paul seinen Sohn das erste Mal wieder in der Küche sitzen sah, erschien er ihm noch blasser als sonst. Zwischen der rechten Augenbraue und der Nasenwurzel schimmerte ein blaues Äderchen, das er so noch nie im Gesicht des Jungen gesehen hatte. Oder war es ihm einfach nur nicht aufgefallen?

In diesen ersten Tagen des Jahres gingen sich Marie und ihre Schwiegermutter so weit wie möglich aus dem Weg. Seit ihrem Ausbruch in der Silvesternacht hatte Marie geschwiegen und kein direktes Wort mehr an Elisabeth gerichtet. »Bestell deiner Mutter, dass das Essen fertig ist«, sagte sie zu Paul oder »Ich geh dann«, zu Lena. »Bestell den anderen, dass ich erst am Nachmittag zurück bin.« Mit diesen kargen Botschaften hielt sie das Miteinander aufrecht, doch von einem gemütlichen Zusammensein konnte keine Rede mehr sein. Die Stimmung in der Küche ähnelte den frostigen Temperaturen draußen, jeder versuchte, so gut es ging durch diese Tage zu kommen. Die Winterferien würden erst in einigen Tagen zu Ende sein, und solange nutzten Lena und Max jede Gelegenheit, um der bedrückenden Stille im Hause zu entkommen. Meist rutschten sie mit den anderen Dorfkindern über den zugefrorenen Weiher oder versteckten sich in den weitläufigen Scheunen der anderen Höfe.

*

Als Felix endlich wieder das Haus verlassen konnte, führte ihn sein erster Weg zur Fischerhütte am Neudorfer Weiher. Lena, die mit den anderen Kindern aus dem Dorf auf dem zugefrorenen Weiher Schlittschuh lief, beobachtete von der Eisfläche aus, wie er sich auf die schneebedeckten Holzbohlen legte und von dort in den Himmel starrte. Lena überlegte, wie sich die Welt anfühlte, wenn man sie so vom Boden aus betrachtete wie Felix. Sie wunderte sich, dass Felix mit keiner Bewegung auf die Stimmen der Kinder hier reagierte, so weit entfernt waren sie gar nicht. Lena verstand nicht, dass ihm nicht kalt wurde. Ganz sicher würde ihr Bruder fühlen, wie die Kälte langsam durch seine Wolljacke drang und die Füße in den Lederstiefeln steif werden ließ.

Doch da setzte er sich abrupt auf. Aus der Ferne näherten sich phantastische Gestalten, die Lena schon vor einigen Minuten bemerkt hatte. Auch die Kinder auf dem Eis hatten sie längst entdeckt. Felix starrte die merkwürdigen Figuren an. Sie sahen aus wie

Märchenwesen, die einem Bilderbuch entsprungen waren. Tiefrot, gold und blau schimmerten ihre Gewänder, sie trugen Kronen, und das Gesicht des einen war dunkel bemalt. Vorne am Feldweg, der sie zum Weiher hätte führen können, bogen sie ab und liefen direkt auf den Moosbacher Hof zu. Dann verschwanden sie aus Felix' Blickfeld. Auch für Lena und Max waren die Sternsinger nicht länger zu sehen. Als Lena wieder zu ihrem jüngeren Bruder hinübersah, war Felix verschwunden.

Die Kinder des Bistums sammelten wie jedes Jahr für wohltätige Zwecke, und wie jedes Jahr hatte Marie Süßigkeiten und ein Markstück beiseitegelegt, das sie ihnen überreichen konnte. Im letzten Jahr waren Lena und Max mit von der Partie gewesen, in diesem Jahr begrüßte Marie die Zwillinge des Andechs und den ältesten Schenkhofer-Sohn.

Doch als die drei bunten Gestalten das Haus wieder verlassen hatten, legte sich ein Gedanke auf ihre Brust wie ein Stein. Würde Felix, dem schon die kleinste Veränderung Angst machte, jemals in ein solches Kostüm schlüpfen? Und mit den anderen Kindern von Haus zu Haus und Tür zu Tür zu wandern, immer wieder fremde Gesichter im Blick, grüßend und singend? Würde Felix je einer dieser drei Könige sein?

*

Auf dem Moosbacher Hof war eine trügerische Ruhe eingekehrt. Xaver, der seine Pfeife am Neujahrsmorgen aus dem Dreck gezogen hatte, hüllte sich tief in seinen Qualm. Elisabeth hantierte noch eifriger im Haushalt als sonst, schwieg aber demonstrativ vor sich hin. Auch Marie und Paul sprachen nicht wirklich miteinander. Eine unsichtbare Spannung hatte sich aufgebaut, denn alle wussten nur zu gut, dass mit dem Ende der Ferien auch Felix' erster Schultag näher rückte. An diesem Tag würde sich zeigen, ob der Junge den Anforderungen einer neuen Gemeinschaft gewachsen war oder ob die nächsten Sorgen auf sie warteten.

*

*»Wer aber gerne lernet, dem ist kein Weg zu fern. Im Winter wie im Sommer geh ich zur Schule gern«*, sangen die Zweit- und Drittklässler am achten Januar in der Volksschule Hollertau zur Begrüßung der Neuankömmlinge.

Alex begleitete die Klassen an einem alten Klavier, dessen Saiten so ausgeleiert waren, dass die tiefen Töne beim Spielen schnarrten.

»Liebe Kinder, damit der Ernst des Lebens nicht gar so garstig wird, steht euch das Fräulein Baller zur Seite. Fräulein Baller, das ist eure Lehrerin«, sagte Rektor Meyer und schaute ermunternd in die Runde der Erstklässler, die sich in Begleitung ihrer Eltern und Großeltern in ihrem zukünftigen Klassenraum versammelt hatten.

Marie und Paul standen etwas unschlüssig nahe der Tür, während andere Eltern sich bereits an den Wänden entlang in allen Ecken des Raumes platziert hatten.

Jedem Kind war ein Platz in den Zweierbänken zugewiesen worden, auf den Tischen davor lagen quer die Schultüten. Felix teilte sich die Bank mit dem jüngeren Schenkhofer-Sohn, der erwartungsvoll nach vorne zu der neuen Lehrerin schaute. Felix tat das nicht. Sein Blick fixierte den Fußboden und wanderte die Linien zwischen den Holzdielen entlang, die mal mehr und mal weniger Luft ließen. Auch Marie sah nun, dass sich dort reichlich Staub angesammelt hatte, der im trüb hereinfallenden Tageslicht grau vor sich hin schimmerte.

Die junge Lehrerin lächelte die Kinder gewinnend an.

»Grüß Gott, ich bin das Fräulein Baller«, sagte sie, »Ich freue mich, dass ich euch unterrichten darf.«

Marie lächelte, als sie in das sensible und aufmerksame Gesicht der jungen Frau blickte. Bei ihr war Felix ganz sicher in guten Händen. Während Marie die junge Frau unauffällig musterte, bemerkte sie nicht, dass sich Felix leise erhoben hatte.

»Grüß Gott, ich bin der Felix Moosbacher«, sagte er mit fester Stimme und schüttelte seinem Sitznachbarn die Hand.

»Grüß Gott, ich bin der Felix Moosbacher«, sprach er erneut und lief bereits in die nächste Reihe.

»Felix, bitte setz dich«, sagte der Rektor nachsichtig

lächelnd, doch Felix schien ihn nicht zu hören und stellte sich bereits bei einem weiteren Klassenkameraden mit seinem Namen vor.

»Der spinnt«, kicherte der kleine Schenkhofer.

»Eine Schand ist das«, empörte sich eine Mutter.

»Zucht und Ordnung fehlen da«, legte Frau Schenkhofer nach.

Als Felix ungerührt ein viertes Kind mit »Grüß Gott, ich bin der Felix Moosbacher« begrüßt hatte, bat Paul verzweifelt seine Frau: »Jetzt tu doch was!«

Doch Marie wirkte wie gelähmt. Zögernd machte sie einen Schritt auf ihren Jungen zu, da hatte ihn der Brauereibesitzer schon am Arm gepackt und drohte ihm eine Backpfeife an.

»Obacht, Schenkhofer«, rief Paul nun völlig außer sich.

Im Klassenzimmer war ein einziger Tumult entstanden. Alle riefen durcheinander. Der Rektor hob beschwichtigend die Hände und warf Marie einen vielsagenden Blick zu. Er hatte sie gewarnt.

*

Marie spürte deutlich, wie schwer es Paul fiel, seinen Zorn zurückzuhalten. Schweigend waren sie in dem blauen Ford Taunus zurück zum Hof gefahren. Sofort sprang Felix aus dem Auto, warf seinen Ranzen achtlos in das Rosenbeet neben dem Haus und lief hinüber in die Scheune.

Marie starrte auf den neuen Ranzen aus genarbtem braunem Leder, den sie noch am Vorabend poliert und liebevoll mit einem dunkelblauen Schreibmäppchen versehen hatte. Nun lag er auf der gefrorenen Erde, und als ihn Marie hochhob, fiel ihr auf, dass er einen ersten langgezogenen Kratzer auf dem Leder davongetragen hatte.

»Das geht auf keine Kuhhaut«, platzte es aus Paul heraus, der noch immer um Fassung rang. »Das ganze Dorf lacht über uns.«

»Dann stehst halt endlich mal zu deinem Buben«, antwortete Marie und wollte ins Haus.

Paul stellte sich ihr in den Weg. »Du siehst doch selbst, dass das nichts wird«, sagte er aufgebracht und sah seine Frau vorwurfsvoll an.

Marie hatte das Gefühl, dass Bleigewichte auf ihren Schultern lägen. Sie war so müde, dass sie sich – ohne auf die Kälte zu achten – am liebsten auf den Erdboden hätte sinken lassen.

»Das wird nichts, wenn du nicht an ihn glaubst und wenn ich nicht an ihn glaube«, sagte sie betont fest, obwohl sie spürte, wie ihr die Tränen in die Augen stiegen.

Doch als Elisabeth, die das Auto hatte kommen hören, die Haustür öffnete und ihre Schwiegertochter neugierig ansah, riss sie sich zusammen. Keine Träne würde fließen, kein Wort würde über ihre Lippen kommen. Das war aber auch nicht nötig. Ein Blick zu ihrem Sohn genügte, und Elisabeth wusste Bescheid. Die Einschulung von Felix war eine Katastrophe gewesen.

\*

Am anderen Morgen hatte Marie alle Hände voll zu tun, um die Schulbrote für die Kinder zu richten.

»Max, Lena«, sagte sie, als sie die Brote mit den Wurstscheiben zusammenklappte, »ihr habt ein Auge auf den Felix, ja?«

Alle drei standen sie nun in ihren Winterjacken und Mützen vor ihr, den beiden Großen gab sie wie gewohnt einen Kuss, und Felix, der daran kein Interesse zeigte, strich sie zart über die Wange. Schon war er als Erster aus der Tür gesprungen, als ihr Blick auf seinen Ranzen fiel, den er in der Küche vergessen hatte.

»Halt«, sagte sie zu Max, »nimm du seinen Ranzen mit!«

Max warf seiner Schwester einen genervten Blick zu, der Marie nicht entging.

»Komm«, sagte sie, »aller Anfang ist schwer! Das war bei euch nicht anders.«

Als die Kinder draußen waren, trat Paul in die Stube. Er setzte sich nicht wie sonst, sondern trank seinen Kaffee im Stehen.

»Wo gehst du hin?«, fragte ihn Marie, als sie seine Unruhe spürte.

»Zum Schenkhofer, das Hopfengeld abholen«, antwortete Paul so nebenbei wie möglich.

Marie suchte seinen Blick. Er hielt ihr stand. Maries Blick wanderte von seinen Augen auf sein Kinn, verweilte auf dem Grübchen, das sie so liebte, wanderte weiter auf seinen Hemdkragen, der sauber, aber falsch geknöpft war. »Nicht so«, sagte sie zärtlich und zupfte ihm das Hemd zurecht, wobei sie mehrere Knöpfe aufknöpfen und in der richtigen Reihenfolge wieder schließen musste. Dann sah sie ihm wieder in die Augen. Ihre Lippen waren ganz nah. Beide lächelten zaghaft, aber sie küssten sich nicht.

Nachdenklich trat Marie ans Fenster. Längst hatten ihre drei Kinder die Stelle erreicht, wo der Feldweg vom Hof aus in die Landstraße mündete. Wie selbstverständlich nahmen Lena und Max den jüngeren Felix in die Mitte. Da stapften sie, drei Geschwister auf dem Weg in die Schule. Es hätte so einfach sein können. Marie schluckte. Sie durfte nicht zulassen, dass die Angst in ihr die Oberhand gewann. Es würde schon alles gutgehen. Kleiner und kleiner wurden die Umrisse ihrer Kinder, bis sie ganz aus ihrem Blickfeld verschwunden waren.

*

Auf der Hauptstraße des Dorfes war der Schnee, der über Neujahr gefallen war, längst geräumt worden. Graue traurige Klumpen säumten die Gehsteige, und Paul musste achtgeben, dass er mit seinem Ford nicht zu heftig in diese vereisten Schneeschollen fuhr, als er nahe der Brauerei seinen Wagen parkte.

Ein breites Tonnengewölbe trug die Eingangshalle, von der aus Paul das Treppenhaus betrat, das ihn zu den Büroräumen im ersten Stock führte. Der Pförtner hatte den Brauereibesitzer über Pauls Kommen verständigt, doch dieser ließ den jungen Hopfenbauern noch einige Minuten warten.

Angespannt rutschte Paul auf dem Besucherstuhl in Schenkhofers Büro herum und besah sich die reich verzierten Wandtäfelungen, die dem Raum die Aura gediegenen Wohlstands verliehen. Mit einem breiten Lächeln trat der Brauereibesitzer schließlich ein.

»Servus, Paul«, begrüßte er ihn. »Das war ja ein schöner Zirkus mit deinem Buben.«

Paul war fest entschlossen, sich von dieser Spitze nicht in die Defensive drängen zu lassen. »Na schau, und du hast noch nicht einmal Eintritt zahlen müssen«, erwiderte er demonstrativ lächelnd.

Schenkhofer hatte inzwischen auf seinem gepolsterten Schreibtischstuhl Platz genommen und lehnte sich gelassen zurück.

»Also, was ist? Wir haben ein Geschäft ausgemacht«, begann Paul.

»Ein Mann, ein Wort«, antwortete Schenkhofer und zog die Lade auf, in der er sein Bargeld aufbewahrte. Er griff hinein, ertastete das Geldbündel mit zwei Fingern und warf Paul die zusammengerollten Scheine auf den Tisch.

Für einen Moment sah Paul den Mann verdutzt an. Respektlos war das, einfach unverschämt. Doch dann nahm er die Scheine auseinander und zählte einen Schein nach dem anderen. Als Paul spürte, wie rasch er zum Ende kommen würde, wich die Farbe aus seinem Gesicht.

»Das sind tausend Mark weniger als ausgemacht«, sagte er schließlich tonlos. »Ein Spitzenpreis für einen Spitzenhopfen, hast du doch selber gesagt.«

»Der Markt richtet sich jede Woche neu aus«, antwortete Schenkhofer gelassen.

»Wie? Und da soll das Risiko allein bei uns Bauern liegen? Ich hab so viel in meine Böden investiert, ich hab jedes Jahr steigende Erträge. Schenkhofer, du selber hast mir einen Festpreis in die Hand versprochen!«

»In Aussicht gestellt«, entgegnete Schenkhofer ungerührt.

»Versprochen hast du's.« Pauls Stimme kippte.

»Vielleicht«, räumte Schenkhofer ein.

»Du wolltest die Qualität doch honorieren«, versuchte es Paul noch einmal.

»Als Unternehmer darf ich mich da nicht knebeln lassen, von niemandem«, entgegnete Schenkhofer.

Alles in Paul rebellierte. Was dachte sich dieser Kerl, ihn wie einen dummen Jungen vorzuführen?

»Ich verkaufe meinen Hopfen nicht unter Wert.«

Jetzt war es raus. Jetzt gab es kein Zurück mehr. Schenkhofer maß Paul mit einem durchdringenden Blick. Er erhob sich.

»Wenn das so ist, Paul, werde ich mich nach einem anderen Bauern umschauen müssen. Einem, der nicht abhebt.«

*

Die Erstklässler hatten sich von ihren Bänken erhoben und schauten ihre Lehrerin, Fräulein Baller, erwartungsvoll an. Ihre waagerecht gespreizten Arme wanderten in Zeitlupe nach oben, während sie mit den Kindern ihr Begrüßungslied sang. Aufmunternd wanderten ihre Blicke zu jedem Schüler, zufrieden betrachtete sie, wie die Kinder mit ihren Händen ihre Bewegungen nachmalten.

»*Guten Morgen, liebe Sonne, guten Morgen, lieber Tag. Alle Lerchen im Himmel, alle Blumen im Hag …*«

Frau Ballers Sopran brach mitten in der Strophe ab. Sie suchte den Blick des Jungen, der stumm und reglos an seinem Platz stand und keine Anstalten machte, auch nur eine der gezeigten Bewegungen aufzunehmen.

»Felix, wie geht die Sonne auf, hm?«

Felix Blick ging nach innen. »Sie scheint.«

»Ja, genau«, antwortete Frau Baller rasch. Mit ruhigem Ton baute sie dem Jungen eine Brücke: »Aber was passiert denn da?«

»Sie scheint«, erwiderte Felix erneut.

An dieser Antwort war nichts auszusetzen. Doch noch immer konnte sich Felix nicht überwinden, ihren Blick aufzunehmen. Starr schaute er an ihr vorbei und fixierte einen imaginären Punkt auf dem Holzboden.

»Schau mich an. Schau mich an, Felix!«, ermunterte ihn die Lehrerin. »Du musst das nur nachmachen.«

Doch ihr Appell blieb wirkungslos. Der Junge ließ sich zu keiner Regung verleiten. Er stand da und rührte sich auch dann nicht, als die Lehrerin erneut ihre Arme hob, um den Lauf der Sonne, das Zwitschern der Vögel und das Blühen der Blumen für die Kinder anschaulich zu machen. Während sie das Begrüßungslied ein zweites Mal anstimmte, beobachtete sie den stummen Jungen genau und runzelte die Stirn.

\*

Wie jeden Donnerstag hatte Marie ihren Gemüsestand auf dem Wochenmarkt vor der Barockkirche aufgebaut, als Alex Brunners zweifarbiger VW-Bus von der Dorfstraße aus auf den steinernen Platz bog. Laute Musik dröhnte aus dem geöffneten Fenster und ließ die Passanten zusammenzucken.

Als Alex den Motor abstellte, kehrte die vorherige

Stille wieder ein. Marie war gerade damit beschäftigt, einer Kundin frischen Feldsalat in Zeitungspapier zu wickeln, als die junge Organistin schnellen Schrittes auf sie zukam.

»Marie?« Alex' Stimme klang atemlos. »Marie, ich hab mir was überlegt.«

Marie verabschiedete die Kundin und lächelte die junge Frau an. Alex hatte ihr im schwärzesten Moment des Weihnachtstages das Du angeboten, dem Moment, an dem Paul dem Pfarrer seinen Sohn entriss und beide wie gehetzte Tiere die Kirche verlassen mussten. Mit dem letzten Ton des verklingenden Solos war Alex von der Orgel aufgestanden, hatte Marie einfach in die Arme genommen und geflüstert: »Wundervoll! Du warst einfach großartig.« Als beide nach dem Gottesdienst mit den anderen Chormitgliedern die Treppe herunterstiegen und ihr das halbe Dorf missbilligende Blicke zuwarf, war Alex einfach vor ihr stehengeblieben. »Alex heiß ich«, sagte sie und grinste. Demonstrativ gab sie ihr vor allen anderen die Hand. »Es wäre mir eine Ehre, wenn ich du sagen dürfte.«

»Ich habe mir was überlegt«, gestand ihr Alex nun vor dem Markstand. »Deine Stimme ist viel zu schön, als dass wir nur zu allen heiligen Zeiten eine Aufführung machen sollten. Lass uns unseren eigenen Chor gründen.«

Marie schaute die junge Organistin völlig überrascht an.

»Dann könnten wir auch außerhalb der Kirche auftreten und vielleicht auch in München oder Nürnberg Konzerte geben. Was hältst du davon?«

Erwartungsvoll suchte Alex ihren Blick.

»Wär schon schön«, antwortete Marie zögerlich.

»Ja und?« drängelte Alex.

Marie überlegte. »Du warst ja am ersten Schultag dabei. Mit dem Felix ist es wirklich nicht immer einfach.«

Alex sah Marie nachdenklich an.

»Also, ich mag ihn«, sagte sie entschieden. »Und wenn er eigen ist, das kann viele Gründe haben.«

In diesem Augenblick setzte die nächste Kundin ihren Korb vor Marie ab.

»Grüß Gott, Frau Deissler«, grüßte Marie und blinzelte rasch zu Alex hinüber. Die gab ihr einen Fingerzeig und signalisierte, dass Marie sie nach dem Markt von der Orgelprobe abholen sollte.

Lächelnd hörte Marie von ihrem Gemüsestand aus, wie Alex' Orgelspiel zu ihr hinüberdrang. Diese Frau war so anders als alle anderen Frauen, die sie je kennen gelernt hatte. Sie war anders als alle hier. Dass sie aus Berlin kam, konnte nicht die einzige Erklärung sein. Alex war frei. Geradeheraus vertrat sie offen ihre Meinung und stand zu ihren Überzeugungen. Den Männern des Dorfes allerdings war Alex suspekt. Eine Frau ohne Mann? Die als Fremde hier im Dorf eine Stelle antrat, sich allein ein halbes Haus mietete und sich ungezwungen in der dörflichen Gemeinschaft bewegte? Und obwohl eine solche Lebensform auch für Marie völlig neu war, hatte sie sich in Alex' Gegenwart von Anfang an wohl gefühlt. Ein Gefühl war das, als ob sie sich schon ewig kannten. Marie konnte es nicht erklären. Doch sie wusste, dass sie Alex vertrauen konnte.

*

Als der Markt gegen Mittag schloss, war die Gelegenheit gekommen, das abgebrochene Gespräch mit Alex fortzusetzen. Sie packte ihre Sachen zusammen und lief zur Kirche hinüber. Als sie die Eingangstür öffnete, stieß sie fast mit Hochwürden Huber zusammen.

»Ich möchte zu Frau Brunner«, sagte Marie in kühlem Ton.

Der Pfarrer machte eine wegwerfende Handbewegung und eilte wortlos an Marie vorbei ins Freie. Für einen Moment stand Marie allein im Mittelgang. Sie legte den Kopf in den Nacken, um Alex an der Orgel ein Zeichen zu geben, als plötzlich von der Empore aus ein Stapel Notenblätter nach unten flog.

Wenige Minuten später saß Marie mit Alex in deren VW-Bus. Alex ließ den Motor laufen, um die eisige Kälte zu vertreiben, und zündete sich eine Zigarette an. Sie war noch immer wütend.

»Die Menschen haben ihre Gewohnheiten, Fräulein Brunner«, äffte sie den Pfarrer nach. »Eine Frau als Kantor, das geht einfach nicht. Nicht hier in Bayern. Ich hätte es wissen müssen ...«

Marie sah Alex vorsichtig von der Seite an. »Sag mal, hast du das eigentlich extra gemacht auf der Bewerbung? Alex für Alexandra?«

Alex nahm einen letzten tiefen Zug und grinste. »Mich haben immer alle Alex genannt. Von Kindheit an.«

Marie lächelte. »Du wusstest genau, was du tust.«

Alex drückte ihre Zigarette im Aschenbecher aus und sah Marie an. »Jetzt mal im Ernst. Wir Frauen sind genauso gut wie die Männer. Und warum sollen wir das nicht zeigen können?«

Marie musste sich eingestehen, dass sie vorher nie darüber nachgedacht hatte. Hier auf dem Land, in ihrer Familie, da hatte jeder seine Aufgabe. Es war nicht so, dass die Frauen hier nichts zu melden hatten, im Gegenteil, in vielen Familien gaben die Frauen den Ton an. Sie musste da nur an ihre Schwiegermutter denken. Aber in der Öffentlichkeit, da sah das schon anders aus. Da gehörte es sich einfach nicht, dass sich die Frauen nach vorne drängelten. Am Stammtisch, im Kirchenvorstand, im Gemeinderat, da waren es immer noch die Männer, die den Ton angaben.

»Gehst du wieder zurück nach Berlin? Ich meine, in der Großstadt ist es doch sicher leichter für dich?«

Es war das erste Mal, dass Marie die junge Organistin so direkt nach ihren Plänen befragte. Für einen Moment war es in dem Wagen ganz still.

»Ich weiß nicht«, sagte sie leise. »Es wird mir wohl nichts anderes übrig bleiben.«

Marie sah sie nachdenklich an. Doch Alex bemerkte ihren Blick nicht. Sie hatte ihren Kopf leicht auf ihre Brust sinken lassen und schien mit den Gedanken weit weg zu sein.

»Du hast gesagt, wenn der Felix eigen ist, kann das mehrere Gründe haben«, begann Marie nach kurzer Zeit vorsichtig. »Wie meinst du das?«

Alex richtete sich auf und drehte ihren Kopf zu ihr hin. »Ich meine, dass manche Verhaltensweisen bestimmte Gründe haben«, sagte sie mit fester Stimme. »Und das kann man untersuchen lassen, mit Tests und so. Ist der Felix denn schon einmal untersucht worden?«

Marie schüttelte den Kopf. »Eigentlich nicht, nur jetzt vom Amtsarzt, bei der Einschulung.«

»Das zählt nicht«, meinte Alex. »Der ist doch mindesten so beschränkt wie der Pfarrer.«

Beide sahen sich an.

»Fahr nach München zu Ärzten, die sich auskennen«, riet Alex mit Nachdruck. »Nur so kommst du weiter.«

In diesem Augenblick fuhr Paul mit seinem blauen Ford auf den Marktplatz, um seine Frau mit ihrem abgebauten Verkaufsstand abzuholen. Erst als er aus dem Wagen stieg und sich suchend nach ihr umblickte, bemerkte Marie, dass sein Gesicht die rosige Frische des Morgens verloren hatte. Ganz grau sieht er aus, dachte sie, da ist etwas schiefgegangen.

\*

Schweigend saßen sie nebeneinander, als Paul den Wagen zurück zum Moosbacher Hof lenkte. Schweigend trug er die Kisten zurück in die Scheune. Für einen Moment blieb er stehen. Er starrte auf die Hopfenmaschine und dachte daran, mit wie viel Hoffnung und Zuversicht er sich zu diesem Kauf entschlossen hatte. Jetzt stand er da, ohne sein Erntegeld, dafür mit einem Berg voller Schulden für die Maschine. Wenn er nur daran dachte, wie Schenkhofer ihm das Geld einfach auf den Tisch geworfen hatte, wurde ihm übel. Ein Schurkenstück war das. Was zum Teufel ließ den Kerl glauben, er könnte ihn einfach mit der Hälfte abspeisen?

Der Mittagstisch verlief noch wortkarger als sonst. Nur Lena und Max stupsten sich verstohlen an und schienen guter Dinge zu sein. Marie beobachtete Felix, der gleichförmig wie immer den Blicken der anderen auswich und das Essen in sich hineinschob. Er saß da, wie er wohl auch alleine dagesessen hätte. Es gab nichts an den anderen, was ihn zu interessieren schien. Ihre Schwiegermutter Elisabeth aß mit einem verbitterten Zug um den Mund und hatte es vorgezogen zu schweigen. Man konnte nur ahnen, was in ihr vorging. Die Miene ihres Mannes war so finster, sein Ton so gereizt, dass man schon blind und taub sein musste, um nicht zu sehen, was mit ihm los war. Xaver hütete sich nachzufragen. Auch Marie drängte ihren Mann nicht. Er hatte den Kauf der Hopfenmaschine gegen alle Vernunft durchgesetzt. Nun musste er sehen, wie er aus dem Schlamassel wieder herauskam. Sie quälten andere Sorgen.

In dieser Nacht lag sie lange wach und dachte nach. Schon vom Tag seiner Geburt an war Felix ihr anders erschienen. Anders als ihre größeren Kinder, anders als die Nachbarskinder, die sie kannte. Aber ist nicht jedes Kind auf irgendeine Art anders als die anderen? Die Eigenheiten ihres Jüngsten waren ihr nie wirklich als Problem vorgekommen, erst die bevorstehende Einschulung hatte ihre Aufmerksamkeit geschärft. Denn das, was für sie alltäglich war, wurde von Fremden offenbar ganz anders beurteilt.

Vielleicht lag es daran, dass sich die ganze Moosbacher-Familie im Laufe der Jahre auf Felix' Eigenheiten eingestellt hatte. Sie fanden nichts dabei, wenn sich der Junge zurückzog, wenn er nicht mit den Größeren spielen mochte und am liebsten vor seinem geliebten Radio saß, um die Wetterberichte zu hören. Nur ihre Schwiegermutter mochte sich mit einem Sonderling unter ihrem Dach nicht abfinden. Elisabeth hatte nie aufgehört, über Felix' Eigenheiten zu klagen, aber auch daran war die Familie gewöhnt. Mit ihrer missglückten Teufelsaustreibung hatte sie ihren Nörgeleien jedoch die Krone aufgesetzt. Ein zweites Mal würde sie sich nicht an dem Jungen vergreifen. Wie wahnsinnig musste man sein, um einen kleinen Jungen so zu quälen?

Und Paul? Hielt er seinen Sohn für dumm, nur weil er wenig redete und einen nicht gerne ansah? Paul verstand seinen Sohn nicht, er stand nicht hinter ihm, wenn es darauf ankam. Einem Jungen, der besser rechnen konnte als manche Volksschulklasse zusammen. Und doch von seinem Rektor für nicht schulfähig gehalten wurde. Mit sich selbst schien dieses Kind im Reinen, nur das Zusammensein mit anderen wurde oft zum Problem. Aber was fehlte ihm dann? Was war die Ursache für dieses Anderssein?

Marie wälzte sich hin und her, zwischen Wachen und Schlafen drehten sich ihre Gedanken im Kreis und fanden zu keinem Ende. Letztendlich tappten sie doch alle im Dunkeln. Alex hatte recht. Felix' Anderssein konnte viele Gründe haben. Und wie sie es auch drehte und wendete, es führte kein Weg daran vorbei: Felix musste richtig untersucht werden. Sie musste mit ihm nach München fahren.

*

Nachdem Marie ihre Kinder am anderen Morgen auf den Schulweg geschickt hatte, kam Paul in seinem besten Anzug die Stiege herunter. Marie reichte ihm seinen Kaffee und schaute ihn nachdenklich an. Seine Krawatte saß schief, aber diesmal griff sie nicht ein. Marie wusste genau, wohin Paul an diesem Morgen wollte. Wenn ein Hopfenbauer unter der Woche einen

Anzug trug, ging er entweder zu einer Beerdigung oder zu einer Bank.

Xaver schichtete draußen neues Brennholz an die Hauswand, als sein Sohn nur wenige Meter von ihm entfernt im dunklen Anzug grußlos in den Ford stieg. Paul vermied es, zu seinem Vater hinüberzusehen. Mit zusammengebissenen Lippen trat er auf das Gaspedal und fuhr mit quietschenden Reifen vom Hof.

Als Paul vor der dörflichen Zweigstelle der Bank einparkte, die von seinem alten Schulfreund Otto geleitet wurde, blieb er noch einen Moment im warmen Wagen sitzen. Nachdenklich zog er an seiner Zigarette, dann erst drückte er sie entschlossen aus und öffnete die Tür.

Die Kassiererin, die gerade noch einen Kunden bediente, gab Paul mit der Hand ein Zeichen, dass ihn Otto bereits in seinem Büro erwartete. Paul lief an der Kasse vorbei und betrat den Raum, von dem Otto aus die hiesigen Bankgeschäfte führte.

»Grüß dich, Otto.«

Auch Otto trug einen Anzug und sog gierig an seiner ersten Morgenzigarette. Seine Augen lagen hinter einer dicken Hornbrille verborgen. Er blinzelte freundlich.

»Setz dich doch, Paul.«

Der ließ sich das nicht zweimal sagen. Angespannt legte er sofort los: »Mensch Otto, der Sepp bringt mir eine Rechnung, auf der kostet die Maschine eintausendfünfhundert Mark mehr, bloß weil ich nicht gleich in bar bezahlt habe. Und der Schenkhofer, statt wie er es mir in die Hand versprochen hat, kommt mit einem viel niedrigeren Hopfenpreis daher. Aber ehrlich, Otto, auf so was lass ich mich nicht ein. Kommt gar nicht in Frage.«

Otto maß seinen alten Freund mit einem prüfenden Blick. Das waren ja schöne Neuigkeiten. Da steckte der Paul aber ziemlich in der Klemme. Er blies den Rauch seiner Zigarette in den Raum.

»Überleg dir gut, was du machst, Paul. Als Hopfenbauer brauchst du stabile Abnehmer. Da kannst du dich nicht mit der größten Brauerei anlegen.«

Pauls Mundwinkel zuckten. Das war klar gewesen, dass Otto ihm so kommen würde. Aber davon ließ er sich nicht umstimmen. Seine Entscheidung stand fest.

»Trotzdem, Otto. Ich lass mich nicht erpressen.« Paul beugte sich vor. Mit gedämpfter Stimme sagte er: »Ich bräuchte einen Kredit.«

Otto drückte seine Zigarette sehr sorgfältig aus, um Zeit zu gewinnen. »Einen Kredit auf die Hopfenmaschine, nachträglich?«, fragte er. »Wie stellst dir das vor?«

»Bloß als Überbrückung.«

»Hm«, war alles, was Otto als Antwort herausbekam.

»Ich brauche ein bisschen Geld, damit ich dem Schenkhofer die Stirn bieten kann.«

Beide Männer sahen sich an. Otto wand sich in seinem Stuhl. Die Situation behagte ihm nicht. »Wenn du kreditwürdig bleiben willst, darfst du das Spiel mit dem Schenkhofer nicht überreizen.«

Paul schwieg. Natürlich hatte Otto recht. Aber er würde nicht nachgeben. Er durfte nicht.

Otto sah, wie ernst es seinem Freund war. »Ich rede mit der Zentrale«, versprach er.

*

An diesem Nachmittag fuhr Paul noch einmal mit seinem Vater aufs Feld hinaus. Für die kommenden Tage hatte der Wetterdienst neue Schneefälle angekündigt, wenn sie den Aufleitdraht am Weiherner Acker noch reparieren wollten, mussten sie sich beeilen. Dank einer kleinen Hebebühne, die von Franz, einem Hilfsarbeiter, der den Bauern hier gelegentlich aushalf, gesteuert wurde, konnten sie in drei Meter Höhe arbeiten. Schweigsam standen sie so beisammen, bis aus den ersten zarten Schneeflocken ein heftiger Schneefall geworden war.

»Das bringt nichts«, meinte Paul. »Wir hören auf.«

Als beide von ihrem Gestänge heruntergeklettert waren, blieb Xaver auf einmal stehen und sah seinen Sohn an.

»Willst du den Hopfen jetzt auf dem Dachboden der Scheune vermodern lassen?«, brummte er. »Ich denke, du hast einen Spitzenpreis erzielt?«

Paul biss die Lippen aufeinander. Er schwieg für einen Moment. »Wir haben uns nicht geeinigt«, presste er dann heraus.

Xaver wiegte seinen Kopf hin und her. »Ich sag es dir ein letztes Mal, auch wenn es dir nicht passt: Wir Bauern haben immer am kürzeren Hebel gesessen. Da wird auch dein Fortschritt nichts dran ändern können.«

Als der Traktor zurück auf den Hof einbog, konnte man die Hand vor den Augen nicht mehr sehen.

»Also, den Stammtisch, den spar ich mir bei dem Wetter«, meinte Xaver, als er vom Traktor stieg. Paul zog sich eine Zigarette aus der Hosentasche, zündete sie unter dem Vordach an und trat ins Haus.

*

Nach dem Mittagessen hatte Marie im gemeinsamen Schlafraum das Fenster geöffnet und Pauls Anzug an den Laden gehängt, um ihn auslüften zu lassen. Der Zigarettenqualm hing schwer in dem Stoff. Maries Gedanken liefen im Kreis. So ging das nicht weiter. Sie musste mit ihrem Mann sprechen. Doch als Paul endlich vom Feld zurückkam, genügte ein Blick, um zu erkennen, dass das heute wohl kaum der richtige Zeitpunkt sein würde. Morgen war auch noch ein Tag.

*

»Ich lass mich doch von einem Weib nicht ins Bockshorn jagen«, brüstete sich Hochwürden Huber beim wöchentlichen Kartenspiel der Stammtischrunde.

»Du musst es ja wissen, Herr Pfarrer«, spottete der Andechs.

»Eine Frau als Kantorin, wo kommen wir denn da hin? Da herrscht doch Sodom und Gomorrha!«, legte Huber nach.

»Wenn es immer so einfach wäre …«, entgegnete Meyer gedehnt. Die erzkonservativen Ansichten des Pfarrers waren dem Rektor sichtlich ein Dorn im Auge. Er schätzte die Arbeit der jungen Kantorin, die mit dem Weihnachtskonzert eine allseits geachtete Arbeit geleistet hatte. Ihr Weggang würde einen großen musikalischen Verlust bedeuten. Manchmal hatte er nicht Übel Lust, alles hinzuwerfen. Mit so einem Sturkopf wie dem Huber ließ sich nicht wirklich zusammenarbeiten.

Paul hatte sich an der Theke schon zwei Schnäpse gegönnt, als er zu den anderen dazustieß.

»Und deinem Buben muss man den Teufel austreiben, da hilft alles nichts«, tönte der Pfarrer, den der Alkohol so richtig in Fahrt gebracht hatte.

»Jetzt hören Sie mit dem blöden Gerede auf, sonst vergess ich mich«, platzte es aus Paul heraus.

»Na, na«, drohte der Pfarrer.

»Jetzt hört auf zu streiten«, versuchte der Wirt, die aufgebrachten Gemüter zu besänftigen, und platzierte mit seiner Rechten zwei Krüge frischgezapftes Bier auf den Tisch, während er seine Linke beruhigend auf Pauls Schulter legte. »Wenn einer in die Hilfsschule muss, muss einer in die Hilfsschule«, warf er ein. »Da hilft alles nichts.«

Pauls Augen verengten sich zu schmalen Schlitzen. In ihm brodelte es.

»Hast doch eh noch zwei gesunde Kinder«, murmelte Otto.

Jetzt reichte es Paul. »Ihr redet vielleicht einen Scheißdreck daher«, schimpfte er.

»Geh weiter, Sepp, heb du das Blatt für mich auf«, sagte der Rektor und suchte den Blick des wütenden Paul. »Komm«, sagte er. »Setzen wir uns mal da rüber.«

Zögernd erhob sich Paul und griff nach seinem frischen Bier. An einem der gegenüberliegenden Tische rückte der Rektor seine Brille zurecht und rieb seine Fingerspitzen bedächtig aneinander.

»Paul«, sagte er mit gedämpfter Stimme. »Der Felix ist überfordert. Ich hab mit seiner Klassenlehrerin gesprochen. Er will sich einfach nicht in die Klassengemeinschaft einfügen.« Eine Pause entstand. »Und ich sehe es ja auch selber«, ergänzte der Rektor mit ruhiger Stimme.

Während der Mann sprach, raufte sich Paul nervös die Haare. Er hatte es kommen sehen. Von Anfang an war ihm klar gewesen, dass die Sache mit der Schule nicht gut gehen konnte. Er zuckte die Achseln.

»Felix war immer schon anders als die anderen. Viel verschlossener, aber in letzter Zeit, da komm ich gar nicht mehr an ihn ran«, gestand er ein.

»Hast du schon mit deiner Frau gesprochen?«, hakte der Rektor nach.

Paul seufzte schwer. »Die Marie will von Sonnroth nichts wissen«, sagte er leise.

»Der Bub quält sich doch«, sprach der Rektor weiter. »In der Hilfsschule muss er niemandem etwas beweisen.«

Nervös zündete sich Paul eine Zigarette an. Der Rektor war kein Schwätzer, und auch kein Sturkopf wie der Pfarrer. Heinrich Meyer war ein vernünftiger Mann, dessen Worte sich nicht einfach beiseiteschieben ließen. »Mach mir noch einen Kurzen!«, rief er zum Wirt herüber.

Der Rektor sah ihn eindringlich an. »Manchmal muss man Entscheidungen treffen, Paul. Auch wenn es weh- tut. Es gibt Dinge, die kann dir keiner abnehmen.«

\*

Als Paul an diesem Abend betrunken in sein Bett fiel, schlief Marie schon. Nachts wälzte er sich von schlech- ten Träumen gequält unruhig hin und her und weck- te sie damit auf. Nur mühsam gelang es ihr nach einer Weile, wieder einzuschlafen.

Sie fühlte sich wie gerädert, als sie am anderen Mor- gen leise zur gewohnten Zeit aufstand, um das Früh- stück für die Kinder zu richten. Ungerührt vom We- ckerklingeln schien Paul tief und fest weiterschlafen zu wollen. Kein Wunder, dachte Marie.

Umso überraschter war sie, als Paul nur wenig später fertig angezogen in der Küche erschien. Er packte Felix am Arm, während sie am Herd stand und Rühreier mit Speck für die drei Kinder bereitete. Während er auf die Eier wartete, hatte Felix gerade sein erstes Brot zerkrümelt und sich dafür eine Ermahnung von Lena eingefangen. Er verstand nicht, was Paul von ihm wollte.

»Aua«, schrie er. »Loslassen!«

Verblüfft blickten alle zu Paul hin.

»Beeil dich, Felix«, sagte er. »Wir fahren mit dem Auto.«

»Was soll das?«, fragte Marie. »Der Felix läuft zur Schule wie die beiden anderen auch.«

Erst jetzt bemerkte sie die tiefen Schatten, die unter Pauls Augen lagen. Müde sah er aus, völlig zerschlagen. Zwischen Nase und Mund hatte sich eine scharfe Linie eingegraben, eine Linie, die sie hier in der Früh, im fahlen Licht der Küche, zum ersten Mal an ihm bemerkte. Marie starrte noch auf diese Falte, als es aus ihm herausbrach.

»Nach Sonnroth wär ein bisschen weit«, sagte er.

Mit einem Schlag war es still in der Stube. Marie glaubte, dass alle ihren Herzschlag hören konnten, der laut gegen ihre Brust hämmerte.

»Wie bitte?«, kam es kraftlos aus ihr heraus.

»Einmal muss Ruhe sein«, erklärte Paul mit stumpfer Stimme. »Ich lass mich hier im Dorf nicht länger vorführen.«

Er hatte seinem Jüngsten die Winterjacke umgehängt, griff nach dem Ranzen und zog Felix entschieden nach draußen. Marie starrte entsetzt auf die Tür, als der Geruch von Verbranntem den Raum erfüllte.

»Mama, die Eier!«, rief Lena.

Mit einem Schritt war Marie zurück am Herd und riss die Pfanne herunter. Hastig kratzte sie die nicht verkohlten Teile auf die Teller, knallte die Pfanne auf die Ablage und rannte nach draußen. Paul hatte den Ford Taunus bereits aus dem Schuppen gefahren und rollte vorsichtig auf die Ausfahrt zu. Unter dem frisch gefallenen Schnee war der Boden hier vereist, es brauchte nicht viel mehr Geschwindigkeit und das Auto hätte sich um seine eigene Achse gedreht.

Mit wenigen Schritten hatte Marie den Wagen eingeholt und riss die Fahrertür auf. Felix saß auf der Rückbank und starrte teilnahmslos vor sich hin. Auch Paul blickte Marie nicht an, unverwandt starrte er durch die Windschutzscheibe und klammerte dabei seine Hände so fest um das Lenkrad, dass die Knöchel seiner Finger weiß hervortraten.

»Den Felix aufgeben willst du«, sagte Marie tonlos. »Einen Dorfdeppen aus ihm machen!«, sie wurde lauter.

»Und was ist mit mir?«, entgegnete Paul bitter. »Dass alle über mich lachen, findest du in Ordnung, oder was?«

Maries Wangen röteten sich vor Zorn. »Das hat vielleicht andere Gründe.«

Nun starrte Paul sie an. »Ich glaube, ich hör nicht recht. Was denn für andere Gründe?«

Marie holte instinktiv Luft und sah ihm fest ins Gesicht. »Weil du nicht abwarten kannst, immer alles erzwingen musst. Die Hopfenmaschine hat hermüssen, obwohl kein Geld da war. Der Felix soll in die Hilfsschule, obwohl wir noch nicht einmal überlegt haben, ob es auch andere Möglichkeiten gibt.«

Während sie sprachen, hatte Paul das Lenkrad losgelassen, nun schlug er mit der flachen Hand dagegen. Was den Felix anging, war Marie so stur wie ein Esel. Es war zum Davonlaufen.

»Was denn für andere Möglichkeiten?«, sagte er entnervt.

Alles in Marie arbeitete. Sie musste etwas tun, um Paul aufzuhalten. Doch was? Da riss ihr Paul die Autotür aus der Hand, schlug die Beifahrerseite zu und gab Gas. Der Wagen schlingerte zur Hofeinfahrt hinaus, rollte weiter und war schließlich aus ihrem Blickfeld verschwunden. Fröstelnd stand Marie in der eisigen Morgenluft. Das ging so alles nicht weiter. In ihrer Familie, hier aus dem Dorf gab es niemanden, an den sie sich wenden konnte. Der einzige Mensch, der über den Tellerrand seiner eigenen Vorstellungen hinausblickte, war Alex. Vielleicht konnte sie ihr helfen?

\*

In der folgenden Nacht lag Paul wach. Immer wieder blickte er zu Marie hinüber. Er spürte genau, dass auch sie schlaflos lag und mit ihren großen dunklen Augen an die Decke starrte. Sie waren sich immer einig gewesen, hatten fast alle wichtigen Entscheidungen gemeinsam getroffen. Sie beide gegen die Kleingeister hier im Dorf, gegen die Frömmelei seiner Mutter. Er hatte Marie immer bewundert, wie sie dem standhielt, sich nie aus der Ruhe bringen ließ. Und nun das. Noch nicht einmal mehr reden konnten sie miteinander. Und doch wusste Paul, dass er in der Sache Felix nicht nachgeben durfte. Einmal muss man Entscheidungen treffen, hatte der Rektor gesagt. Es gab keinen Weg zurück.

Als Paul früh am anderen Morgen in die Küche trat, um Felix erneut mit dem Auto nach Sonnroth zu fahren, saßen seine beiden Ältesten alleine am Frühstückstisch.

»Wo ist die Mama?«, fragte er verblüfft.

»Fort«, sagte Lena.

Paul starrte sie sprachlos an. Seine Kehle wurde ganz trocken. »Wie?«, sagte er barsch.

»Nach München«, antwortete Max und zuckte die Achseln.

Paul war so überrascht, dass er sich wortlos auf einen Stuhl sinken ließ. Er starrte auf den Platz seines Jüngsten. Er war leer.

*

Eine fahle Wintersonne lag über der hügeligen Landschaft, als Alex' Bus bei Ingolstadt von der Landstraße auf die Autobahn nach München abbog.

Tief in Gedanken versunken, sah Marie aus dem Fenster hinaus auf die schneebedeckten Wiesen. Auf der Rückbank saß Felix. Sein Kopf lag vornübergesunken auf seiner Brust und wippte bei jeder Fahrbewegung sanft vor sich hin. Schon nach wenigen Kilometern war der Junge wieder eingeschlafen, kein Wunder, so früh wie sie ihn heute Morgen aus dem Bett holen musste. Noch vor halb sechs hatte Marie mit ihm in völliger Dunkelheit den Hof verlassen, gemeinsam waren sie über die Landstraße ins Dorf gelaufen, wo sie bereits von Alex erwartet wurden.

»Und du hast wirklich mit niemandem gesprochen?«, fragte Alex vorsichtig.

Marie schüttelte den Kopf. »Mein Mann hält mich für einen Dickschädel«, sagte sie leise. »Und im Dorf glaubt auch jeder, dass ich um jeden Preis recht behalten will.«

Von ihrem Fahrersitz warf ihr Alex einen Blick zu. »Und?«, fragte sie gedehnt. »Willst du?«

»Natürlich will ich«, antwortete Marie und verzog ihren Mund. Nun mussten beide Frauen lachen.

*

Als sie nach München einfuhren, fluteten die Erinnerungen über Marie herein. Als junges Mädchen war sie einmal in München gewesen, nach dem Tod ihrer Mutter hatte man sie dort zu einer Tante geschickt, die sie in Hauswirtschaft und Kinderpflege unterweisen sollte. Die Erinnerung an diese Wochen brannte noch immer in ihrer Seele. So verloren hatte sie sich niemals zuvor gefühlt, so allein, so abgeschnitten von allem. Für die Schönheit der Stadt hatte sie damals keinen Blick, sie zerbarst fast vor Heimweh und konnte nicht begreifen, dass dieses Heimweh einem Menschen galt, der nicht mehr war, und einem Zuhause, das so nicht mehr sein würde.

Nach ihrer Rückkehr hatte sie dort, wo es einst warm und liebevoll zugegangen war, nur noch Kälte und Verlorenheit gespürt. Über seine Trauer war ihr Vater ganz stumm geworden, unfähig, sich und seinen Kindern eine Orientierung zu geben. Als ältester Tochter war ihr bald die Aufgabe zugekommen, die drei jüngeren Geschwister zu versorgen. Tagein, tagaus blieb sie nun ans Haus gefesselt, während ihre einstigen Schulkameraden eine Lehre machten, am Wochenende tanzen gingen und sich amüsierten.

Sie hatte sich so allein gefühlt, dass sie schon dachte, sie würde bestimmt nie einen Mann finden. Doch dann kam Paul. Auf einer Familienfeier stand er plötzlich vor ihr. Vom ersten Augenblick an gefiel er ihr. Sein Blick, seine Stimme, alles schien wie für sie gemacht zu sein.

Und auch er hatte sich auf der Stelle in dieses Mädchen verliebt, das ernster schien als andere, so unverstellt und klar in ihrem Tun, dass sie ihm viel reifer erschien als andere in ihrem Alter. So jung, wie sie war, so schien ihr doch an seiner Seite eine Kraft zuzuwachsen, an die sie schon selbst nicht mehr geglaubt hatte. Ja, sie liebte ihn. Und sie erfuhr durch ihn, dass die Liebe das Schwere leichter macht.

Umso härter hatte es sie getroffen, das sie einander nun wie Fremde gegenüberstanden, dass von einem Tag auf den anderen kein Weg mehr über den Abgrund führte, der sich in ihrer Familie aufgetan hatte und der alles in Stücke zu reißen drohte.

*

»*They said, there is no reason*«, tönte es aus dem Radio, als der Bus in die Straße vor der Universitätsklinik einbog.

Alex, die spürte, dass Marie die Musik gut gefiel, sagte: »Das ist Bob Dylan. Kennst du ihn?«

Marie schüttelte den Kopf. »Ich kann kein Englisch«, brachte sie verlegen hervor.

»Das Lied erzählt davon, dass man manchmal keinen Grund benennen kann, keinen Grund dafür, dass die Dinge so sind, wie sie sind.«

Marie schluckte. »Du hast bestimmt studiert«, sagte sie.

»Bei einem evangelischen Pfarrer als Vater hab ich

da keine Wahl gehabt«, sagte Alex grinsend. »Obwohl ich gerne erst mal eine Lehre gemacht hätte. Ich wollte Fotografin werden.«

»Aber du durftest lernen«, erwiderte Marie mit Nachdruck.

Alex nickte, doch ihr Blick war nach innen gekehrt.

»Schon«, sagte sie. »Aber es gibt Dinge im Leben, die stehen in keinem Lehrbuch. Die muss man schon selbst herausfinden.«

Alex parkte den Wagen auf dem letzten freien Platz gegenüber dem Haupteingang der Münchner Universitätsklinik. Beide Frauen stiegen aus. Marie half Felix, aus dem Bus herauszuklettern. Der Junge sah sich verwundert um. Noch bevor Marie etwas sagen konnte, richtete sich seine Aufmerksamkeit auf die weißen Streifen, die von einer Seite der Straße auf die andere hinüberführten.

»Das ist ein Zebrastreifen«, lachte Alex. »Das hast du bei euch zu Hause noch nicht gesehen, was?«

Bevor sie reagieren konnten, war Felix schon darauf zugesprungen und blieb fasziniert mitten auf der Straße stehen. Voller Entsetzen musste Marie mit ansehen, wie ein VW-Käfer mit hoher Geschwindigkeit um die Ecke bog und auf Felix zuraste. Sie schrie auf. Der Wagen musste scharf bremsen. Mit einem Satz war Marie bei ihrem Sohn, mit zitternder Hand riss sie ihn zurück.

»Um Himmels willen, Felix! Wir sind hier in der

Stadt. Da kannst du nicht einfach mitten auf der Straße stehen bleiben!«

Auf dem Bürgersteig legte Alex ihren Arm beruhigend um Marie, die die Hand ihres Sohnes noch immer fest umklammert hielt.

»Nachher bin ich mit einem alten Freund verabredet, im Café Krämer, gleich da vorne, links an der Ecke«, sagte Alex. »Kommt doch einfach vorbei, wenn ihr fertig seid.«

Marie sah Alex an. »Was hätte ich nur ohne dich gemacht? Ich bin dir so dankbar, dass du uns mitgenommen hast.«

Alex umarmte Marie.

»Ich musste doch sowieso nach München. Und ich finde es ganz toll, dass du deinem Sohn helfen willst. Also!«

»Also!«, sagte Marie, nahm Felix an die Hand und ging in das riesige graue Gebäude hinein.

\*

»Nein, liebe Frau, Sie können heute wirklich keinen Termin mehr haben«, sagte die Schwester, nachdem Marie mit Felix über eine Stunde warten musste, um überhaupt an der Anmeldung vorzusprechen.

»Aber wir sind extra hierhergekommen«, sagte sie verzagt. »Vielleicht könnten Sie ja doch …?«

Die Schwester wirkte entnervt. »Gute Frau, schauen Sie sich doch mal um, all die Menschen hier warten auf einen Termin beim Doktor. Es tut mir leid, aber Sie müssen morgen wiederkommen. Hier. Ich geb Ihnen schon mal die Anmeldeformulare, die müssen Sie ausfüllen.«

Nachdem dies erledigt war, griff Marie nach der Hand ihres Sohnes.

»Komm, Felix, ich muss den Papa anrufen«, sagte sie leise, drehte sich um und lief auf den Telefonapparat zu, der im Wartesaal an der Wand hing. Doch genauso rasch, wie sie ihr erstes Zehnpfennigstück einwarf, fiel es auch wieder durch.

»Der ist kaputt«, meinte ein junger Mann lakonisch.

Marie schloss die Augen. Aller Anfang ist schwer, dachte sie. Erneut tastete sie nach der Hand ihres Sohnes, die ihr Felix niemals freiwillig entgegengestreckt hätte. Zu zweit liefen sie durch die Reihen der wartenden Menschen hindurch auf den Vorplatz. Die Wintersonne tauchte die Gebäude des Klinikums in ein gleißendes Licht. Felix hatte seinen Kopf in den Nacken gelegt und studierte die verfugten Quader der Torbögen, die sich über ihren Köpfen wölbten, als sie aus dem Hof des Gebäudes hinaus auf die Straße traten. Marie sah sich um. Was hatte Alex heute Morgen gesagt? Links um die Ecke sollte ein Café sein. Mutter und Sohn machten sich auf den Weg.

\*

Die Fenster des Café Krämer bogen sich in einem Halbrund, die Drehtür, die ins Innere führte, faszinierte Felix sofort.

»Hallo, Marie«, rief Alex von einem runden Tisch aus, doch Marie hatte Mühe, ihren Sohn aus der Drehtür zu lösen.

Ein hochgewachsener junger Mann, der neben Alex saß, war bei ihrem Anblick aufgestanden. Mit einem offenen Lächeln streckte er ihr seine Hand entgegen.

»Niklas Cromer«, stellte er sich vor, »sehr erfreut.«

Marie gab ihm die Hand.

»Marie Moosbacher«, sagte sie leise. »Und das ist der Felix.«

»Ich hab Niklas von euch erzählt«, lächelte Alex. »Na, Felix? Magst du eine heiße Schokolade? Und du einen Kaffee, Marie?«

»Schokolade«, sagte Felix leise.

Marie lächelte. »Gerne einen Kaffee«, sagte sie.

Sie hatte ihrem Sohn Mütze und Winterjacke ausgezogen, und Felix rutschte auf einen Stuhl. Er griff nach einem Becher voller Zahnstocher, der in der Mitte des Tisches stand, und begann sofort, Zahnstocher für Zahnstocher aneinanderzulegen. Innerhalb weniger Minuten breitete sich ein geometrisches Muster über die halbe Tischplatte aus.

»Und?«, fragte Alex.

Marie seufzte. »Wir kriegen erst morgen einen Termin.«

»Das ist an den meisten Kliniken so. Ohne Anmeldung geht es nicht«, warf Niklas Cromer ein.

Marie sah den jungen Mann überrascht an.

Alex lächelte. »Niklas machte gerade seinen Facharzt, in Kinder- und Jugendpsychiatrie. Die Münchner Uni hat ihn eingeladen.«

In Marie arbeitete es. »Aber da können Sie mir ja vielleicht helfen.«

Niklas lächelte sie freundlich an. »Wie Alex andeutete, stecke ich noch in den Prüfungen. Außerdem bin ich hier nur Gast auf einer Tagung. Ich arbeite in Berlin.«

»Ach so …«, murmelte Marie enttäuscht.

In diesem Augenblick brachte eine ältere Serviererin den Kaffee und die Schokolade. Sie stellte die Tassen mitten auf das von Felix kunstvoll gelegte Muster. Der Junge stieß einen Schrei aus, ruckartig versuchte er die Schokolade beiseitezuschieben, die Tasse rutschte vom Tisch, ergoss sich über den Arm der Kellnerin und zerbrach auf dem Boden.

»So eine Unverschämtheit«, empörte sich die Frau. »Wenn Sie auf Ihren Jungen nicht aufpassen können, verlassen Sie bitte sofort das Café!«

Vor Schreck war Marie von ihrem Sitz gesprungen, eine tiefe Schamesröte überzog ihr Gesicht. Sie blickte auf ihren Sohn, der wie in einer Schockstarre regungslos vor der Kellnerin stand und auf die am Boden liegenden Scherben starrte.

»Aber er hat das doch nicht mit Absicht gemacht«, versuchte Alex die Kellnerin zu besänftigen.

Doch diese schimpfte weiter: »Eine Frechheit ist das«, und schaute sich Beifall heischend unter den Gästen um. Einige schüttelten missbilligend den Kopf, andere schienen sich über das Geschehene zu amüsieren.

»Jetzt schreiben Sie mir das bitte auf die Rechnung und bringen dem Jungen eine neue Tasse«, sagte der junge Arzt mit ruhiger Stimme.

Die Kellnerin grantelte weiter, verließ aber endlich den Tisch, nicht ohne noch einmal in den Gastraum zu rufen: »Eine Unverschämtheit, was man sich heutzutage von den jungen Leuten gefallen lassen muss.«

Erst in diesem Augenblick sah Marie, dass Niklas vor ihrem Jungen in die Knie gegangen war.

»Du hast dich erschrocken«, flüsterte er ihm zu. »Du hattest Angst, dass dir die Frau dein Muster kaputt macht. Aber du brauchst keine Angst zu haben. Hier tut dir niemand was.«

Ein dankbares Lächeln umspielte Maries Mund, als der junge Arzt zu ihr hochsah. Niklas nickte ihr aufmunternd zu. Marie war beeindruckt. So einem Menschen war sie noch nie begegnet. Was für ein Jammer, dass dieser Arzt in Berlin arbeitete.

Als sich die vier eine gute halbe Stunde später vor dem Café verabschiedeten, drückte Alex ihr einen Fünfzigmarkschein in die Hand.

»Das kann ich nicht annehmen«, wehrte Marie ab.

»Ach was. Du gibst es mir einfach zurück, wenn wir uns wiedersehen. Woher solltest du denn wissen, dass du hier übernachten musst?«, meinte Alex.

»Jetzt bist du der Dickschädel«, sagte Marie dankbar. »Was wirst du denn jetzt machen?«

Alex wiegte den Kopf. »Niklas meint, ich soll zurück nach Berlin, da gehöre ich hin.« Sie seufzte laut auf. »Bin wohl doch kein Landei.«

Marie lächelte wehmütig.

»Ich drücke Ihnen fest die Daumen«, versprach Niklas und sah sie offen an. »Lassen Sie sich Zeit. Felix braucht eine genaue Diagnose.«

Marie nickte.

*

Während Marie die Anmeldungsbögen der Klinik ausfüllte, wanderte ihr Blick immer wieder zu ihrem schlafenden Jungen. Die kleine Pension, die ihr Alex empfohlen hatte, schien eine gute Wahl zu sein. Das Zimmer war ruhig und sauber, das Doppelbett groß genug für sie beide. Sie hatte Felix recht bald zum Schlafen gelegt, der Junge war zum Umfallen müde gewesen. Doch während Marie noch hoffte, dass er die neue Umgebung gut verkraften würde, hörte sie ein leises Stöhnen, das vom Bett zu ihr herüberdrang.

Marie erhob sich von ihren Formularen und betrachtete nachdenklich ihren Sohn. Sanft küsste sie seinen

Haarschopf und streichelte seine Hand. Es würde nichts nutzen, das wusste sie. Während sich ihre beiden größeren Kinder von solchen Zärtlichkeiten immer beruhigen ließen, schienen diese Versuche an Felix abzuprallen. Als ob sie eine Wand berührte. Marie schluckte und spürte, wie ihr die Tränen in die Augen stiegen. Entschlossen schüttelte sie die dunklen Gedanken fort. Sie standen erst am Anfang. Wenn sie jetzt schon die Nerven verlor, konnte sie gleich einpacken.

»Aber es ist jetzt halt so«, flüsterte sie müde in den Telefonhörer, der für alle anderen Gäste hörbar im Flur der Frühstückspension hing. Pauls empörte Rede war bis in den kleinen Aufenthaltsraum zu hören, in dem es sich einige Gäste bei Zeitungen und Radiomusik gemütlich gemacht hatten. Zwei Männer sahen zu Marie hinüber, der die Situation mehr als unangenehm war. »Es ist halt so«, sagte sie mit Nachdruck und hängte den Hörer ein.

*

Auf dem Moosbacher Hof genügte Elisabeth ein Blick auf das zurückgelassene Frühstücksgeschirr von Lena und Max, um zu begreifen, dass hier etwas nicht stimmte. Als sie sich schließlich aus den Andeutungen der Kinder beim Mittagstisch und Pauls schlechter Laune den Rest zusammenreimte, konnte sie ihre Empörung nicht mehr zurückhalten.

»Das darfst du dir nicht bieten lassen, Paul«, schimpfte sie. »Wie stehst du denn da? Nach München!«

Ganz gegen seine sonstige Gewohnheit warf ihr Xaver einen finsteren Blick zu. »Jetzt sei stad«, raunzte er und sah dabei tief bekümmert aus.

»Wenn es doch wahr ist«, bohrte Elisabeth weiter. »Als ob wir uns hier nicht selber helfen könnten.«

»Lass mir meine Ruhe«, gab Paul voller Zorn zurück.

Dass Marie ihren Entschluss hinter seinem Rücken gefasst hatte und ohne ein Wort gefahren war, schmerzte ihn mehr als alles andere. Er hatte wahrlich keine Lust, diese Sache mit seiner Mutter zu diskutieren. Das ging nur Marie und ihn etwas an.

In der Nacht nach ihrem Anruf konnte er kaum ein Auge zumachen, so aufgewühlt war er. Heimlich zu fahren, das war Verrat. Zum ersten Mal in ihrer Ehe stellte sich Marie offen gegen ihn. Dieser Gedanke wanderte in seinem Kopf umher, er quälte ihn und packte ihn jedes Mal erneut mit voller Wucht, wenn er schon geglaubt hatte, endlich den erlösenden Schlaf zu finden. Gegen drei Uhr in der Nacht wachte er nach einem kurzen Dösen mit trockenem Mund wieder auf und erhob sich mühsam, um nach unten in die Küche zu gehen. Ein Bier, dachte er, und dann endlich schlafen.

Doch als er auf dem Weg zur Treppe am Schlafzimmer seiner Eltern vorbeikam, hörte er sofort, dass auch dort an Schlaf nicht zu denken war.

»Die Marie hat die Nase voll von deinem Geschwätz«,

brummte Xaver entnervt, »und bei Gott, ich kann sie verstehen.«

»Begreifst du denn nicht, dass sie den Paul hier im Dorf lächerlich macht?«, ereiferte sich Elisabeth unverdrossen weiter.

»Frag dich lieber, ob die Marie nicht ihre Gründe hat, warum sie ohne den Paul gefahren ist. Vielleicht steckt der ja mit seinen Entscheidungen in seinem eigenen Schlamassel und muss erst einmal für sich selber einstehen.«

»Wie meinst das?«, gab Elisabeth verblüfft zurück.

»So wie ich es sag«, brummte Xaver. »Und jetzt sei endlich still.«

Mit dem Rücken an die kalte Wand des Hausflurs gelehnt, stand Paul wie gelähmt. Die Lust auf ein Bier war ihm vergangen.

*

Felix saß am Fenster des Pensionszimmers und biss in die kleinen Marmeladenhäppchen hinein, die ihm Marie aus dem Frühstücksraum hochgebracht hatte. Hier, in der Stille ihres Schlafraumes, sollte sich Felix in Ruhe stärken können, bevor sie sich erneut in die Klinik aufmachen würden. Marie packte ihre Tasche, dann schlug sie das Bettzeug auf. Da, wo Felix gelegen hatte, breitete sich ein unschöner Fleck aus. Hastig riss Marie das Laken herunter. Doch der Fleck hatte auch schon die

Matratze eingenässt. Marie griff nach dem Gästetuch des Zimmerwaschbeckens und begann, so verzweifelt wie vergeblich die Stelle zu bearbeiten. Es war sinnlos. Die Matratze blieb so nass wie vorher. Das Laken wusch sie im Waschbecken aus und hängte es über eine geöffnete Schranktür.

Sie konnte nur hoffen, dass die Wintersonne, die bleich durch die Gardinen schien, über den Tag hin die Spuren der Nacht tilgen würde.

*

Der Arzt, dem Marie und Felix schließlich gegenübersaßen, trug eine dunkle Hornbrille. Seine Haare waren exakt gescheitelt, in seinem prüfenden Blick lag die Strenge derer, die sich ihrer eigenen Wichtigkeit sicher waren.

»Würden Sie als Mutter sagen, der Junge ist schwer erziehbar?«

Sehr aufrecht saß Marie dem Arzt gegenüber und versuchte, seinem Blick standzuhalten. »Nein«, entgegnete sie mit fester Stimme. »Ich würde sagen, man muss sich auf ihn einstellen.«

Ein skeptisches Lächeln umspielte seine Lippen. »Warum sind Sie gekommen, Frau …«, routiniert blickte er in seine Unterlagen, »Frau Moosbacher?«

Marie straffte sich erneut. »Ich bin hier, weil der Felix Probleme hat. In der Schule. Er ist eigenwillig.

119

Der Rektor, die Lehrerin, mein Mann, na ja, alle meinen, dass er auf die Hilfsschule gehört. Ich glaube das nicht.«

Das bemühte Lächeln des Mannes wurde stärker. »Natürlich nicht. Sie sind seine Mutter.«

Nun lächelte auch Marie. Voller Hoffnung sah sie den Mann an. »Aber das ist es nicht. Jedenfalls nicht nur. Der Felix ist gescheit. Der kann vieles, was besonders ist. Er kann ganz ungewöhnlich gut auswendig lernen. Und rechnen. Er denkt sich ganz viele Dinge aus, auf die kein anderer kommen würde.«

Während sie sprach, sah Marie, wie der Arzt erst gelangweilt auf seine Uhr und dann demonstrativ aus dem Fenster schaute. Er hörte ihr nicht zu. Nicht wirklich. Nicht so wie sie es erhofft hatte. Aus dem Augenwinkel beobachtete sie, wie Felix einen Schreibblock des Mannes vom Schreibtisch gegriffen hatte und nun auf seinem Schoß zerlegte. Der Arzt blickte mit kaum gezügeltem Spott auf Mutter und Sohn.

»Vielleicht ist er ja nur ungezogen. Es gibt Eltern, die mit der anspruchsvollen Erziehungsaufgabe überfordert sind.«

Die Enttäuschung schnürte Marie die Kehle zu. Jedes ihrer Worte hier war umsonst gewesen. Der Arzt hatte sein Urteil bereits getroffen.

»Sie haben die Menschen da draußen gesehen. Viele mit schweren gesundheitlichen Problemen. Das, was Sie mir erzählt haben, gehört hier nicht her. Ich werde einen Kollegen von der Psychiatrie bitten. Vielleicht kann der Ihnen helfen.«

Marie war ganz blass geworden. Unfähig sich zu rühren, starrte sie den Mann an.

»Auf Wiedersehen«, sagte der nun mit Nachdruck. Wie betäubt erhob sich Marie von ihrem Stuhl. »Komm, Felix«, sagte sie leise.

*

Marie war erleichtert, als man ihr noch am gleichen Tag ihren neuen Termin zuwies. Doch als ihr der Chefarzt der Abteilung für Kinder- und Jugendpsychiatrie schon bei den Begrüßungsworten klarmachte, dass er die Anwesenheit der Mütter bei den Untersuchungen seiner Schützlinge für kontraproduktiv hielt und sie daher bat, im Flur vor den Untersuchungsräumen Platz zu nehmen, war sich Marie plötzlich nicht mehr sicher, ob das alles hier eine gute Idee war. Unruhig lief sie vor den verschlossenen Türen hin und her und versuchte sich auszumalen, was die Ärzte wohl gerade mit Felix machten. Durch eine Glasscheibe sah sie ihn auf einem Behandlungsstuhl sitzen, der Psychiater stand direkt vor ihm. Marie schloss die Augen. Es würde schon alles gut werden. Es musste gut werden.

»Sag mal, Felix«, murmelte Professor Metzler und betrachtete das blasse Gesicht des Jungen eingehend. »Du magst es nicht, wenn man dich anfasst, stimmt das?«

121

Es war nicht zu übersehen, dass das Kind zudem jeden Blickkontakt vermied. Ein signifikantes Merkmal, keine Frage!

Fast unmerklich schüttelte Felix den Kopf.

Mit der Akribie des Wissenschaftlers beobachtete der Psychiatrieprofessor, wie der Junge weiterhin alles unternahm, um seinem Blick auszuweichen, und sich auf ein Bild an der Wand fokussierte.

»Was ist das?«, fragte Felix interessiert.

»Das ist die Röntgenaufnahme eines menschlichen Schädels«, antwortete der Arzt und nutzte den Moment, um den Jungen etwas fester in die Seite zu drücken.

»Wie fühlst du dich dabei?«, fragte er eindringlich und ließ nun seine Finger unmittelbar vor der Nase des Jungen kreisen.

Die fremden Schatten vor seinen Augen versetzten Felix in Panik. »Am Donnerstag wechseln sich Sonne und Wolken ab«, ratterte er wie auf Knopfdruck los. In seiner Not rekapitulierte er die letzte Wettervorhersage, die er aus dem Radio der heimischen Küche behalten hatte. »Vereinzelt sind Schneefälle zu erwarten, die Temperatur wechselt zwischen minus sechs und minus zehn Grad Celsius …«

»Ach, das ist ja interessant«, konstatierte der Professor. Entsetzt musste Marie von der Glasscheibe des Mittelgangs aus zusehen, wie der Arzt den Kopf des Jungen fest mit beiden Händen packte. Es sah aus, als ob ein Schraubstock das blasse Gesicht umklammerte.

Marie rannte zu der verschlossenen Doppeltür und hämmerte dagegen. »Aufmachen«, rief sie. »Lassen Sie mich bitte herein.«

Doch weder der Professor noch sein junger Assistenzarzt dachten daran, sich von einer nervösen Mutter beeinflussen zu lassen.

»Macht dich das hier wütend?«, fragte der Professor den Jungen ruhig und drückte noch einmal fester zu.

Voller Angst schrie Felix auf und begann, wie ein in die Enge getriebener Flüchtling wild um sich zu schlagen. Die Instrumente des Nebentisches fielen zu Boden. Ein Glas zerbrach. Felix' Schrei gellte bis auf den Flur hinaus. Wie eine Verrückte trommelte Marie gegen die verschlossene Tür. Sie hörte Ärzte und Schwestern durcheinandersprechen.

»Jetzt fixieren Sie ihn doch«, sagte der Assistenzarzt zu der diensthabenden Schwester. Der Professor gab ihr die Anordnung, den Jungen für eine Spritze vorzubereiten.

Marie stieß einen Schrei aus. »Aufmachen«, rief sie, »machen Sie mir sofort die Tür auf!«

Als der Professor zu ihr heraustrat, sah sie, wie sein Assistent dem schreienden Felix die Spritze setzte. Mit aller Kraft versuchte sich Marie an Professor Metzler vorbeizudrängen, doch der Psychiater schob die verzweifelte Mutter unnachgiebig zurück und ließ die Tür hinter sich ins Schloss fallen.

»Was machen Sie mit meinem Sohn?«, schrie Marie. Der Arzt legte ihr beruhigend den Arm auf die Schulter. »Nun zügeln Sie doch Ihre Emotionen, Frau Moosbacher«, gab er sich betont beherrscht. »Wir haben den dringenden Verdacht auf eine frühpubertäre Schizophrenie.«

Marie starrte den Mann fassungslos an. »Was soll das heißen?«, rief sie außer sich. »Was geben Sie ihm da?«

»Das ist nur eine Beruhigungsspritze«, antwortete Professor Metzler. »Ein Sedativum. Zu seinem und zu Ihrem Schutz. Dieser Junge kann zu einer Gefahr für sich und andere werden. Gemeingefährlich wie der Volksmund sagt. Die hier vorliegende Schizophrenie weist auf eine progressive Persönlichkeitsstörung mit unabsehbaren Folgen hin.«

Mit einem heftigen Stoß stieß Marie den Mann von sich weg und rannte wieder zur Glastür. Hier sah sie, wie der sich eben noch heftig wehrende Felix von einem Moment auf den anderen in sich zusammensackte und reglos auf dem Untersuchungsstuhl liegen blieb. Ein Zittern überkam sie, ihre Knie begannen zu schlottern. Einer Ohnmacht nahe hielt sie sich am Türrahmen fest. Die Tränen liefen ihr die Wangen herab, als sie vor den Professor trat.

»Ich bin hierhergekommen, damit Sie meinem Sohn helfen«, sagte sie, um eine feste Stimme bemüht. »Nicht, damit Sie ihn mir kaputtmachen. Geben Sie mir meinen Sohn zurück.«

Professor Metzler holte tief Luft und lächelte, so wie er immer lächelte, wenn ihn einfache Leute nicht verstanden. »Ja«, sagte er unbeeindruckt. »Aber jetzt gehen die Dinge erst mal ihren Gang.«

Ohne nachzudenken rannte Marie los. Wie in einem entsetzlichen Alptraum rannte und rannte sie, ohne zu wissen wohin. Schließlich stand sie vor dem Empfangsschalter und brachte unter Stottern und Schluchzen den Namen Niklas Cromer hervor und etwas von einer Tagung, deren genaue Bezeichnung sie nicht kannte. Ihr panischer Auftritt war bei den wartenden Patienten nicht unbemerkt geblieben, so dass sich die diensthabende Schwester zum Handeln gezwungen sah, um eine Unruhe zu verhindern. Hastig suchte sie in ihren Unterlagen die Teilnehmerliste der Veranstaltung heraus und wies Marie die Richtung zum Tagungsraum.

\*

Die Herren waren gerade dabei, ihre Kaffeepause zu beenden. Ein interessiertes Grüppchen hatte sich um Niklas versammelt, der seine Thesen hier im Vorraum des Tagungsraumes noch einmal erläuterte: »Wenn wir unseren Ansatz ernst nehmen, dass es sich auch bei jungen Patienten um eigenständige, ernst zu nehmende Persönlichkeiten handelt, dann müssen wir umdenken. Nicht mehr die ärztliche Autorität ist das Maß aller Dinge, sondern die sorgfältige Analyse der jeweiligen Patientenpersönlichkeit.«

Einige Herren grinsten sich an.

»Aber, junger Kollege«, wandte ein ergrauter Professor amüsiert ein. »Das hieße nun wirklich, das Kind mit dem Bade ausschütten!«

»Gott sei Dank hab ich Sie gefunden«, rief eine atemlose Stimme vom Treppenabsatz her.

Alle anwesenden Herren wandten sich um. Erst jetzt begriff Marie, dass ihr Auftritt den jungen Arzt in Verlegenheit bringen konnte.

»Entschuldigen Sie bitte vielmals die Störung«, sagte sie und sah Niklas flehend an. »Es ist wirklich sehr wichtig. Darf ich Sie einen Moment sprechen?«

Der junge Arzt warf seinen Kollegen ein entschuldigendes Lächeln zu. »Kommen Sie«, sagte er zu Marie, stellte seine Kaffeetasse auf einem der Tische ab und führte sie zurück Richtung Treppe.

»Marie, ich bin hier Gast bei einer Tagung«, sagte Niklas sichtlich betroffen, nachdem die Erlebnisse der letzten Stunden nur so aus ihr herausgebrochen waren. »Die letzte Facharztprüfung steht mir noch bevor. Ich kann nicht so einfach gegen die hier ansässigen Kollegen vorgehen. Sie müssen als Mutter Ihre Stimme erheben.«

Maries Gesicht war so bleich wie die Wand. »Aber die hören mir doch gar nicht zu«, sagte sie verzweifelt. »Die nehmen mich doch gar nicht ernst.«

»Dann erheben Sie Ihre Stimme«, wiederholte Niklas mit Nachdruck. »Es geht um Ihren Sohn. Das kann Ihnen keiner abnehmen.«

Maries Augen füllten sich mit Tränen. »Die machen ihn hier kaputt«, sagte sie verzweifelt. »Die sagen, er ist schizophren. Gemeingefährlich.«

Nun stand das Wort im Raum. Lag über dem Treppenhaus einer anerkannten Universitätsklinik. Für einen Moment hatte Marie das Gefühl, von ebendiesem Wort zermalmt zu werden. Zertreten zu Staub. Aufgewühlt suchte sie den Blick des jungen Arztes. Resigniert blickte der zu Boden.

»Ja, das ist ein Riesenproblem in der Psychiatrie«, räumte Niklas ein. »Besonders bei Kindern. Felix ist nicht der Einzige, bei dem Diagnosen und falsche Therapien viel zu schnell angeordnet werden.«

Von oben wurden Schritte hörbar.

»Bitte«, flehte Marie. »Sie müssen mir helfen!«

Niklas schüttelte bedauernd den Kopf. »Hier in München kann ich nichts für Felix tun«, sagte er.

In Maries Kopf drehte sich alles. »Eine Krähe hackt der anderen kein Auge aus«, rief sie außer sich. »Ist es das? Ist es wirklich so, dass ihr Ärzte immer zusammenhaltet, obwohl die schlimmsten Fehler gemacht werden?«

Die Schritte gehörten einem älteren Kollegen, der Niklas zurück in den Tagungsraum bitten wollte.

»Denken Sie das von mir, Marie? Glauben Sie wirklich, dass ich so einer bin?«, stieß Niklas hastig hervor. »Das ist alles ein bisschen komplizierter, als es aussieht, ja? Es geht dabei um Klinikkompetenzen, um Behandlungsrecht, um Länderhoheit.«

Nun hatte der Mann den Treppenabsatz erreicht. »Entschuldigen Sie, Herr Kollege, aber die Pause ist zu Ende«, sagte er freundlich.

Niklas lächelte entschuldigend. »Noch zwei Minuten, bitte? Dann bin ich bei Ihnen!«

Marie hörte kaum noch hin. All ihre Hoffnung war zerstört, all ihre Kraft verschwunden.

»Wenn ich Ihnen helfen soll, dann müssen Sie mit Felix nach Berlin kommen«, flüsterte Niklas eindringlich.

»Nach Berlin«, wiederholte Marie ungläubig.

Der junge Arzt drückte ihr seine Visitenkarte in die Hand. »Es tut mir so leid«, sagte er. »Aber ich muss gleich nach der Tagung mit dem Nachtzug nach Berlin. Morgen früh ist meine letzte Prüfung.«

Marie nickte resigniert.

»Geben Sie nicht auf«, beschwor er sie, »Sie schaffen das!«

*

Wie still es war. In dieser Nacht saß Marie nun allein in dem Zimmer ihrer Pension und wusste nicht wohin mit all dem Kummer, mit all der Bitterkeit, die in ihr tobten. Allein hatte sie keine Chance gehabt, den mit einem Sedativum in den Schlaf versetzten Felix aus der psychiatrischen Abteilung herauszuholen. Immer wieder tastete sie mit der Zunge über ihre trockenen Lippen, fühlte ihren völlig ausgetrockneten Mund. Sie stand unter Schock. Der Fahrt nach München hatte ihre ganze Hoffnung gegolten. Sie war so sicher gewesen, dass man ihr hier helfen und ihr einen Weg zeigen würde, der Felix weiterbringen könnte. Und nun das: München hatte sich als Katastrophe entpuppt. Ihr Junge war anders als die anderen, das stimmte. Aber hier wollten sie einen Verrückten aus ihm machen.

Sie durfte das nicht zulassen. Nicht aufgeben, hatte Niklas gesagt. Nein, niemals. Niemals würde sie ihren Jungen aufgeben, ihn niemals diesen Ärzten überlassen, die allein aufgrund ihrer Theorien, aber ohne jedes Gefühl für den Menschen handelten. Sie würde Felix da rausholen. Komme, was wolle.

*

Entschlossen drängte sich Marie am anderen Morgen an der Reihe der wartenden Menschen vorbei bis zur Anmeldung. Der diensthabenden Schwester, die ihr mit dem Finger einen Platz am Ende der Schlange zuweisen wollte, sagte sie mit fester Stimme: »Ich möchte meinen Sohn aus der Kinderpsychiatrie abholen. Es ist dringend.«

Als die Frau merkte, dass Marie nicht wanken und nicht weichen würde, sagte sie genervt: »Der Name, bitte.«

»Felix«, antwortete Marie. »Felix Moosbacher.«

Die Schwester sah in ihre Liste. »Ihr Sohn ist im Moment nicht auf der Station.«

»Bitte?« Marie verstand nicht. Reglos stand sie da und starrte die Schwester an.

»Ihr Sohn ist in einem Hörsaal. Hörsaal 10, drittes Gebäude links.«

Noch immer stand Marie wie angewurzelt da. Ihre Gedanken überschlugen sich. Was um alles in der Welt hatte das nun wieder zu bedeuten?

Voller Angst rannte sie über den Hof der Universitätsanlage, bis sie endlich das Gebäude gefunden hatte. Sie suchte auf der Eingangstafel das richtige Stockwerk und eilte die Treppen hinauf, bis sie vor dem gesuchten Raum stand. Eine Sekunde verharrte Marie und schnappte nach Luft. Dann riss sie die Tür auf. Das Bild, das sich ihr bot, überstieg alles, was sie sich hätte vorstellen können.

\*

Steil herabführende Sitzreihen säumten den Saal. Auf dem Podium stand eine Reihe von Ärzten und Studenten in weißen Kitteln, in der Mitte hielt Professor Metzler das Rednerpult mit beiden Händen umklammert und redete auf seine Kollegen ein. Sie hatten Felix in einen Rollstuhl gesetzt, der Junge trug einen gestreiften Schlafanzug und fingerte mit seinen kleinen Händen an der Mechanik der Räder und Bremsen. Dabei beugte er sich so weit aus dem Rollstuhl heraus, dass ihn ein junger Assistenzarzt immer wieder zurückschieben musste, um ihn am Herausfallen zu hindern.

»Ungewöhnlich, meine Herren, ungewöhnlich, aber deshalb umso interessanter für uns«, sagte der Professor und fixierte die um ihn versammelten Kollegen und Schüler scharf. »Felix Moosbacher ist erst sechs Jahre alt und zeigt doch ganz deutlich relevante Symptome der normalerweise im pubertären Stadium lokalisierten Schizophrenie.«

Schizophrenie. Das Wort hallte in Marie nach. Wie in Trance war sie Stufe für Stufe herabgestiegen. Keiner der Herren hatte sie beachtet. Der Professor verstand es, die Aufmerksamkeit der um ihn versammelten Männer zu fesseln.

Auch Felix nutzte die Gelegenheit und war nun unbemerkt von den anderen aus seinem Rollstuhl geklettert. Das Muster des Parkettbodens hatte es ihm angetan, leise und unhörbar hatte er begonnen, die Fugen zu zählen, und sich dabei bis zur Tafel vorgearbeitet. Dort lag ein Stück Kreide, das Felix in die Hand nahm. Dann rutschte er wieder auf die Knie und fing an, mit der Kreide eine Reihe von Zahlen auf den Boden zu malen.

»Aggressiv, unberechenbar«, führte der Professor aus. »Da, wo er eben noch sanftmütig, ja apathisch war, wird er plötzlich zum Tyrannen, der alles um sich herum angreift. Dieses Verhalten kennen wir bereits als deutliches Anzeichen der Schizophrenie.«

Inzwischen war Marie durch die Reihen nach vorne gegangen und hatte nun das Podium erreicht.

»Was soll das?«, unterbrach der Professor sichtlich verärgert. »Das ist hier ein Hörsaal!«

Ein junger Assistenzarzt versuchte, sie zurückzudrängen.

»Lassen Sie mich los!«, rief Marie energisch. »Nehmen Sie Ihre Hände weg!«

»Frau Moosbacher«, sagte der Professor nun und legte seine ganze Autorität in seine Stimme. »Sie stören eine wissenschaftliche Demonstration.«

Doch Marie war nicht zu halten. Sie drängte sich durch die Arztkittel hindurch und griff nach Felix. Zog ihn hoch von seinen Zahlen und versuchte, gemeinsam mit ihrem Sohn an den Ärzten vorbei vom Podium herabzusteigen.

»Lassen Sie mich«, fauchte sie jeden an, der nach den beiden greifen wollte. Die Wut verlieh ihr ungeahnte Kraft.

»Sie reden und reden«, rief Marie Professor Metzler zu. »Ich hab bestimmt nur die Hälfte verstanden. Aber eines weiß ich genau. Dass *Sie* meinem Buben nicht helfen können!«

Für einen Moment war es ganz still im Saal. Marie hatte die Treppenstufen erreicht. Mit Felix an der Hand lief sie so rasch es ging nach oben.

»Frau Moosbacher, so geht das nicht«, rief ihr der Professor hinterher. »Das wird Sie teuer zu stehen kommen.«

In diesem Moment bemerkte einer der Ärzte, was Felix da alles auf dem Holzboden notiert hatte. »Herr Professor«, rief er.

»Ja, was ist denn?«, antwortete der, immer noch verärgert.

»Schauen Sie mal, was der Junge hier geschrieben hat.« Von den Ärzten trat nun einer nach dem anderen hervor und besah sich das Gekritzel auf dem Fußboden.

»Das sind Primzahlen, das sind Berechnungen mit lauter mit sich selbst multiplizierten Primzahlen«, sagte ein Student verblüfft.

»Dieser Junge ist genial«, rief ein anderer.

»Quatsch, genial«, blaffte der Professor. »Manische Zahlenreihen! Das ist Schizophrenie!«

Marie verweilte einen Moment lang auf der obersten Stufe, bevor sie endlich mit Felix durch die erlösende Tür aus dem Hörsaal trat. Nein, sie hatte nicht geträumt. Sie hatte die Rufe der jungen Studenten genau gehört. Jedes Wort hallte in ihr nach. Stolz presste sie ihre Lippen aufeinander. Sie hatte es ja gewusst, sie hatte es die ganze Zeit gewusst.

*

Von all dem hatte Paul keine Ahnung, als er vor seinem Freund Otto in der Hollertauer Volksbank saß.

»So«, sagte dieser und schob Paul die vorbereiteten Kreditverträge über den Tisch.

Prüfend ließ Paul seinen Blick darüberwandern. Seine Gesichtszüge versteiften sich.

»Wieso sechs Prozent?«, fragte er scharf. »Draußen im Aushang steht 3,8.«

Otto zündete sich eine Zigarette an und zuckte die Achseln.

»Das ist Ermessenssache«, sagte er ohne Umschweife. »Eine Einschätzung des Risikos sozusagen. Und der Kredit für einen Hopfenbauern, der sich gegen die größte Brauerei im Landkreis stellt, das ist ein kapitales Risiko.«

Paul lockerte seine Krawatte. Ihm war heiß, er musste überlegen.

»Da stehe ich mit dem Rücken zur Wand«, versuchte Otto sein eigenes Risiko zu erläutern.

Paul wusste nur zu gut, dass genau das für ihn galt. Für ihn allein. Er unterzeichnete den Vertrag.

\*

Als Marie in München in den Bus stieg, hatte ein leichter Schneefall eingesetzt, der auf der Fahrt immer stärker wurde. Erschöpft starrte Marie hinaus in die Winterlandschaft, verlor sich beim Betrachten der weißen Felder und zugeschneiten Straßen. Fast schien ihr, als ob der Schnee alles zudecken wollte, was sich an Kummer in ihr aufgetürmt hatte, alles vergessen machen könnte, was sie quälte. Wie hatte sie als Kind den Winter geliebt, immer war er ihr als Zeit der Erwartung erschienen, als weißer Traum, der die Hoffnungen auf Kommendes noch verdeckte, aber eine Ahnung davon schon spüren ließ. Nichts von alledem konnte sie heute noch empfinden. Keinen Schritt war sie in ihrem Bemühen um Felix weitergekommen. Wie sollte das jetzt nur weitergehen? Trostlos war ihr zumute, als sie vom Bus aus nach draußen sah und ihr Blick sich in dem kalten Himmel verlor.

*

In der einbrechenden Dämmerung spiegelte sich Maries Gesicht in der Scheibe des Landbusses, als sie endlich auf das Dorf zufuhren. Sie spürte, wie ihr die Brust schwer und ihr ganzer Körper müde wurde. Wie betäubt fühlte sie sich.

Sie waren wieder zu Hause. Mit einem Satz sprang Felix an der Haltestelle, die kaum zweihundert Meter vom Hof entfernt lag, heraus. Seine Wangen röteten sich vor Überraschung, als er sah, wo sie waren.

»Nun geh schon«, sagte Marie leise.

Und Felix fing an zu laufen. Mit den Armen schwingend lief und sprang er den vertrauten Weg entlang. Marie hingegen hatte das Gefühl, ein Bleigewicht mit sich zu tragen. Jeder Schritt fiel ihr unendlich schwer.

In diesem Moment hörte sie ein vom Dorf kommendes Auto, beim Näherkommen erkannte sie den Ford ihres Mannes. Als Paul Marie von weitem entdeckte, leuchteten seine Augen auf. Er fuhr langsamer und brachte den Wagen neben ihr zum Stehen. Er stieg aus, ging auf sie zu und sah ihr in die Augen, ohne etwas zu sagen.

»Ich hab mir nicht mehr zu helfen gewusst«, flüsterte Marie leise.

»Hat es wenigstens was gebracht?«, fragte Paul.

Marie sah ihm an, dass er ihr längst verziehen hatte. Sah ihm an, wie froh er war, sie wieder hier zu wissen. »München war die Hölle«, sagte sie ehrlich. »Die machen alles nur schlimmer.«

Blass sah sie aus, mitgenommen. All ihre Kraft hatte sie eingesetzt, und nun stand sie mit leeren Händen hier.

»Du weißt ja, was ich von den Doktoren halte«, versuchte Paul sie zu trösten. »Gesund gehst du hin, und krank kommst du wieder heraus.«

Marie schluckte. Ein schmerzliches Lächeln lag in ihrem Gesicht, als sie ihren Mann plötzlich musterte.

»Was hast du denn deinen Sonntagsanzug an?«, fragte sie. »Wo warst du denn?«

Paul schlug die Augen nieder.

»Ach nix … Marie«, nun sah er sie wieder an, »jetzt quälen wir den Felix nicht länger und lassen den Bub nach Sonnroth gehen. Der Felix wird nie so werden wie die anderen. Das müssen wir einfach akzeptieren.«

Alles in Marie versteifte sich. Paul sah, wie aufgewühlt sie war, und nahm ihre Hand.

»Komm, steig ein«, bat er.

»Das Stück gehe ich selber«, sagte sie leise und lief die letzten fünfzig Meter allein auf den Hof zu.

\*

Die nächsten Tage waren nicht leicht. Das Schweigen in der Familie war mit den Händen greifbar.

»Viel hat der Bub ja nicht gelernt«, meinte Elisabeth, als die ganze Familie wieder einmal bei einer Mahlzeit zusammensaß und Felix wie gewohnt sein Brot in unzählige kleine Bröckchen zerteilte.

Marie ersparte sich die Antwort. Hier war jedes Wort umsonst. Auch Paul und Xaver zogen es vor zu schweigen. Keiner hatte Lust, die schmerzlichen Diskussionen aufs Neue zu entfachen. Maries Gedanken drehten sich im Kreis und machten sie ungerecht zu jedem, so dass man sie allgemein lieber in Ruhe ließ.

Sogar Xaver ging ihr aus dem Weg. Sicher spürte er ihren Kummer und konnte ihn vielleicht auch besser nachvollziehen als die anderen, denn sie hatte ihn nie anders als liebevoll zu Felix erlebt. Allein, helfen, das konnte auch er nicht. Xavers Welt war immer das Dorf gewesen, hier hatte er sich ein Leben lang zurechtgefunden, den Hof geführt und eine Familie gegründet. Hier wurde er geachtet – auch wenn er nie zu denen gehörte, die den Ton angaben, die laut ihre Sprüche klopften. Xaver gehörte zu den Stillen im Dorf, vielleicht war das ein Grund, warum er sich mit Felix so verbunden fühlte. Früher als die anderen Familienmitglieder war er auf die mathematische Begabung des Jungen aufmerksam geworden und hatte Marie davon berichtet.

Xaver nahm die Dinge, wie sie waren, und er hatte sich zeit seines Lebens darum bemüht, dem gerecht zu werden, was das Leben an ihn herantrug. Doch wenn das Leben sich verhakte, wenn die Dinge aus der Spur oder die Menschen über Kreuz gerieten, dann stand er hilflos davor. Aufzubegehren oder gar gegen ein Schicksal anzugehen, das war seine Sache nicht. Nie hätte Marie sich getraut, ihn zu fragen, ob er zufrieden war mit dem, was ihm das Leben beschert hatte. Wie er es aushielt mit seiner harschen Frau und der Kälte, die ihn so oft umgab. Tief in ihrem Herzen war Elisabeth sicher kein schlechter Mensch, aber sie war erstarrt in einem Denken, in dem Zucht und Ordnung zu verhängnisvollen Leitbildern einer ganzen Nation wurden, die das Humane in den Abgrund gedrängt und Hass und Gewalt den Boden bereitet hatten. Natürlich liebte Elisabeth ihren Sohn Paul und unterstützte seine Familie. Nur zeigen konnte sie ihm und den Enkeln ihre Liebe nicht.

»Beten, bis die Knie blutig waren«, so hatte Paul einmal seine Kindheit beschrieben. Wenn man bedachte, wie hart Elisabeth ihn angepackt haben musste, grenzte es bald an ein Wunder, dass noch etwas aus ihm geworden war, dachte Marie. Und schämte sich sogleich über die Kühle, mit der sie plötzlich über ihren Mann nachdachte. Da war eine Fremdheit in ihrer Empfindung, die sie nie zuvor gespürt hatte und die ihr selbst unheimlich war.

Ja, sie war sich selbst fremd geworden in diesen Tagen und wusste oft nicht mehr ein noch aus. Sie hätte schreien mögen vor Zorn, wenn Paul ihren Jüngsten morgens ins Auto packte, um ihn in die Sonderschule zu fahren. Nach Sonnroth, auf das Abstellgleis des Lebens. Alles in ihr rebellierte, sie konnte, sie wollte sich nicht in das einfügen, was Paul als das Unvermeidliche bezeichnete. Unvermeidlich, was hieß das schon? Das hieß doch nur, dass ihnen hier auf dem Hof nichts anderes einfiel. Und wie denn auch? Keiner der Moosbachers hatte bisher eine weiterführende Schule besucht, ein jeder stets nur das Nächstliegende im Leben genommen. Nie hatte sich einer von ihnen gefragt, ob der vorgezeichnete Weg wirklich der beste war. Alles war gut gewesen – jedenfalls fast alles –, und ja, Marie hatte sich glücklich gefühlt in ihren ersten Ehejahren, sie war eins mit sich und ihrer Welt. Ihre Kinder waren Wunschkinder gewesen, alle drei. Ein jedes willkommen, jedes neue Baby erschien ihr wie ein weiterer Baustein zu ihrem persönlichen Glück, das den Hof mit Lachen und Lärm erfüllte, mit Leben. Es war das Leben, in dem sie zu Hause war. Doch diese Einheit war nun zerbrochen, und Marie kannte sich nicht mehr aus. Nicht mit sich und nicht mit allem anderen. Sie musste etwas tun. Doch was?

*

139

Etwa eine Woche nach Maries Rückkehr hatte der Schneefall so weit nachgelassen, dass Paul zum ersten Mal seit Wochen wieder hinaus auf das Hopfenfeld fahren konnte. Schon früh am Morgen machte er sich auf den Weg.

In dieser Nacht hatte Marie, wie in den Nächten zuvor, kaum ein Auge zugemacht. Doch als der Morgen dämmerte, spürte sie, dass sich etwas verändert hatte. Mit dem Wetterumschwung war etwas in ihr aufgebrochen. Sie wusste, dass sie handeln musste.

Gegen elf Uhr zog sie ihren Mantel und ihre Winterschuhe an, band sich ein Tuch fest um den Hals und verließ das Haus. Fast eine dreiviertel Stunde Fußweg lag vor ihr, doch Marie spürte die Entfernung kaum, hatte kein Gefühl für die Kälte des wolkenlosen Himmels und den Wind, der seit dem Morgen von Osten kam und alles durchdrang.

Endlich hatte sie das Hopfenfeld erreicht. Paul sah sie im Rückspiegel seines Traktors kommen, verblüfft stellte er den Motor ab und kletterte vom Fahrersitz herunter. Langsam gingen sie aufeinander zu. Nur wenige Meter trennten sie noch voneinander, als sie endlich sein Gesicht erkennen konnte. Die scharfe Luft hatte seine Wangen gerötet, der kalte Wind schnitt ihm in die Augen und verengte seinen Blick. Seit Tagen schwiegen sie einander an, und nun war sie den ganzen weiten Weg herausgekommen, um mit ihm zu sprechen.

»Was ist?«, fragte er misstrauisch. »Was ist los?«

»Ich lasse den Felix so nicht vor die Hunde gehen«, sagte Marie. »Ich will ihn noch mal untersuchen lassen.«

Paul rollte seine Augen gen Himmel. Er holte tief Luft. »Und wo soll es jetzt hingehen?«, fragte er spöttisch.

Marie nahm all ihren Mut zusammen. »Nach Berlin«, sagte sie leise. »In Berlin, da gibt es …«

Paul glaubte sich verhört zu haben. »Berlin?«, schrie er. »Bist du jetzt total übergeschnappt? Und als Nächstes willst du mit ihm zum Mond fliegen, oder was?«

»Mit dir kann man ja nicht reden.« Marie starrte ihn mit einer Mischung aus Wut und Enttäuschung an.

»Und wer soll die ganzen Extratouren zahlen?«, fragte Paul. »Wir haben noch zwei Kinder, die brauchen dich auch!«

»Dir geht's doch gar nicht um die Kinder«, entgegnete Marie scharf. »Dir geht's doch um meine Arbeitskraft.«

Paul schluckte, doch dann sah er seine Frau offen an. »Und wenn es so ist? Wenn ich dich hier brauche, verdammt noch mal?« Wütend zog er eine Zigarette hervor und zündete sie an.

Marie hielt seinem Blick stand. Nein, sie würde nicht klein beigeben, diesmal nicht. »Warum soll der Felix dafür büßen, wenn du dich übernimmst?«, fragte sie in kaltem Zorn.

Für einen Moment verschlug es Paul die Sprache. Was bildete sich seine Frau ein?

»Weil eine Familie zusammenhalten muss«, sagte er in einem Ton, der keinen Widerspruch duldete, »weil nicht immer einer eine Extrawurst haben kann.«

»Berlin ist unsere einzige Chance«, entgegnete Marie unbeeindruckt. »In München, da habe ich einen Arzt aus Berlin getroffen. Der ist auf Kinder wie den Felix spezialisiert.«

»Ein Wunderheiler, ja?«, kommentierte Paul ironisch.

»Schmarrn«, fauchte Marie. »Aber einer, der sich auskennt. Und vielleicht der Einzige, der uns helfen kann.«

Paul starrte seine Frau an. Spürte, wie es an seiner Schläfe pochte. Wusste nicht wohin in seinem ohnmächtigen Zorn. Wie stur sie war, so stur wie ein Esel! Sie würde nicht nachgeben. Keinen Schritt würde sie ihm entgegenkommen.

»Bei dem hätte ich ein gutes Gefühl«, sagte Marie leise, »dass er rauskriegt, was unserem Buben fehlt.«

Paul schlug die Augen nieder. Biss die Lippen so fest aufeinander, bis nur noch zwei schmale Striche zu sehen waren. »Eine Woche«, presste er hervor. »Eine Woche und keinen Tag länger.«

*

»Zweitausendeinhundertelf, zweitausenddreihundertelf, zweitausendfünfhundertelf, zweitausendsiebenhundertelf«, murmelte Felix, als er fest in seine Winterjacke gehüllt vor den Speichen des Überlandbusses stand, der ihn und seine Mutter von Ingolstadt aus nach Berlin bringen sollte.

»Zahlen, nichts als Zahlen hat der Bub im Kopf«, seufzte Paul und wuchtete Maries Koffer und ihre Reisetasche aus dem Auto heraus.

Der Busfahrer nahm sie ihm aus der Hand und schob sie zu dem Gepäck der Mitreisenden tief in den Bauch des Busses hinein.

»Also«, sagte Marie leise, und bevor sie noch wusste wie ihr geschah, nahm Paul sie vor all den Leuten in den Arm und drückte sie ganz fest an sich.

»Also.« Ein trauriges Lächeln lag auf seinem Mund. »Viel Glück dann.«

Ein letztes Mal sahen sie sich an. Dann kletterte Marie mit Felix in den Bus. Der Fahrer ließ den Motor an und fuhr los. Paul stand da neben seinem blauen Auto und starrte den Davonfahrenden noch lange nach.

*

Es regnete so stark in Berlin, dass Wasser an den Fassaden herabströmte und über den Abflussrinnen aufschäumte. Nach dem Schnee der vergangenen Wochen hatte Marie nicht an einen Regenschirm gedacht, sie würde einen kaufen müssen, dachte sie, als ihr klar wurde, dass schon wenige Meter aus dem Bahnhof Zoo hinaus auf den Kurfürstendamm genügen würden, um sie und Felix völlig zu durchnässen. Einen Regenschirm, wenn wir die Klinik gefunden haben, muss ich einen Regenschirm kaufen, hämmerte es in ihr, als sie mit Felix in der einen und dem Koffer in der anderen Hand, die Reisetasche unter den Arm gequetscht, einen Zebrastreifen in der Joachimsthaler Strasse überquerte. Sie klammerte sich an den Gedanken mit dem Schirm wie an einen Strohhalm, der sie in dieser verwirrenden Stadt vor dem Ertrinken rettete.

Doch als Marie an diesem späten Februarnachmittag des Jahres 1968 endlich an der Straßenbahnhaltestelle stand, von der die Bahn zum Klinikum abfahren sollte, da hörte der Regen schlagartig auf.

Kaum eine Minute später bog auch schon die Linie 18 um die Ecke, die Türen öffneten sich, und Marie stieg mit ihrem Sohn hinein. Im Inneren der Straßenbahn waren die Scheiben vor Feuchtigkeit beschlagen, man konnte kaum hinaussehen, so dass Marie und Felix bei ihrer ersten Fahrt durch Berlin wie durch eine Nebelstadt fuhren. Es war eine Fahrt ins Ungewisse, Marie hatte nicht die geringste Ahnung, wohin sie diese Reise führen würde. Sie klammerte sich an ihre Hoffnung: Ihrem Kind musste geholfen werden.

*

Der Gebäudekomplex des Krankenhauses war ein wenige Jahre alter, zehnstöckiger Betonbau. In jäh hochsteigender Angst blickte Marie an den modernen Glasfron-

144

ten, Innenhöfen und Loggien hoch. In diesem Moment wurde ihr klar, dass sie nichts und niemanden kannte, dass alles, was sie in ihren Händen hielt, die Idee eines Mannes war, der sich in wenigen entscheidenden Minuten richtig verhalten hatte. Aber was wäre, wenn dieser Niklas Cromer in Berlin ein anderer war, wenn er keine Zeit, keine Lust und kein Interesse haben würde, sich mit den Ängsten einer Hopfenbäuerin aus der bayerischen Provinz auseinanderzusetzen?

Marie schluckte. Nein, das würde er nicht denken. Nicht so. Sohn und Koffer fest umklammernd betrat sie das Foyer und wandte sich sofort an eine blonde Schwester mit einem langen Pferdeschwanz, die hinter einer Glasscheibe am Informationsschalter saß.

»Grüß Gott, den Doktor Cromer such ich.«

»Doktor Cromer?«, sagte die junge Frau. »Auf welcher Station soll der sein?«

Für einen Moment starrte Marie sie verdutzt an, zog dann aber Niklas' Visitenkarte aus der Tasche. »Kinder- und Jugendpsychiatrie« las sie laut vor.

Die Schwester nickte. »Viertes Obergeschoss, Abteilung 8a.«

Marie blickte sich vorsichtig um.

»Gehen Sie den Gang dort entlang, die Fahrstühle sind hinten links.«

Als sich der Aufzug im vierten Stock öffnete, sah sie ihn sofort. Marie hatte damit gerechnet, sich durchfragen zu müssen, hatte sich schon erste Sätze der Erklärung zurechtgelegt, aber nun stand er einfach vor ihr. Vertieft in ein Gespräch mit zwei anderen jungen Ärzten, von mehreren Schwestern umringt, achtete er nicht auf die Personen, die dem Fahrstuhl entstiegen.

Erst als sie mit zaghaften Schritten auf die Gruppe zuliefen und schließlich verlegen stehen blieben, erkannte der Arzt Felix und Marie. Wie begossene Pudel sahen sie aus, die groben wollenen Winterjacken noch immer durchnässt, die Haare am Kopf klebend, die geschnürten Lederstiefel dreckbespritzt. In ihrer rechten Hand hielt Marie noch immer den alten abgeschabten Lederkoffer fest umklammert, den einzigen Koffer, den ihre Familie besaß. Doch all das schien Niklas gar nicht zu bemerken. Ein Lächeln überzog sein Gesicht, und seine Augen suchten ihre Augen, so unmittelbar, so direkt und offen, wie sie es in Erinnerung hatte.

Maries Herz hämmerte in ihrer Brust. Sie war hier. Sie hatte es geschafft. Wie von weither hörte sie seine Stimme.

»Marie! Felix! Wie schön, dass ihr gekommen seid!« Ohne Rücksicht auf seine Gesprächspartner ging er sofort vor Felix in die Knie. »Da hast du so eine weite Reise gemacht.«

Felix' Blick ging ins Leere. Mit keiner Reaktion gab er preis, ob er den jungen Arzt aus dem Münchner Café wiedererkannte. Die zwei anderen Ärzte sahen sich mit hochgezogenen Augenbrauen an.

»Entschuldigung, liebe Kollegen«, sagte Niklas

freundlich, »diesen jungen Patienten habe ich in München kennen gelernt. Und seine Mutter hat die anstrengende Fahrt nach Berlin auf sich genommen, um hier Hilfe zu finden.«

*

Erst als Marie vor Niklas' Schreibtisch Platz genommen hatte, entspannte sie sich ein wenig. Sie beobachtete, wie der junge Arzt ohne zu zögern ein Einmachglas aus dem Regal zog, das bis obenhin mit blauen Murmeln gefüllt war und das sofort Felix' ganze Aufmerksamkeit auf sich zog. Jede Scheu war vergessen, begeistert steckte er seine Finger in das Glas und zog eine Handvoll Murmeln heraus. Marie hatte ihm seine nasse Jacke schon an der Türschwelle zum Besprechungszimmer ausgezogen, so dass er sich nun ohne Umschweife auf den Boden sinken ließ und die Murmeln hin- und herrollte. In diesem Augenblick waren für Felix die Strapazen der langen Reise wie weggeblasen; der Arzt und seine Mutter existierten nicht mehr für ihn.

Niklas nahm an seinem Schreibtisch Platz und sah Marie erwartungsvoll an.

»Sie müssen mir helfen«, sagte sie leise. »München war die Hölle.«

In diesem Augenblick trat eine ältere Krankenschwester, die Marie vorhin auf dem Flur gesehen hatte, zur Tür herein.

»Ja?«, fragte Niklas.

»Der Patient in Zimmer fünf wartet auf Sie«, antwortete die Schwester mit leicht vorwurfsvoller Stimme.

»Ich brauche hier noch einen Moment«, entgegnete Niklas ruhig.

Die Schwester betrachtete Marie und den Jungen skeptisch. Sie war eine Person, die gerne die Kontrolle über die Dinge behielt, und kämpfte nun gegen das ungute Gefühl an, nicht informiert worden zu sein.

»Ist gut«, antwortete sie spitz und zog die Tür wieder hinter sich zu.

»Was haben denn nun die Münchner Ärzte gesagt?«, wollte Niklas wissen.

»Die haben ihm erst das Beruhigungsmittel gespritzt und ihn am nächsten Tag sogar ohne mein Wissen in einen Hörsaal gebracht. Vorgeführt wie ein Zirkusaffe haben sie ihn.«

Marie wirkte erschöpft, sie sprach langsam. Es schien, als ob die schrecklichen Stunden an der Münchner Universitätsklinik noch einmal vor ihrem inneren Auge vorbeizogen.

»Der Bub war so weit weg, ich habe gedacht, ich verliere ihn.«

»In einen Hörsaal …«, versuchte der junge Arzt das Erzählte zu rekapitulieren. »Und was haben die Kollegen dort konstatiert?«

»Sie haben wieder von pubertärer Schizophrenie gesprochen.«

Marie suchte seinen Blick. Niklas rieb sich mit beiden Händen über das Gesicht. Er suchte nach den richtigen Worten.

»Entwicklungsstörungen haben viele Gesichter, Marie«, sagte er vorsichtig. »Da sind sich auch die Experten nicht immer einig.«

»Ja, aber die wollten ihn in der Psychiatrie behalten«, antwortete Marie entrüstet.

»So schnell geht das nicht«, warf Niklas ein.

Sein Telefon klingelte.

»Cromer.« Niklas hatte den Hörer abgenommen. »Ich rufe Sie in zehn Minuten zurück.«

Er legte auf und sah zu Felix hinüber. Der hatte sich inzwischen noch weitere Murmeln aus dem Einmachglas geholt und spielte selbstvergessen vor sich hin.

»Wie sind Sie denn mit den Kollegen verblieben?«, fragte er Marie.

»Gar nicht.« Ihre Stimme war fast unhörbar. »Ich hab die Behandlung abgebrochen. Ich bin mit dem Felix zurück in die Hollertau.«

Niklas seufzte und rieb sich die Stirn.

»Der Professor wollte einen Irren aus ihm machen, und das ist er nicht.«

Marie hatte ihre Stimme wiedergefunden. Trotzig klang sie nun. Unbeirrbar. Irgendwann während dieses ersten Gespräches hier in Berlin war ihr klar geworden, dass sie auch diesen Arzt überzeugen musste. Dass auch mit Niklas Cromer nichts von alleine laufen würde. Dass auch er erst begreifen musste, wie besonders Felix war. Und bevor sich die beiden nicht wirklich kennen gelernt hatten, musste sie die Stimme ihres Sohnes sein. Niklas blätterte in seinem Kalender und runzelte die Stirn.

»Morgen früh«, sagte er endlich. »Um acht Uhr. Wir müssen das noch vor die Visite legen. Mein Terminplan ist randvoll. Acht Uhr, das ist unsere einzige Möglichkeit.« Er sah Marie an und lächelte. »Ich hab Ihnen ja versprochen zu helfen.«

Marie fiel ein Stein vom Herzen.

Unten im Foyer fand sie eine Telefonzelle, von der aus sie zu Hause anrufen konnte. Während sie Paul ihre ersten Eindrücke schilderte, fiel ihr Blick auf einen Aushang. »Ordentliches Zimmer in Kliniknähe an alleinstehende Damen zu vermieten.« Marie riss den Zettel mit der Adresse ab und machte sich mit Felix auf den Weg.

*

»Und?«, fragte Elisabeth, die ebenso wie die restlichen Familienmitglieder in der Küche gesessen hatte, als Paul enttäuscht auflegte. »Hat sie auch gesagt, wann sie sich wieder um ihre Kinder kümmert?«

Paul schluckte und schwieg. Viel zu schnell war dieses Telefonat zu Ende gewesen. »Du, ich muss Schluss machen«, hatte sie ihn mitten im Satz unterbrochen, »die Mark ist durch.« Dabei hatte er noch so viele Fragen gehabt. Wo würden sie übernachten, wo würden Marie und Felix in dieser Riesenstadt ihr Quartier finden, mit dem wenigen Geld in der Tasche? Sie kannten doch niemanden dort.

Pauls Blick fiel auf die Hausaufgabenhefte von Lena und Max, die trotz des frühen Abends noch immer auf dem Esstisch ausgebreitet lagen. Erst jetzt wurde ihm klar, dass seine beiden Großen darauf warteten, dass er ihre Aufgaben nachschaute, etwas, was sonst Marie übernahm. Seufzend besah er sich die Hefte, wies Lena auf einen Flüchtigkeitsfehler im Schreiben hin und Max auf einen Zahlendreher im Rechenheft.

Als er wieder hochschaute, beobachtete er, wie seine Mutter seinem Vater einen vielsagenden Blick zuwarf. Doch wie so oft, mochte Xaver auch jetzt nichts von Elisabeths stummen Kommentaren wissen. Er blies den Pfeifenrauch besonders heftig vor sich hin und hüllte sich in den schützenden Dunst wie in einen Mantel, wie immer, wenn er sich vor seiner Frau nahezu unsichtbar machen wollte.

\*

Ratlos stand Marie am Eingang der Hausnummer 120 und besah sich erneut ihren Zettel.

»Dann ist die Nummer 123 auf der anderen Seite«, sagte sie zu Felix und begann, mit ihrem Koffer in der einen und dem Jungen an der anderen Hand die Bleibtreustraße zu überqueren.

Ratlos standen Mutter und Sohn nun vor der Hausnummer 14.

»Das gibt's doch nicht«, rief Marie erschöpft. »Auf der einen Seite sind immer die geraden, auf der anderen Seite die ungeraden. Ich verstehe das nicht.«

Felix lief ein paar Schritte nach vorn und blinzelte auf die andere Seite hinüber.

»Auf der Seite werden die Zahlen größer und auf der anderen Seite werden die Zahlen kleiner«, sagte er, als sei das die selbstverständlichste Sache der Welt.

Und noch ehe Marie eingreifen konnte, sprang er mitten auf die Straße, um wieder auf den anderen Gehsteig zu gelangen. Ein herbeifahrendes Auto hupte. Hastig griff Marie nach ihrem Koffer und rannte ihrem Jungen hinterher.

»Felix«, rief sie völlig außer Atem, »jetzt wart halt mal. Du darfst nicht einfach über die Straße laufen.«

Doch Felix lief noch ein paar Meter weiter. Dann blieb er endlich stehen und Marie mit ihm. Jetzt sah sie, wohin ihr Sohn sie geführt hatte. Sie standen vor der Hausnummer 123.

»Wenn ich dich nicht hätte«, flüsterte Marie. »Trotzdem«, bemühte sie sich, weiter streng zu sein, »in der Stadt muss man aufpassen mit den Autos. Hast du mich verstanden?«

*

Das möblierte Zimmer lag im dritten Stock. Etage für Etage schleppte Marie den schweren Koffer hinauf. Sie klingelte. Eine ältere Dame mit rotgefärbtem Pagenkopf und verlebten Gesichtszügen öffnete die Wohnungstür. Mutter und Sohn wurden einer eingehenden Betrachtung unterzogen, die in der Feststellung mündete, dass sie eigentlich nur an alleinstehende Damen vermietete.

»Aber ich bin verheiratet«, erwiderte Marie hastig. »Und das ist der Felix, mein Sohn.«

»Verschonen Sie mich mit Ihren Geschichten«, gab die Dame unerbittlich zurück, doch als sie in Maries erschöpftes Gesicht blickte, ließ sie sich erweichen. »Na, kommen Sie rein«, meinte sie, »aber keine Herrenbesuche, haben wir uns verstanden?«

Später, als Marie den Koffer ausgeräumt und für Felix ein kleines Beistellbett gerichtet hatte, konnte sie sich zum ersten Mal richtig in ihren neuen Räumen umsehen. Die Decken des Zimmers waren bestimmt zwei Meter dreißig hoch, die Wände mit blassgrünen Stofftapeten bezogen. Obwohl längst verblichen, strahlte diese Wandbespannung noch immer eine Eleganz aus, die Marie so noch nie gesehen hatte. Und erst die Böden! Glänzendes Eichenparkett, in feinen Stäbchen verlegt, erzählte noch immer vom städtischen Glanz vergangener Epochen, auch wenn die Spuren des Möbelrückens nicht zu übersehen waren.

Da saß sie nun mit wenig Geld in der Tasche und einer ungewissen Aussicht in diesen prachtvollen Räumen und konnte sich an nichts freuen. Nie hatte sie mit ihrem Mann eine Reise machen können. Der Hof erlaubte keine längeren Abwesenheiten, und seit die Kinder auf der Welt waren, brauchte sie daran erst recht nicht mehr zu denken. Und jetzt saß sie hier, nicht zum Vergnügen, sondern aus Verzweiflung. Das durfte alles nicht umsonst sein. Während sie nachdachte, hatte Felix einige Murmeln aus der Tasche gezogen, die ihm Niklas gegeben hatte, und ließ sie auch hier über das Parkett rollen. Hin und her, her und hin. Niklas wird uns helfen, dachte Marie. Ganz bestimmt wird er das.

*

»Frau Moosbacher, wo bleiben Sie denn?«, sagte die Schwester streng, als Marie am anderen Morgen eine Viertelstunde zu spät und völlig außer Atem den Klinikflur entlanggerannt kam. Felix hatte Mühe gehabt, sich in der fremden Umgebung zu orientieren, das Anziehen, das Frühstücken, für alles hatte er mehr Zeit gebraucht als zu Hause. Die Straßenbahn war ihnen vor der Nase weggefahren, und an der Station, wo sie hatten umsteigen müssen, dauerte es noch mal länger, als sie erwartet hatte.

Marie staunte, wie viele Menschen hier schon am frühen Morgen auf den Straßen waren. Elegante Westberliner mit Hüten und Pelzjacken, aber auch junge Leute in wallenden, bunten Kleidern, grünen Parkas und groben Lederstiefeln drängelten sich in den Straßenbahnen und Bussen, deren Haltestellen über und über mit Plakaten beklebt waren. Der Anblick von all dem ließ Marie schwindeln, eine solche Bilderflut hatte sie ihr Lebtag noch nicht gesehen.

Seit sie die Pension um sieben Uhr früh verlassen hatten, bemühte sich Felix nach Kräften, all seine Blicke auf die Bordsteinkante der Gehwege zu richten, was sich bei der wechselnden Breite der Berliner Bürgersteige als unvorhergesehene Hürde erwies.

»Felix, schau halt auf deine Füße, wenn du keinen anschauen magst«, sagte Marie leise, »wir können doch hier nicht Zickzack laufen.«

Doch Felix ließ sich nicht beirren, und so sprangen sie reichlich merkwürdig auf den Gehwegen umher, bald zog der Junge seine Mutter, bald drängte ihn Marie wieder zurück, bis sie schließlich erschöpft unter den Wartenden an der Straßenbahnhaltestelle ausharrten, um gegen 8.15 Uhr endlich die Klinik zu erreichen.

»Doktor Cromer hat Ihnen extra eine Stunde eingeräumt, aber da müssen Sie schon pünktlich sein.«

»Aber das bin ich immer«, verteidigte sich Marie. »Nur«, sie versuchte, etwas ruhiger zu atmen, »nur, Berlin ist so groß.«

Die Schwester sah die Hopfenbäuerin von oben bis unten an.

»Und ein abgehetzter Patient bringt uns schon gar nichts«, erklärte sie streng. »Da können Sie gleich zu Hause bleiben.«

Marie biss sich vor Verlegenheit auf die Lippen. Die Krankenschwester stand schon längst vor dem Behandlungszimmer und klopfte an.

»Dr. Cromer, sie sind jetzt da.«

*

Wieder und wieder ließ der junge Arzt seinen neuen Patienten auf den Fugen der Bodenfliesen entlanglaufen. Es war ein Weg, den sich Felix selbst ausgesucht hatte, als ihn Niklas bat, sich frei in seinem Zimmer zu bewegen. Linien, geometrische Formen und Muster aber waren Felix' Welt. Hier fühlte er sich sicher, nach dieser Orientierung hielt er überall Ausschau, vor allem dann, wenn er in eine fremde Umgebung kam. Diese Orientierung gab ihm Halt, sie war es, die ihm offenbar Anhaltspunkte vermitteln konnte, nach denen er sich zu verhalten wusste. Niemals hätte Felix direkt in das Gesicht eines fremden Menschen geblickt, auch bei den vertrautesten Familienmitgliedern, ja sogar bei seiner Mutter, fiel ihm der direkte Augenkontakt schwer, und er versuchte immer, ihm so schnell wie möglich wieder zu entfliehen.

»Deine Mutter sagt, du magst Zahlen«, überlegte Niklas.

Marie konnte aus dem Nebenzimmer heraus beobachten, wie Felix unbeeindruckt von der Ansprache des Arztes einfach weiterlief. Der zog daraufhin eine helle Holzschachtel hervor, in der verschiedene hölzerne Zahlen in Fächern steckten, und hielt sie Felix hin.

»Magst du dir eine Zahl herausnehmen?«, fragte der Arzt.

Doch auch jetzt reagierte Felix nicht. Er lief einfach weiter, lief in seinem eigentümlich wiegenden Gang an den Linien entlang, als ob ihn nichts und niemand um ihn herum etwas anginge.

»Welche Zahl magst du, Felix?«, fragte Niklas unbeirrt weiter und griff nach einer hölzernen Fünf, die er dem Jungen demonstrativ hinhielt. »Felix?«, insistierte er, nun etwas lauter, als der Junge immer noch nicht reagierte.

Erst jetzt sah der Junge auf. Als er die Zahl erblickte, die ihm der Arzt entgegenstreckt hielt, wandte er sich abrupt ab, warf sich zu Boden und hielt sich die Ohren zu. So in sich gekrümmt, drehte er sich mehrfach um die eigene Achse wie ein Kreisel, einem eigenen, unbegreiflichen Rhythmus preisgegeben. Niklas machte sich Notizen. Er sah nachdenklich aus.

»Magst du keine Fünf?«, fragte er schließlich.

Marie verfolgte das Schauspiel im Nebenzimmer so gebannt, dass sie das kurze Klopfen an der Tür überhört hatte und erst auf den überraschenden Besuch reagieren

157

konnte, als eine äußerst hübsche, elegant gekleidete Frau in Pelzmütze vor ihr stand.

»Oh. Entschuldigung. Ich muss mal kurz zum Herrn Doktor«, sagte sie augenzwinkernd und drückte ohne zu zögern die angelehnte Glastür, die Maries Beobachtungsplatz vom Behandlungszimmer des Arztes trennte, weit auf.

»Schatz, was machst du denn hier?«, fragte Niklas überrascht und sprang von seinem Stuhl auf.

Die junge Frau lächelte. »Mein Vater hat Professor Leyendecker heute Abend zum Essen bei sich – und weißt du, wer noch eingeladen ist? Du und ich!«

Niklas warf Marie, die unfreiwillig Zeugin dieser Szene geworden war, einen entschuldigenden Blick zu.

»Professor Leyendecker ist wirklich interessiert«, flüsterte die junge Frau in verschwörerischem Ton.

Dann lächelte sie zu Marie herüber. »Sie wissen ja gar nicht, was für ein Glück Sie haben.« Ein unverkennbarer Besitzerstolz schwang in ihrem Ton mit. »Der beste Facharzt von Berlin, Niklas hat seine Prüfungen als Bester bestanden!«

Dem jungen Arzt war das alles ziemlich unangenehm. »Darf ich vorstellen, das ist meine Verlobte und Kollegin, Frau Dr. Katja Haaren, die in Bezug auf mich manchmal zur Übertreibung neigt.«

»Grüß Gott«, sagte Marie zurückhaltend.

»Guten Tag«, antwortete die junge Frau mit der unverkennbaren Nonchalance einer Tochter aus gutem Hause.

Demonstrativ küsste sie ihren Verlobten auf den Mund. »Heute Abend, um sieben!«, flüsterte sie zärtlich. »Sei pünktlich.«

*

»Marie, was genau war das mit den Zahlen?«, fragte Niklas, sichtlich bemüht, die verlorengegangene Konzentration wiederherzustellen.

»Er ist sehr schnell und gut im Kopfrechnen«, sagte Marie. »Aber was fehlt ihm jetzt eigentlich?«

Der junge Arzt lief in seinem Zimmer auf und ab.

»Das, was Sie mir von Felix beschrieben haben, und das, was ich beobachten kann, ergibt ein äußerst vielschichtiges Bild sehr unterschiedlicher Symptome.«

Sein Blick fiel durch die Glasscheibe hinüber in den Behandlungsraum, wo sich Felix unbefangen bewegte.

»Die Entwicklungsstörungen von Felix sind nicht einfach zu verstehen.«

Beide sahen sich an. Marie warf erneut einen nachdenklichen Blick zu ihrem Jungen hinüber, der sich inzwischen eine Murmelbahn aus dem Regal gegriffen hatte und in aller Seelenruhe damit spielte.

»Ich kann Ihrem Sohn nur helfen, wenn ich genügend Zeit habe, seine Verhaltensweisen zu studieren«, fuhr Niklas fort. »Es ist nötig, ihn Baustein für Baustein zu analysieren. Nur so gewinnen wir Klarheit.« Der Arzt zündete sich eine Zigarette an.

»Aber ich habe Ihnen doch beschrieben, wie er sich verhält«, sagte Marie mit Nachdruck. »Dass er sich konzentrieren kann, wenn er will, dass er sehr gut rechnet. Ich meine«, nun suchte sie nach der richtigen Formulierung, »das ist doch ein Zeichen.«

Niklas sah ihr offen ins Gesicht. »Ein Zeichen wofür?«

Marie schluckte. »Ein Zeichen dafür, dass er nicht dumm ist.«

»Sie sind seine Mutter, Marie«, antwortete Niklas. »Ihre Sicht auf Ihren Jungen ist eine sehr wichtige.« Der Arzt zog an seiner Zigarette.

Marie schoss das Blut in den Kopf, sie schlug die Augen nieder. Ähnliche Worte hatte sie schon einmal gehört. Also doch, hämmerte es in ihr. Also doch! Er ist genauso wie die anderen. Er nimmt mich nicht ernst. Ihr Gesicht verfinsterte sich.

»Ein entscheidender Baustein in der Gesamtbetrachtung von Felix«, fuhr er fort. »Sie haben Ihren Sohn hierhergebracht. Damit geben Sie ihm eine ungeheure Chance. Aber die Sicht der Mutter kann und darf nicht die sorgfältige klinische Analyse ersetzen.«

Marie sah den Arzt zweifelnd an.

Niklas hielt ihrem skeptischen Blick stand. »Wir wollen Ihrem Sohn doch helfen. Wir wollen doch ein Therapieangebot entwickeln, das ihn weiterbringen kann.«

Ein bitterer Zug lag nun in Maries Gesicht. »Sie glauben mir nicht. Genauso wenig wie die Ärzte in München«, stellte sie resigniert fest.

Niklas schüttelte den Kopf. »Wenn Sie das wirklich ernst meinen, Marie, dann kann ich nichts für Felix tun«, sagte er und drückte seine Zigarette aus.

Für einen Moment maßen sie sich mit Blicken.

Aufgewühlt wippte Marie auf ihrem Stuhl hin und her. »Wie viel Zeit würden Sie denn brauchen?«, presste sie schließlich heraus.

»Zwei bis drei Monate mindestens.«

Maries Gesicht verlor jede Farbe. Alles in ihr überschlug sich.

»Sie dürfen jetzt nicht die Nerven verlieren«, sagte der Arzt behutsam. »Wir stehen erst am Anfang.«

*

Im Foyer der Psychiatrischen Klinik hielt Felix seine Lippen an eine Glasscheibe gepresst und formte mit seinem Atem die wunderlichsten Gebilde. Aufmerksam betrachtete er diese flüchtigen Erscheinungen, stets darauf bedacht, das Verschwinden der einen mit dem Erschaffen einer neuen zu verbinden. Marie hatte sich tief über den Patientenbogen der Anmeldung gebeugt und versuchte, jede Frage gewissenhaft zu beantworten. Als sie den Bogen endlich im Schubfach unter der Glasscheibe hindurchschob, warf die am Schalter sitzende Schwester einen kurzen Blick auf das Blatt und sah auf.

»Sie wissen, dass Sie die Kosten für die Behandlung selber tragen müssen?«

161

»Nein«, antwortete Marie konsterniert. »Aber wir zahlen doch seit Jahren Beiträge an die Krankenkasse.«

Die Schwester ging routiniert die Unterlagen durch. Sie machte sich noch nicht einmal die Mühe, zu der aufgeregten Mutter an ihrem Schalter hochzusehen.

»Bei psychischen Erkrankungen und Entwicklungsstörungen zahlt die Kasse nicht«, sagte sie mit monotoner Stimme.

Marie glaubte sich verhört zu haben. Das Blut rauschte ihr in den Ohren, ihr war zum Ersticken zumute.

»Bitte?« Flehend sah sie ihr Gegenüber an. »Bitte, das verstehe ich nicht.«

Doch die Schwester blickte noch immer nicht auf. Solche Gespräche führte sie jeden Tag, wo käme sie denn hin, wenn sie das ganze Elend immer gleich persönlich nehmen wollte. Marie aber stand der Schock ins Gesicht geschrieben.

»Wollen wir ihn trotzdem anmelden?«, fragte die Schwester, nachdem Marie einfach nur noch teilnahmslos vor sich hin starrte.

Sie fühlte sich wie gelähmt bei der Vorstellung, dass ihre Hoffnung umsonst und ihr Bemühen vergebens sein würde. Sie hatte keine Ahnung, wie sie die Klinikkosten bezahlen sollte. Trotzdem nickte sie.

Die Schwester spannte einen neuen Bogen in ihre Schreibmaschine. Endlich registrierte sie, wie tief die Frau vor ihrer Glasscheibe von ihrer Ansage getroffen war.

»Manchmal helfen auch die Geschwister der Eltern oder die Großeltern, hm?« flüsterte sie ihr durch die Sprechscheibe zu.

*

Als das Telefon auf dem Moosbacher Hof läutete, waren Paul und sein Vater Xaver gerade draußen damit beschäftigt, neue Holzpfosten für den Hopfenanbau mit schützender Lasur zu bestreichen. Elisabeth nahm den Hörer ab, um den Apparat nach einem kühlen »Grüß dich« quer durch die Küche an das Fenster zum Hof zu tragen.

»Paul«, rief Elisabeth auf den Hof hinaus. »Telefon! Marie!«

Paul ließ den Pinsel fallen und rannte über den Hof zum Fenster hin. »Ja, Marie«, sagte er schließlich keuchend.

Elisabeth trat vom Fenster wenige Schritte zurück, gerade weit genug, um von Paul nicht mehr gesehen zu werden, aber alles noch mit anhören zu können. Auf dem Hof hatte auch Xaver seinen Pinsel sinken lassen. Er sah, wie sich die Stirn seines Sohnes kräuselte, hörte, wie er immer heftiger atmete.

»Drei Monate, spinnst du?«, platzte es aus Paul heraus. »Wie soll ich das verstehen? Wir haben doch eine Krankenversicherung?«

Angestrengt hörte er seiner Frau zu. »Marie, das können wir uns gar nicht leisten. Wie stellst du dir das vor?«, fragte er schließlich.

Doch was immer Marie ihm von Berlin aus sagte, es war nicht zu übersehen, wie in Paul langsam aber stetig die Wut hochkochte, um schließlich in einem wütenden Aufschrei zu explodieren.

»Marie, pass auf, das Geschäft kannst du mir überlassen. Da verstehst du nichts davon!«

Empört knallte er den Hörer auf.

\*

Es war sinnlos. Jedes Gespräch mit Paul war sinnlos, er verstand einfach nicht. Erschöpft ließ Marie den Hörer sinken. Langsam lief sie auf ihren Sohn zu, der in der Eingangshalle der Klinik neben ihrer Tasche auf sie gewartet hatte, und streifte ihm seine Winterjacke über.

Fast die ganze Nacht saß Marie aufrecht in einem Plüschsessel ihres Pensionszimmers. Betrachtete ihren schlafenden Jungen, tastete sich mit Blicken an der grünen Tapete entlang, als ob sich da irgendwo die Lösung für ihre Probleme verbergen könnte. Doch da war nichts. Nichts als der leicht modrige Geruch einer langen Geschichte. Dieser Raum hatte bestimmt schon ganz andere Probleme gesehen, dachte Marie plötzlich. Vielleicht hatte man hier Menschen verfolgt, vielleicht hielten sich hier Leute versteckt in den Hitlerjahren, wer wusste das schon? Und dann die Bombennächte, der Einmarsch der Russen. Die Stadt Berlin und ihre Bewohner hatten weiß Gott Furchtbares mitgemacht.

Marie wusste nicht viel darüber. In ihrer Volksschulzeit wurde nicht darüber gesprochen, erst in den letzten Jahren waren Einzelheiten durchgesickert, wurden Zeitungsberichte veröffentlicht, hatte sie erstmals auch von Judenverfolgungen in der Hollertau gelesen. Irgendwann war ihr in einer alten Zeitung auf dem Markt ein Bericht über das Konzentrationslager Dachau in die Hände gefallen. Das, was sie da sehen und lesen musste, hatte Marie so entsetzt, dass sie eine Zeitlang nichts und niemanden mehr wahrgenommen hatte. Erst als die Schlange ihrer Kundinnen am Marktstand länger und länger geworden war und Frau Fissler schließlich ihren Namen rief, war sie wieder zu sich gekommen. Da stand sie nun auf dem Marktplatz und sollte in einen Bericht über Dachau ihr Gemüse einwickeln. Hastig nahm Marie das Zeitungsblatt beiseite und schob es in ihren eigenen Einkaufkorb, der am Boden stand. »Frischen Rosenkohl, Frau Fissler?«

Warum müssen die Menschen immer die hassen, die anders sind? Die sie nicht verstehen, weil sie eine andere Herkunft haben, eine andere Sprache sprechen, ein anderes Verhalten oder andere Angewohnheiten zeigen. In diesem Bericht über Dachau hatte Marie auch zum ersten Mal von dem Begriff »Euthanasie« gelesen, ein Ausdruck, den sie nicht gekannt hatte und den sie in der Volksausgabe ihres Brockhaus nachschlagen musste. Noch in der Erinnerung daran fröstelte Marie. Einen wie den Felix hätten sie damals auch umgebracht, dachte sie.

Wie Blei legte sich der Gedanke auf sie und ließ ihre Glieder schwer werden. Wie gerne wäre sie eingeschlafen, doch ihre Gedanken rasten einfach weiter, nichts in ihr fand einen Halt, fand eine Ruhe. Vor Müdigkeit und innerer Kälte begann sie nun am ganzen Körper zu zittern. Ihre Zähne klapperten. Weiß Gott, es war schwer genug gewesen, Paul diese Reise abzutrotzen. Jeder Tag, den sie in Berlin verbrachte, forderte von denen, die auf dem Hof zurückgeblieben waren, einen erhöhten Einsatz. Mehr Unterstützung konnte sie nicht erwarten. Für alles, was hier in Berlin nun an Kosten für Felix entstand, musste sie selbst aufkommen. Ihr Lebtag lang hatte sie gearbeitet, schon als Kind in ihrer eigenen Familie mithelfen müssen. Sie würde auch das hier schaffen und sich eine Arbeit suchen, irgendeine. Sie war sich nie für etwas zu schade gewesen.

*

»Eine Hopfenbäuerin! In Berlin? Det find ick gut«, kiekste der Beamte auf dem Arbeitsamt, als Marie gleich am nächsten Morgen bei ihm vorstellig wurde, nachdem sie Niklas in der Behandlung von Dr. Cromer zurückgelassen hatte.

Der Mann trug einen beigen Anzug, ein etwas abgetragenes Hemd und eine Metallbrille. Er hatte schütteres Haar und kleine flinke Augen, die wie bei einem Wiesel ständig hin- und hersprangen. Marie hielt seinen Blicken stand. Sie war jung, sie war gesund, sie musste Geld verdienen.

»Ne Hopfenbäuerin hatten wir auch noch nicht, oder?«, grinste der Beamte zu seinem Kollegen hinüber, der sich ebenso prustend hinter seinen Unterlagen versteckte.

Doch so leicht ließ sich Marie nicht verunsichern. »Im Ausschank, da hab ich hin und wieder auch geholfen«, sagte sie stur, »bei uns daheim, im Festzelt, in der Hollertau.«

»Holladiewat?«, fragte der Beamte und kiekste erneut. »Meine Gnädigste«, sagte er schließlich, »Vollbeschäftigung! Na, haben Sie davon schon mal gehört? Det is nämlich det, wat wir gerade haben. Det is, wenn jeder eine Arbeit haben tut«, erläuterte er nachsichtig, als er sah, dass Marie ihm nicht ganz folgen konnte.

»Ja, und was heißt das jetzt?«, fragte sie prompt.

»Det heißt, ick habe nüscht für Sie, Gnädigste. Ich habe leider überhaupt nüscht.«

Marie schlug die Augen nieder. Das durfte doch nicht wahr sein. So eine Riesenstadt und ausgerechnet für sie sollte es keine Arbeit geben? Als sie wieder hochschaute, sah sie den Mann über einen Zettel gebeugt. Er schrieb eine Adresse darauf.

»Gehen Sie da mal hin«, sagte er in unerwartet vertraulichem Ton.

Als Marie ihn fragend ansah, zwinkerte er und nickte ihr aufmunternd zu.

\*

Irgendwo spielte Musik, dazu sang eine kehlige Frauenstimme, aber Marie verstand kein einziges Wort. Zweimal war sie an dem Haus vorbeigelaufen, dann dämmerte ihr langsam, dass ihr der Mann vom Arbeitsamt keine Gaststätte, sondern einen Nachtclub empfohlen hatte. Das Schild der *Paradieso Bar* wies ihr über eine Treppe den Weg in eine Souterrain-Etage.

Nina Simone sang *Trouble in Mind,* und obwohl Marie die Musik noch immer wie durch eine Wand aus Watte registrierte, wusste sie, dass das kein Ort war, an dem sie arbeiten konnte. Der ganze Raum war durch rote Tischlampen in ein dämmriges Licht getaucht, plüschige Sofas und gepolsterte Barsessel gruppierten sich zu kleinen Inseln in diesem roten Meer. Auf einem hölzernen Podest schwangen leichtbekleidete Mädchen ihre endlosen Beine um lange Stangen, die meisten hatten sich irgendwelche Glitzerteile auf den blanken Busen geklebt, trugen paillettenbesetzte Slips und netzartige Strümpfe, sonst nichts. Man musste keine Großstadtpflanze sein, um zu begreifen, was hier verkauft wurde.

Erst jetzt bemerkte Marie, dass sie beobachtet wurde.

»Kann ich Ihnen helfen?«, fragte der Mann im dunklen Hemd und blickte Marie amüsiert an.

Da stand sie nun, in ihrer wollenen Winterjacke, dem groben Rock und den festen Schuhen, und sah ihn beklommen an.

»Das Arbeitsamt hat mich geschickt«, sagte sie schließlich ehrlich, »aber ich glaube, das ist nichts für mich.«

»Sie kommen aus Bayern, wie schön«, lächelte der Mann leichthin, gänzlich unbeeindruckt von ihrer Scheu. »Mein Vater kam aus München.«

Marie wusste nicht, was sie sagen sollte. Sie war so ein leichtes Sprechen nicht gewöhnt. Dieses schwerelose Dahingleiten, scheinbar ohne Absicht und Ziel.

»Wo kommen Sie denn her?«, wollte er wissen.

»Aus der Hollertau«, gab Marie zurück.

»Das Land des Hopfens«, lächelte der Barbesitzer erneut und musterte sie nun von oben bis unten.

Marie wich seinem Blick verlegen aus. Auch das brachte den Mann nicht aus der Ruhe, er hatte seine Entscheidung längst getroffen.

»Sie können hier sofort anfangen«, sagte er wieder in diesem leicht schwebenden Ton. »Und Sie können hier auch eine Menge Geld verdienen. Es sei denn, Sie überlegen sich das noch.«

Für einen Moment schwiegen beide.

»Tut mir leid«, stammelte sie schließlich. »Das ist sehr

freundlich von Ihnen, aber ich glaube, das ist nichts für mich.«

In dem Blick des Mannes lag die irritierende Gelassenheit eines Menschen, der alles, aber auch alles in seinem Leben gesehen hatte.

»Wissen Sie was, Frau …?«

»Moosbacher«, sagte Marie schnell. »Marie Moosbacher.«

»Marie, das ist aber ein schöner Name«, lächelte er weiterhin. »Wissen Sie was, Marie? Hier um die Ecke ist eine Gaststätte. Kudamm-Eck. Der Wirt ist ein bisschen eigen. Aber er sucht ständig neue Bedienungen. Vielleicht weil er so eigen ist.«

Marie verstand nicht ganz. Wollte er ihr etwa helfen? Einfach so?

»Ich ruf da mal an«, verabschiedete er sie so gelassen, wie er sie begrüßt hatte, »und werde Sie ankündigen.«

*

Die dunkelgetäfelte Eckkneipe hatte auch schon bessere Tage gesehen. Als Marie in den Gastraum trat, war der Wirt gerade damit beschäftigt, die übriggebliebenen Gläser des Vortags von den Tischen zu räumen. Der Mann machte sich noch nicht mal die Mühe, sich nach ihr umzudrehen.

»Jeden Tag von fünf bis Mitternacht«, platzte er los, ohne sie begrüßt oder überhaupt angesehen zu haben.

»Außer dienstags, da haben wir Ruhetag. Oder sind Sie nicht die vom Wolf?«

Er hatte inzwischen angefangen, die Gläser ins Spülwasser zu tunken, und sah nun endlich vom Tresen aus zu ihr hin.

»Der Besitzer der *Paradieso Bar*«, sagte Marie vorsichtig, »ja, der hat mich geschickt. Es ist nur so, ich kann erst abends.«

»Na, da können Sie gleich wieder gehen!«, raunzte der Wirt.

»Nein«, rief Marie entsetzt, »ich meine«, sagte sie leiser, »ich kann es ja versuchen.«

»Ja, was denn nun?«, meinte der Mann genervt. »Kannste oder kannste nicht?«

»Na ja, ich hab halt einen Sohn, und der muss tagsüber ...«, setzte Marie erklärend an, da fiel ihr der Wirt brüsk ins Wort.

»Interessiert mich nicht, verstehste? Deine Geschichten interessieren mich nicht. Entweder du bist pünktlich oder du bist draußen!«

Erregt tunkte er die Gläser in das Spülwasser, das hoch aufschäumte und bis zu Maries Kragen hochspritzte.

»Was zahlen Sie denn?«, fragte sie leise.

Ein spöttisches Grinsen überzog sein Gesicht. »Das Übliche, Mädchen. Rockefeller bin ich nicht.«

»Also abgemacht«, stammelte Marie.

»Wenn du um fünf auf der Matte stehst«, gab er zurück und sah sie eingehend an. »Aber hübsch dich mal ein bisschen auf. Das heulende Elend haben die Leute schon zu Hause.«

*

Ein scharfer Ostwind wehte über die schneebedeckten Felder, als Paul vom offenen Holzgiebel der Scheune aus einen prüfenden Blick auf den mit Jutesäcken gefüllten Laster warf. »Das war der Letzte«, rief er dem Fahrer Franz im Führerhaus zu, der den Bauern im Dorf bei ihren Transporten aushalf.

Mit zusammengekniffenen Augen beobachtete Paul, wie die Stahlwinde vom Scheunenboden aus den Hopfensack auf die Ladefläche des Hanomags hievte. Kaum war die Ladung vertäut, warf der Hilfsarbeiter den Motor an und fuhr ruckelnd über den noch immer schneebedeckten Feldweg vom Hof aus in Richtung der Landstraße.

»Da fahrt er dahin, der Hopfen«, seufzte Xaver, während er mit gekrümmtem Rücken den Scheunenboden fegte. »Für den wir einen viel besseren Preis gekriegt hätten, wenn du auf mich gehört hättest.«

Xavers gichtige Finger umklammerten den Besen. Er sah zu seinem Sohn hinüber, doch der drehte ihm den Rücken zu. Die ohnehin rissige Haut von Pauls Fingern war aufgeplatzt, seine Arme taub vor Anstrengung. Mit verkrampften Händen schloss er die Luke. So, das war es. Seine hochfahrenden Träume waren zu Staub zerbröselt, der sich fein und grau in seinen Poren eingenistet hatte und sein Gesicht zur Maske werden ließ. Mit den Füßen trat er nach einem Fetzen Jute und schob ihn unter einen Balken. Seine ohnehin schmalgeschnittenen Lippen hielt Paul fest aufeinandergepresst. Der Muskel unterhalb seiner Unterlippe war so fest wie Holz.

*

Als Marie endlich wieder in Niklas' Besprechungszimmer saß und durch die Glaswand beobachten konnte, wie der Arzt mit ihrem Jungen arbeitete, spürte sie sofort, dass Felix ihre Abwesenheit kaum bemerkt hatte. Er trug seinen beigen Rollkragenpullover, seine Hose wurde von Hosenträgern festgehalten, die Marie noch am Morgen nachgezogen hatte, damit sie ihm beim Spielen nicht über die Schultern rutschten. Solche kleinen Veränderungen machten ihn nervös, ja, sie konnten die Arbeit eines ganzen Vormittages ruinieren. Doch nichts dergleichen war geschehen. So ruhig, so selbstverständlich sortierte Felix ein Zahlen-Memory vor sich hin, als ob er nie etwas anderes gemacht hätte. Ohne Scheu hob er seine Lieblingszahlen hervor, verwarf andere und gewährte dem Arzt damit einen unverstellten Einblick in seine Vorstellungswelt. Niemals zuvor hat Felix einen fremden Menschen so nah an sich herangelassen, dachte Marie, und niemals zuvor war er be-

173

reit gewesen, andere an seinen Vorstellungen teilnehmen zu lassen.

»Die 23 magst du gern«, sagte Niklas und beobachtete aufmerksam, wie Felix seine Zahlen sehr gezielt auswählte und mit seinen kleinen Fingern deren Abstände sorgsam auffächerte. 1, 3, 5, 7, 11, 13, 17, 19, 23.

»Das sind Primzahlen«, meinte der junge Arzt nachdenklich zu dem Jungen, »warum magst du denn diese Zahlen besonders gern?«

»Meine Zahlen kann man immer nur durch sich selbst teilen und durch die Zahl eins«, erwiderte Felix leise.

»Du meinst, deine Zahlen gehören sich ganz allein?«, hakte Niklas nach.

»Ja«, stellte Felix mit entwaffnender Bestimmtheit fest. »Meine Zahlen wollen am liebsten allein sein.«

*

Später, im stumpfen Licht des Pensionszimmers, beobachtete Marie, wie Felix auf dem Rücken liegend ein Kissen zwischen seinen Füßen hin- und herschubste, es nach oben warf und wieder einfing. Schon um vier Uhr nachmittags hatte sie ihm den Schlafanzug übergestreift und die Räume verdunkelt, ein hilfloser Versuch, das Zeitgefühl des Jungen zu überlisten. Ihr blieb keine andere Wahl. Wenn sie Geld verdienen wollte, musste sie um fünf Uhr im Kudamm-Eck sein, andernfalls wäre sie den Job schon los, bevor sie überhaupt begonnen hätte.

Während sie sich ihren Rock überstreifte, flüsterte Felix: »Ich kann nicht schlafen, Mama.«

Marie zog den Reißverschluss zu.

»Versuchs halt, Felix«, seufzte sie. »Bleib einfach still im Bett, der Schlaf wird dann schon kommen.«

In einem bronzegefassten Wandspiegel löste Marie ihren Nackenknoten auf und fuhr sich langsam mit einem grobgezinkten Kamm durch die Haare. Mit einem grünen Samtband umrahmte sie dann ihre über die Schulter fallenden hellbraunen Haare und gab ihrem Gesicht das Mädchenhafte wieder, das in den harten Arbeitsjahren auf dem Hof fast völlig verschwunden schien. Sie befeuchtete ihre Lippen und betrachtete sich kritisch. So, das musste reichen. Es war höchste Zeit.

Bevor Marie den Raum verließ, streifte sie ihrem Sohn die zerknüllte Bettdecke über und schob ihm das Kopfkissen sachte an die Seite. Felix lag leicht ineinandergerollt und hatte sich den rechten Arm über die Augen gelegt. Er schien tatsächlich eingeschlafen zu sein.

*

»Hör auf, um den heißen Brei rumzureden«, schimpfte der rotgesichtige Mann, dem Marie bereits das dritte Bier dieses Abends an den Tisch brachte, und sah den schmallippigen Versicherungsvertreter, dem er gegenübersaß, scharf an.

»Schneller, schneller, das muss schneller gehen«, raunzte der Kneipenwirt, dabei bediente Marie schon längst die wartende Herrenrunde zwei Tische weiter, deren gierige Augen auf dem neuen Fräulein hoch- und runterwanderten. Schon machte sich die erste Männerhand auf den Weg, um persönlich Maß zu nehmen.

Während Marie mit der Rechten das Frischgezapfte auf den Tisch schob, wehrte sie mit der Linken die Hand ab, die von ihrer Taille zielstrebig nach unten wanderte. Dichte Rauchschwaden hingen im Raum, die Luft war zum Ersticken. Die Hand, die Marie energisch zurückgedrängt hatte, kratzte sich nun am Nacken.

»Hab ich Ihr Haar etwa gegen den Strich gebürstet?«, sagte der Mann frech und zündete sich genüsslich eine Zigarette an. Die anderen lachten.

*

Marie fragte sich später, ob es das langgezogene Quietschen der Straßenbahn gewesen war, die nur etwa zwanzig Meter entfernt vom Hauseingang hielt. Vielleicht war es auch das Hupen eines Autos oder das Klingeln des Telefons im Hausflur gewesen, sie wusste es nicht. Irgendetwas musste Felix in dieser Nacht aus dem Schlaf gerissen und geängstigt haben. Die Fremdheit der ungewohnten Umgebung und der Schrecken über das Alleinsein schienen Felix mit solch einer Wucht überfallen zu haben, dass er sich allein nicht mehr zu helfen wusste. Er hatte nach ihr gerufen. »Mama. Mama?« Erst leise, dann immer lauter. Dann ein Schrei. Sein Blick war über die grünen Tapeten gewandert, hatte versucht sich festzuhalten an all dem Nippes und Plunder, der das Pensionszimmer des ältlichen Fräuleins füllte. Doch er war abgeglitten an all dem Fremden, das ihm nichts sagte, ihn nicht halten konnte. »Mama? Mama! Mama!!!«

\*

Es war bereits eine Stunde nach Mitternacht, als Marie endlich den Hauseingang der Berliner Pension betrat. Schon im Erdgeschoss hörte sie die Schreie ihres Sohnes, rannte von unten die beiden Stockwerke hoch und stieß atemlos die Tür zur Wohnung ihrer Zimmerwirtin auf. Was sie da sehen musste, ließ ihr das Blut in den Adern gefrieren. Eine Spur der Verwüstung zog sich durch den angemieteten Raum. Zerbrochene Figuren, Vasen und umgeworfene Möbel erzählten ihr alles. Mit einem Besenstiel hielt die Zimmerwirtin ihren schreienden Jungen in Schach, der sich in seiner Angst auf das Bett geflüchtet hatte.

Felix' kleine Arme flatterten wie Flügel hin und her. In seinem Schrecken war er wieder zu jenem Vogel geworden, den seine Mutter so gut kannte, einem Vogel freilich, dem dicke Tränen wie Murmeln die Wangen herunterrollten, ein Vogel, der nur noch davonfliegen wollte und der doch nicht wusste, wohin.

»Was machen Sie da?«, schrie Marie, »sind Sie wahnsinnig?«

Sie streckte die Arme nach ihrem Sohn aus und streichelte hilflos seine Hand.

»Das ist kein Kind, das ist ein Ungeheuer!«, brüllte die Frau zurück. »Meinen Sie, ich will die Fürsorge hierhaben? Sie sind gekündigt! Und zwar fristlos!«

Unfähig, auch nur noch ein Wort zu sagen, nahm Marie den zitternden Felix in den Arm und hörte, wie die Tür hinter ihnen mit einem lauten Knall zugeschlagen wurde.

»Ist ja gut«, flüsterte Marie und spürte, wie sich ihr Sohn aus ihren Armen herauswand. »Ist ja alles wieder gut.«

*

Mit dem abgeschabten Koffer und der Reisetasche standen Marie und Felix am anderen Morgen an der Bushaltestelle, als ein Mann und eine Frau mit einem kleinen Jungen in der Mitte auf der gegenüberliegenden Straßenseite entlangliefen.

»Flieg, Engelchen, flieg«, riefen die Erwachsenen und ließen das Kind fröhlich in ihrer Mitte schaukeln. Der Stich ins Herz kam unvermittelt und traf Marie umso heftiger. Dass Kummer körperlich weh tun konnte, erfuhr sie in diesen Sekunden, sie atmete unwillkürlich heftiger, als wolle sie ihre Brust freimachen von der Bedrückung, als könnte sie kraft ihres Atems einen Weg finden, der sie befreien würde.

Aufgewühlt, wie sie war, registrierte Marie bei der anschließenden Fahrt mit der Straßenbahn zum ersten Mal bewusst, wie viele junge Menschen hier unterwegs waren. In einer verblichenen Zeitung, die sie aus einem Regal ihres Pensionszimmers gezogen hatte, konnte sie nachlesen, dass sich Zehntausende junger Männer aus Westdeutschland durch ihren Aufenthalt in Berlin dem Dienst bei der Bundeswehr entzogen. Aber auch junge Flüchtlinge aus dem Osten überfluteten die Inselstadt, was mitunter zu aggressiven Zusammenstößen mit den alteingesessenen Westberlinern führte. Der Tod des Studenten Benno Ohnesorg bei der Anti-Schah-Demonstration am 2. Juni 1967 hatte das Fass zum Überlaufen gebracht, die Stimmung in der Stadt war explosiv. Letzteres hatte sie nicht aus der Zeitung, sondern von ihrer Pensionswirtin erfahren, die wie ein Rohrspatz auf die jungen Leute schimpfte, die keine Ahnung hätten, was Kommunismus bedeutete, denn die hätten ja nicht mehr erlebt, wie die Russen wirklich waren. Ihr aber bräuchte keiner was erzählen, ohne die Hilfe der Amerikaner wären sie hier doch alle verreckt.

In ihrem bisherigen Leben hatte Marie nie viel über Politik nachgedacht. Die Dinge waren, wie sie eben waren, und jeder versuchte, für sich das Beste daraus zu machen. Doch nun war sie herausgefallen aus der alten Ordnung. Mit ihrer Entscheidung, nach Berlin zu gehen, hatte sie sich unbewusst gegen die Obrigkeiten ihres Dorfes gestellt. Weder die Autorität des Schulrektors noch die kirchliche Macht des Pfarrers oder die medizinische Hoheit des Amtsarztes hatten sie von diesem Schritt abhalten können, ja sogar mit den Professoren aus München hatte sie heftig gehadert und war selbst vor einem Eklat nicht zurückgescheut. Marie fröstelte. Zum ersten Mal in ihrem Leben wurde ihr klar, dass es keine Gewissheiten mehr gab. Dass ein jeder für sich selbst Verantwortung übernehmen musste.

\*

Maries Finger wollten gerade die Klinke zu Niklas' Besprechungszimmer herunterdrücken, als sie unfreiwillig Zeugin einer erregten Debatte wurde.

»So eine Chance kannst du dir doch nicht entgehen lassen.« Die weibliche Stimme klang gereizt.

»Mich interessiert aber nicht nur, wie gut bezahlt eine Stelle ist, mich interessiert auch, wie mit den Patienten umgegangen wird, was für eine Auffassung von Heilung man in der Klinik hat«, entgegnete er.

Ein langgezogenes »Jaaa …« war die Antwort.

»Ich bin mir aber nicht sicher, ob Leyendecker und ich der gleichen Ansicht sind«, fuhr Niklas fort.

»Aber darum geht es doch gar nicht«, entgegnete die weibliche Stimme mit Nachdruck, »man braucht doch erst mal eine Position, um überhaupt etwas verändern zu können.«

»Entschuldigung.« Marie hatte die Klinke heruntergedrückt, nachdem ihr vorsichtiges Klopfen ungehört geblieben war.

»Hallo, ihr beiden«, entfuhr es Niklas überrascht, als er Mutter und Sohn mitsamt ihres Reisegepäcks in seiner Tür stehen sah.

Niklas' Verlobte war die Verärgerung über Maries Hereinplatzen anzusehen. »Wollen Sie hier einziehen?«, fragte sie pikiert.

Kommentarlos nahm Niklas Marie Koffer und Reisetasche aus der Hand und stellte sie neben die Tür.

»Wir sind rausgeflogen aus dem gemieteten Zimmer«, versuchte sie ihm diesen Auftritt zu erklären. »Wenn ich weiter in Berlin bleibe, muss ich Geld verdienen. Tagsüber will ich ja den Felix in die Klinik bringen und später wieder abholen, also kann ich erst danach arbeiten. Gestern Nacht war der Felix allein, da hat er so geweint, dass man uns gekündigt hat.«

Über die Köpfe von Mutter und Sohn warf Niklas seiner Verlobten einen vielsagenden Blick zu. Diese schlug entnervt die Augen nieder.

»Willst du zu deinen Murmeln?«, flüsterte Niklas Felix zu, während er sich zu ihm hinunterbeugte.

Sofort durchquerte das Kind die geöffnete Tür zum Besprechungszimmer und lief auf das Glas mit den Murmeln zu. Er griff hinein und begann, die Murmeln auf dem Boden hin und her zu rollen. Für einen Moment sahen alle drei Erwachsenen zu Felix hin, der in stiller Selbstverständlichkeit und Ruhe in seine Welt getaucht war.

»Siehst du, Katja, genau das ist das Problem«, wandte sich Niklas an seine Verlobte. »Es ist einfach ein Skandal, dass die Krankenkassen die Behandlungskosten nicht übernehmen. Psychische Erkrankungen werden nicht anerkannt, alles, was nicht mechanistisch erklärbar ist, wird schlichtweg ignoriert.« Mit seinem rechten Arm bot er Marie einen Sitzplatz an. »Wir haben viel zu lange vor den Institutionen strammgestanden«, murmelte er und griff zum Telefon.

»Willst du jetzt auch demonstrieren gehen?«, fragte Katja spöttisch, schnappte sich einige Unterlagen von Niklas' Schreibtisch und verließ sein Besprechungszimmer.

»Können Sie meinen nächsten Termin um fünfzehn Minuten verlegen?«, bat Niklas seine Sekretärin durchs Telefon. »Ja? Okay.«

Er legte auf und sah Marie besorgt an.

»Wie machen das denn die anderen Eltern?«, flüsterte sie. Ganz verzagt klang ihre Stimme, sie sprach fast ohne Ton.

Niklas überlegte und zündete sich eine Zigarette an. »Sie müssten gemeinsam aufbegehren. Alle betroffenen Eltern sollten sich zusammenschließen.«

»So wie die Studenten?«, fragte Marie verblüfft.

»Ja, so wie die Studenten«, antwortete der junge Arzt. »Und was Ihren Rauswurf angeht, vielleicht kann uns Alex da weiterhelfen.«

Marie traute ihren Ohren nicht. »Alex? Ja, ist sie denn wieder in Berlin?«

»O je, hab ich das noch nicht erzählt?«, grinste er.

Marie schüttelte den Kopf.

»Erst gestern hab ich mit ihr telefoniert, und sie hat sich auch nach Ihnen erkundigt.«

Marie lächelte still in sich hinein. Alex war in Berlin. Alles andere würde sich finden.

*

Die Rolling Stones tönten aus der riesigen Altbauwohnung in der Schlüterstraße, deren Adresse Marie von Niklas erhalten hatte. Die Tür war nur angelehnt. Unschlüssig trat Marie in den endlosen Flur und starrte auf die Plakate an den buntgestrichenen Wänden, auf denen Rockkonzerte, Demonstrationen und anderes angekündigt wurden. Ein Stapel Flugblätter lag zusammengeschnürt auf dem Fußboden, einzelne Blätter flogen lose im Raum herum oder lagerten auf einem abgeschabten roten Samtsessel, der quer in dem Vorraum zwischen der Eingangstür und dem langen Flur stand.

»Hallo?« Die Rolling Stones übertönten ihren Versuch, hier jemanden anzusprechen, und so lief Marie zögernd der Musik nach, immer weiter in den Flur hinein, bis sie durch eine geöffnete Tür in einen riesigen Raum gelangte, in dem buntgekleidete junge Menschen unterschiedlichsten Beschäftigungen nachgingen. Alex begleitete mit ihrem Klavier den Song des Plattenspielers, einige Kinder mit Masken und Federschmuck tanzten um sie herum. Junge Erwachsene in langen Gewändern schrieben vor sich hin, tranken Tee oder unterhielten sich. Marie starrte verblüfft in den Raum hinein, als Alex sie plötzlich bemerkte und ihr Spiel sofort unterbrach.

»Marie!« Die Organistin sprang vom Klavierhocker hoch, nach wenigen Schritten stand Marie vor ihr. Beide umarmten sich. Alex zog sie aus dem vollen Raum hinaus in die Wohnküche. »Hey! Hab ich dich vermisst!«

Während sie einen Wasserkessel auf den alten Gasherd setzte und die Flamme entzündete, steckte sie sich eine Zigarette zwischen die Lippen. »Also, das mit der Unterkunft ist überhaupt kein Problem«, murmelte sie und griff nach einem weiteren Streichholz. »Ihr könnt hier wohnen«, sagte sie und blies den Rauch der nun entzündeten Zigarette in kleinen Kringeln durch den Raum.

Maries Gesicht war die Skepsis anzusehen.

»Keine Widerrede«, legte Alex in dem autoritärsten Ton nach, zu dem sie fähig war. Beide Frauen mussten lachen. Alex goss den Tee in bauchige Keramikbecher und legte das Sieb in den Abguss. »Niklas und ich sind da einer Meinung«, sagte sie. »Die Betroffenen müssen sich zusammentun, sonst bewegt sich gar nichts. Mir ist das auch ein Anliegen.«

Marie sah sie forschend an. »Was?«

»Dass psychisch Kranke nicht länger diskriminiert werden«, antwortete Alex leise.

*

In ihrem VW-Bus mit der aufgemalten Sonnenblume transportierten die Frauen noch am gleichen Abend den Koffer und die Reisetasche, die Marie für sich und ihren Sohn aus der Hollertau mitgebracht hatte, in die Wohngemeinschaft.

In der Küche saßen Studenten beim Tippen, auf dem Plattenspieler lief Jimi Hendrix.

»Das sind Marie und Felix«, verkündete Alex, als sie ihren bestickten Ziegenfellmantel abstreifte, »die ziehen in das leere Zimmer.«

Auf die fragenden Blicke einer jungen Frau mit langen blonden Zöpfen reagierte Alex sofort. »Till kommt ja wohl nicht wieder«, erklärte sie resolut und lächelte Marie und Felix zuversichtlich an. »Mögt ihr einen Tee?«

Marie war gerade dabei, ihre wenigen Kleidungsstücke in ein offenes Regal zu sortieren, als die junge Frau aus der Küche nackt und völlig unbefangen den langen Flur entlanglief. Um ihre frisch gewaschenen Haare hatte sie ein Badetuch geschlungen, in ihrer rechten Hand

185

hielt sie eine dampfende Teetasse, und sie lächelte vage in das Zimmer von Marie hinein. Die gab sich Mühe, der Nackten nicht hinterherzustarren.

Alles war anders hier, und obwohl Marie noch nie über diese Dinge nachgedacht hatte, wusste sie instinktiv, dass sich diese jungen Leute um sie herum gerade von einigem befreiten, was ihr Leben und das unzähliger anderer deutscher Familien zusammenhielt, ihm Richtung gab, aber auch in Pflichten band, die einen zu ersticken drohten, wenn die Dinge nicht so liefen, wie man sich das erhoffte.

Vor fünf Jahren hatte sich eine Frau aus Maries Dorf auf die Gleise des Regionalzuges nach Ingolstadt gelegt. Jetzt stellte sich Marie vor, wie die Frau bis zur nahen Kreisstadt mit dem Bus gefahren war, um ihr Vorhaben in die Tat umzusetzen. Welche Verzweiflung musste ein Mensch in sich tragen, um so etwas zu tun? Sich von keinem Sonnenstrahl, keinem Vogelzwitschern, keinem Zuruf eines Nachbarn zurückhalten zu lassen, von diesem letzten endgültigen Ziel, der Auslöschung seiner selbst. Marie hatte das nicht verstanden damals, nicht begriffen, wie jemand sein Leben so wegwerfen konnte. Damals wusste ich nicht, was Verzweiflung ist, dachte sie nun.

Was Kummer war, das wusste sie dagegen auch damals schon. Der Tod ihrer Mutter hatte sie als junges Mädchen in ihren Grundfesten erschüttert, aber auch in der schlimmsten Not war in ihr immer eine Hoff-

186

nung gewesen, ein Vertrauen in die Zukunft, ein Vertrauen in das Leben selbst. In diesem Vertrauen hatte sie ihre Familie gegründet, hatte alles, was die Tage mit sich brachten, angepackt und irgendwie immer einen Weg gefunden, auch wenn das Leben eines Hopfenbauern und seiner Familie weiß Gott kein Zuckerschlecken war. Doch hier in Berlin fühlte sie sich allein, abgeschnitten von all den unsichtbaren Fäden, die sie mit ihrem Mann und ihrer Familie verbanden. Abgeschnitten von dem, was ihr Rahmen und Richtung gegeben hatte.

Wie die Haut der jungen Frau geschimmert hatte. Dieses Bild ließ Marie nicht los. Einfach nackt durch eine Wohnung zu spazieren, mein Gott, nie im Leben hätte sich Marie das zu Hause getraut. Ja, wenn sie ehrlich war, musste sie zugeben, dass sie selbst in den intimsten Momenten mit Paul immer ein Kleidungsstück anbehielt, nie völlig nackt war. Warum eigentlich? Auch darüber hatte sie nie nachgedacht. Es war einfach so. Vieles war einfach so. Aber warum sollte es nicht auch einmal anders sein? Die Sache mit Felix hatte ihr die Augen geöffnet. Das, was war, musste nicht unbedingt das Beste sein. Aber warum sollte man nicht das Beste wollen? Warum nicht das Bestmögliche versuchen? Warum nicht Fragen stellen, wenn das, was man vorfand, so offenkundige Mängel aufwies?

Marie ließ sich auf das frischbezogene Bett sinken. Erst jetzt fiel ihr auf, dass Felix nicht mehr bei ihr war.

Er hatte ganz still und heimlich den Raum verlassen, sie hatte es nicht bemerkt.

Die Holzdielen der Wohnung waren über die Jahrzehnte nachgedunkelt und wiesen unzählige Kratzspuren auf. Unsicher lief Marie den schier endlosen Altbauflur entlang und hatte bestimmt schon acht, meist geöffnete oder angelehnte, Türen hinter sich gelassen, als sie endlich ihren Sohn entdeckte.

Als ob es die selbstverständlichste Sache der Welt war, hatte sich Felix in eine Gruppe von Kindern hineinbegeben, von denen jedes mit etwas anderem beschäftigt war. Zwei Kinder bemalten eine Wand mit Wasserfarben, andere zogen an hölzernen Mikadostäben, lachten viel und wetteiferten mit ihrem Geschick um die meisten Stäbe. Ein blonder Junge schlug rhythmisch auf ein Tamburin, auch an diesem Krach schien keiner der Erwachsenen Anstoß zu nehmen. Das aus Wasserfarben entstandene Wandbild zeigte eine städtische Straßenszene. Ein großer blauer Bus schien im Raum zu schweben, im Hintergrund flog eine Häuserreihe vorbei, und eine rote Ampel baumelte wie ein glutroter Falter im Wind. Felix schien sehr schnell für sich entschieden zu haben, was dem Ganzen fehlte, denn er malte mit großer Sorgfalt den grauen Asphalt unter die Räder des Busses und strichelte Stein für Stein als Abschlusskante des Bürgersteiges. Als Marie ihren Sohn so sah, musste sie unwillkürlich lächeln. Erst jetzt bemerkte sie, dass Alex ihr in den Raum gefolgt war.

»Hier kann jeder so sein wie er will«, flüsterte sie. »Das wird deinem Sohn guttun.«

»Heute hat die Lena Geburtstag, und ich bin nicht da«, sagte Marie leise.

Liebevoll schlang Alex ihren Arm um Maries Schultern und drückte sie fest an sich.

*

*»Hoch soll sie leben, hoch soll sie leben, dreimal hoch.«*
Die acht Kerzen flackerten auf dem Geburtstagskuchen, den Elisabeth für ihre Enkelin gebacken hatte, doch Lena machte keine Anstalten, die Kerzen auszublasen. Blass sah sie aus, ihre haselnussbraunen Augen hielt sie nach unten gerichtet, und sie wich den Blicken ihrer Familie aus. Paul nahm den Kuchen und stellte ihn direkt vor ihr Gedeck. Dann umfasste er den Kopf seiner Tochter zärtlich mit beiden Händen und drückte ihr einen Kuss auf die Stirn.

»Alles Gute zum Geburtstag, Prinzessin!«

»Ja, alles Gute«, glockste Max, der sich neben das Geburtstagskind auf die Eckbank gedrückt hatte und forschend zu ihr hinüberschielte.

»Krieg ich einen Kakao?«, fragte Lena gedehnt.

Paul lächelte seiner Tochter zu. »Jetzt bläst du erst mal die Kerzen aus«, rief er gespielt fröhlich.

Lena tat, wie ihr geheißen, aber starrte noch immer an dem Geburtstagskuchen und ihrem Vater vorbei.

»Schau mal, Lena«, sagte Paul vorsichtig und griff nach dem Umschlag, der an die Torte gelehnt war, »das ist ein Brief von der Mama.«

Mit unbewegter Miene griff das Kind nach dem Umschlag und legte ihn so weit wie möglich von der Torte weg.

»Magst ihn nicht aufmachen?«, fragte Paul und sah seine Tochter besorgt an.

Lena schüttelte stumm den Kopf.

»Sie hat geglaubt, dass die Mama zum Geburtstag kommt. Aber eine Busfahrt ist halt viel zu teuer«, gab Max mit altkluger Miene den großen Bruder.

Doch Paul kannte seinen Ältesten. Auch wenn er sich abgebrüht gab, er hatte wie seine Schwester darauf gehofft, dass seine Mutter heute kommen würde. Und nicht nur die Kinder wirkten traurig, auch die Mienen der Erwachsenen verdüsterten sich. Jeder hing seinen Gedanken nach.

»Magst einen Kakao?«, fragte Elisabeth ihren Sohn Paul.

»Lass gut sein«, sagte der leise und fing einen Blick seines Vaters auf. Als Paul kurz zu ihm herübersah, stellte er fest, dass auch Xaver seine Tasse nicht angerührt hatte.

*

An diesem Abend musste Marie wie an den Tagen zuvor im Kudamm-Eck arbeiten. Sie hatte alles mit Alex besprochen, die heute zu Hause bleiben und Klavier spielen wollte und dabei ein Auge auf Felix haben würde. Wie schon in ihrem Pensionszimmer, hatte Marie ihren Sohn auch in der WG bereits gegen sechzehn Uhr zu Bett gebracht, um rechtzeitig bei der Arbeit zu sein. Und wie schon im Pensionszimmer, war auch in den Räumen der Wohngemeinschaft diese Zeit einfach zu früh, als dass ein sechsjähriger Junge vom Nachmittag an bis zum frühen Morgen hätte durchschlafen können. Als Felix erwachte, schlug eine Wanduhr, die einer der Bewohner auf einem Flohmarkt ergattert hatte, gerade zehn Uhr am Abend.

»Mama?« Mit einem Ruck setzte sich der Junge in seinem Bett auf und schaute angstvoll in dem fremden Raum umher. Wie gläserne Murmeln auf einem Holzparkett klangen einzelne Töne zu ihm herüber, perlten ineinander und zogen ihn magisch an. Felix rutschte aus seinen Kissen und versuchte, mit seinen blanken Füßen den Boden zu berühren. Die allmählich lauter werdenden Töne zogen ihn in seinen Bann und ließen ihn alle Angst vergessen. Vorsichtig tapsten seine Füße über den Dielenboden, wie ein Traumwandler setzte er Schritt für Schritt den langen Flur entlang, bis er schließlich in dem großen Raum stand, in dem das alte Bechstein-Klavier den Mittelpunkt bildete. Als Alex durch das Knacken des Dielenbodens auf ihn aufmerksam wurde, unterbrach sie ihr Spiel sofort.

»Felix«, sagte sie. »Ich bin ja da. Du bist nicht allein.«
Der Junge tastete sich mit Blicken an ihr entlang, vermied es aber, ihr in die Augen zu sehen.

»Du spielst so schön«, sagte er leise.

»Na, dann komm«, lächelte Alex, »komm mit mir.«
Ganz leicht berührte sie seinen Arm und wies ihm so die Richtung, hin zu einem alten Kanapee, das mit Kissen und Decken übersät direkt neben dem Klavier stand.

»Hier kannst du dich einkuscheln«, sagte sie und legte ihm eine Wolldecke über die Schulter.

Felix stützte sich mit seinen Armen auf das oberste Kissen und sah sie aufmerksam an. Er wartete. Alex überließ ihn ganz sich selbst. Sie schlug die ersten Töne des zweiten Satzes von Beethovens Mondscheinsonate an und spürte genau, wie sich das Kind entspannte. Endlich ließ Felix seinen Kopf ganz auf das Kissen sinken. Kurz danach war er eingeschlafen.

*

Auch auf dem Moosbacher Hof erwies sich das Einschlafen für Lena und Max als schwierige Sache. In Lenas Bett hatten sich die Geschwister heimlich eine Höhle gebaut, die Max mit einer Taschenlampe beleuchtete.

»Gib schon her!« Lena versuchte, den am Morgen verschmähten, jetzt aber doch sehnsüchtig geöffneten Brief der Mutter aus den Händen ihres Bruders zu reißen. Doch der ließ es sich nicht nehmen, die von ihm kaum weniger dringlich erwartete Nachricht seiner jüngeren Schwester vorzulesen.

»Meine liebe Lena«, flüsterte er schließlich und ruckelte die Taschenlampe zurecht. »Ich wünsche Dir alles Gute zum Geburtstag. Ich wäre so gerne bei Dir, mein Schatz, aber wir haben hier in Berlin so viel zu tun, dass ich gar nicht zur Ruhe komme. Ich vermisse Euch genauso wie Ihr mich. Einen ganz dicken Kuss, alles Liebe, Deine Mama.«

Ganz still war es nach diesen Worten in der kleinen Höhle, und Max ließ die Taschenlampe sinken. Der Strahl beleuchtete nun Lenas kleine Hände und ließ sie wie rosafarbene Blüten schimmern.

»Meinst du, die Mama kommt überhaupt noch mal wieder?«, fragte sie schließlich verzagt.

Max schluckte. Woher sollte er das denn wissen? »Wenn sie genug Geld für die Reise hat«, antwortete er schließlich. Überzeugend klang das nicht.

»Oder der Felix gesund wird«, kam es wenig hoffnungsvoll von seiner Schwester. Im Dämmerlicht wuchs ihre Pupille zu einem dunklen Schatten, der ihren Blick noch trauriger machte. Ohne ein weiteres Wort knipste Max die Taschenlampe aus und krabbelte zurück in sein eigenes Bett. Lena rollte sich wie eine Robbe in ihr Deckbett. Schwärzer als schwarz erschien ihr das Kinderzimmer heute Nacht. Lange lag sie so wach und starrte in die Dunkelheit.

*

»Mir tut alles weh«, stöhnte Marie, als sie nach Mitternacht zurück in die WG kam und sah, dass bei Alex noch Licht brannte. »Lieber ein ganzes Hopfenfeld ernten als dieses Gerenne in der Kneipe.«

Mit einem Lächeln goss ihr Alex ein Glas Rotwein ein, und Marie streckte sich müde unter den regenbogenfarbenen Baldachin, den Alex über ihr Bett gespannt hatte.

»Fräulein hier, Fräulein da«, ahmte Marie die meist betrunkenen männlichen Gäste nach.

Alex kicherte vor sich hin und rutschte mit einem Kissen an ihre Seite. »Männer«, gluckste sie.

Ihre Blicke trafen sich. Marie sah ihre Freundin forschend an.

»Du bist froh, wieder in Berlin zu sein, oder?«

Alex zuckte die Schultern. »Vor einem Jahr, da wollte ich nichts wie weg. Aber jetzt? Weglaufen hilft nicht. Ick weeß wieder, wo ick hinjehöre«, berlinerte sie und lächelte. »Hier spielt das Leben, ich meine, hier in Berlin, da knallt einfach alles aufeinander. Die Jungen, die es in Ost-Berlin nicht mehr aushalten, wie Rudi Dutschke, der Studentensprecher. War übrigens ein paar Mal hier, wir drucken für ihn. Oder die Jungs aus dem Westen, die keinen Bock auf die Scheißbundeswehr haben, sorry, aber da ist einfach noch zu viel Mist dabei, weißt du wie viele ehemalige Nazi-Offiziere da heute noch Dienst tun?«

Marie zuckte ahnungslos die Schultern.

»Ist bei den Richtern genauso, bei den Schul- und Hochschullehrern auch. Deshalb protestieren die jungen Leute hier, deshalb drucken wir Plakate und marschieren mit. Der ganze Muff muss raus! Aus den Köpfen! Aber auch aus den Institutionen!«

»Du bist so mutig«, seufzte Marie.

»Det sagt die Richtige«, erwiderte Alex grinsend und knuffte Marie in die Seite.

»Hast du eigentlich, ich meine, hast du dir nie eine eigene Familie gewünscht?«, fragte Marie leise.

Aus Alex' Gesicht verschwand das Lächeln. Sie richtete sich auf und drückte ihren Rücken fest gegen die gepolsterte Rückwand des Bettes, als müsse sie sich stützen. »Doch.«

Mit einem Ruck schob sie die Wolldecke auf ihren Knien zurück, so dass ihr Faltenwurf einem Dämon ähnelte, der alles in seinem purpurnen Maul zu verschlingen drohte.

Es durchzuckte Marie, sie spürte, dass sie etwas Wundes berührt hatte. Der fröhlichen Alex, die sonst nie um das nächste Wort verlegen war, fiel auf einmal das Sprechen schwer.

»Ich war verlobt«, sagte sie schließlich. »Peter und ich wollten heiraten. Alles geplant. Doch dann hat er sich verändert. Wurde aus heiterem Himmel unglaublich wütend. Schrie. Dann wieder traurig. Manchmal sprach er tagelang kein Wort … Gehirntumor. Unheilbar fortgeschritten. War nichts zu machen.« Alex' Augen füllten sich mit Tränen. »Du kannst dir überhaupt nicht vorstellen, was das für eine Odyssee war. Bis wir überhaupt wussten, was ihm fehlte. Am Anfang haben ihn die Ärzte auch für schizophren gehalten. Ihm Beruhigungsspritzen gegeben, ihn an ein Gitterbett gebunden. Dabei war er todkrank.«

Ganz still war es nun. Marie tastete nach der Hand ihrer Freundin und hielt sie fest. »Das tut mir leid«, flüsterte sie.

»Ich hab das auch erst lernen müssen«, erwiderte Alex traurig, »mir nicht alles gefallen zu lassen. Nur dass ich für Peter nichts mehr tun konnte. Aber du«, Alex suchte nun Maries Blick und blickte ihr fest in die Augen, »du hast eine Chance.«

*

*»Bruder Jakob, Bruder Jakob, schläfst du noch? Schläfst du noch? Hörst du nicht die Glocken, hörst du nicht die Glocken? Ding. Dang. Dong. Ding. Dang. Dong.«*
Niklas notierte akribisch, wie mühelos Felix den bekannten Kanon auf dem Xylophon nachspielen konn-

te. Einmal nur hatte er dem Jungen die Melodie vorgesungen, und sofort griff Felix nach dem Schlegel und schlug die Töne an.

*Ding. Dang. Dong. Ding. Dang. Dong.*

In den langen Wartezeiten, in denen sie die Bemühungen des jungen Arztes mit ihrem Sohn beobachten durfte, begann Marie für Felix einen Pullover zu stricken, Faden für Faden der graubraun melierten Wolle schlang sich ineinander, bestimmt würde sie damit bis Ostern fertig sein. Neben dem bekannten Murmelspiel hatte Niklas größere Mengen verschiedenfarbiger Legosteine herbeischaffen lassen, mit denen Felix die phantastischsten Muster quer durch den Behandlungsraum legte. In den vielen Stunden, die sie beide nun regelmäßig in der Betrachtung von Felix verbrachten, blieb es nicht aus, dass sich Maries und Niklas' Blicke immer wieder begegneten, ja, dass einer dem anderen mitunter ansehen konnte, was ihm gerade durch den Kopf ging. Mitunter lächelten sie sich zu, im stillen Einverständnis, auf ein gemeinsames Ziel hin verbunden zu sein.

Zumindest glaubte Marie das. Mit jedem Tag, den sie hier mit Niklas und ihrem Sohn verbrachte, verstärkte sich ihr Gefühl, der Lösung dieses Falles näher zu kommen, vereint mit einem Spezialisten, der wie sie an ihren Sohn glaubte, ihn nicht aufgab und seine kostbare Zeit zur Verfügung stellte. Mit jeder gemeinsam hier verbrachten Stunde trat immer offenkundiger zu

Tage, was sie von Anfang an prophezeit, woran sie mit jeder Faser ihres Herzens immer geglaubt hatte: dass Felix nicht dumm war, dass es nur eines guten Arztes bedurfte, um seine Fähigkeiten ans Licht zu holen und ihn zu einem Menschen zu machen, der seinen Weg in die Normalität finden würde – auch wenn er dafür vielleicht etwas länger brauchte. Ja, sie vertraute Niklas, sie vertraute ihm in ihrer Sorge um Felix mehr als jedem anderen Menschen. Niklas Cromer würde sie und ihren Sohn aus der Dunkelkammer der Ausgestoßenen befreien und in den lichterfüllten Raum des geschäftigen Daseins zurückführen.

Daheim würden sie Augen machen, wenn sie mit einem gesunden Buben zurückkäme. Marie malte sich schon aus, wie sie ihrem Mann und ihren beiden älteren Kindern den aus seiner Befangenheit befreiten Felix zeigen würde. Ein freier Junge ohne Angst, das würde er sein, und wenn es Niklas erst einmal gelungen war, ihm jene unbegreifliche Angst vor menschlicher Nähe zu nehmen, dann würde sich alles andere schon finden.

Unbefangen würde er sein, so wie er in diesem Moment unbefangen mit den Gerätschaften spielte, die ihm Niklas vorsetzte. Alles, was er mit den Legos, Murmeln, Tonstäben und Zahlen anzufangen wusste, zeigte seinen konzentrierten Geist, seine hellwache Aufnahme dessen, was man ihm vorsetzte. Es war ein Witz, dass einem solchen Jungen die Schulreife abgesprochen wurde, es war das Versagen von Menschen, die niemals in ihrem Leben etwas Besonderes gesehen hatten. Und Felix war etwas Besonderes, davon war Marie überzeugt.

»Deine Zahlen leuchten in Farben?«, fragte Niklas verwundert, als Felix ihm bei einem ihrer regelmäßigen Rechenspiele erklärt hatte, dass er die Sieben lieber mochte als die vorlaute Fünf.

»Ich mag die Sieben, die ist groß und hell«, verkündete Felix mit Nachdruck und hatte den jungen Arzt damit staunen gemacht. »Sehr groß. Und gelb wie die Sonne«, beteuerte Felix erneut. »Und die Elf ist mein Freund.«

Der Arzt sah sehr nachdenklich aus. Marie beobachtete, wie er sich heute schon die zehnte Zigarette anzündete.

*

Auf dem Rückweg von der Klinik in die Schlüterstraße geriet die Straßenbahnlinie, in der Marie und Felix saßen, ins Stocken. Etwa einhundert protestierende Studenten blockierten die Schienen. Sie protestierten mit Ho-Tschi-Minh-Plakaten gegen den Vietnamkrieg der USA und die nach der Bundestagssitzung vom 9. Februar 1968 angekündigten Notstandsgesetze der Großen Koalition unter Kurt Georg Kiesinger. Einige der Studenten hatten sich auf die Schienen gesetzt, andere schwangen ihre Plakate und riefen immer wieder: »Ho, Ho, Ho Tschi Minh.« Felix drückte seine Nase an den

Glasscheiben der Straßenbahn platt und beobachtete mit reglosem Gesicht das Treiben auf der Straße.

»Was machen die da?«, fragte er schließlich seine Mutter.

Marie musste daran denken, wie er ihr diese Frage schon einmal gestellt hatte. Wie neugierig sie und Felix die ersten Bilder dieser Proteste in Alex' Fernseher aufgesaugt hatten. An jenem Novembertag 1967 waren das Bilder einer fremden Welt gewesen, niemals hätte es Marie nach der ersten Amtsuntersuchung in der Grundschule für möglich gehalten, dass sie nur wenige Monate später hier in Berlin mitten in diesen Geschehnissen stand. Die Proteste der Studenten gegen die alten Obrigkeiten waren für sie zu einem ins Riesenhafte verzerrten Spiegel ihres eigenen Aufbegehrens geworden. Sie hatte keine Ahnung von alldem hier und fühlte sich trotzdem zugehörig zu diesen wildfremden Menschen, die sich ein eigenes Bild machen wollten, ihre eigenen Ansprüche formulierten – auch wenn vielleicht nicht ausnahmslos alles davon richtig war. Schließlich wusste Marie selbst am besten, wie schnell man in seinem Eifer über das Ziel hinausschießen konnte. Doch nur wer sich bewegte, konnte auch etwas verändern.

Da die Straßenbahn nicht mehr weiterfahren konnte, mussten Marie und Felix schließlich eine fünfhundert Meter entfernt liegende Bushaltestelle ausfindig machen. Als sie einstiegen, war schnell klar, dass dieser Bus keine direkte Linie bot, also hieß es wieder umsteigen, wieder warten, wieder eine größere Strecke laufen, bis sie und Felix endlich die Treppenstufen zur Wohngemeinschaft emporklimmen konnten.

Mit einem heißen Tee in der Hand ließ sich Marie erschöpft auf das breite Kanapee des Musikzimmers sinken. Eine Querflöte spielte eine alte Weise, und Marie fragte sich noch, wer da so schön musizierte, da war sie auch schon eingeschlafen. Als sie erwachte, schlug die alte Wanduhr gerade sechs, die Stadt lag bereits im Dunkeln. Marie hatte ihren Arbeitsbeginn im Kudamm-Eck verschlafen.

*

Später konnte sich Marie kaum noch daran erinnern, wie sie in die Gaststätte gekommen war. Die Straßenbahn, die Gesichter, all das verschwamm in der Erinnerung. Was blieb, war der namenlose Schrecken, wahrscheinlich ihre einzige Einnahmequelle verspielt zu haben.

»Entschuldigung«, keuchte sie, als sie endlich die Tür zur Gaststube aufstieß, und schnappte nach Luft, um zu erklären, was aus der Sicht des Wirts nicht zu erklären war.

»Meine Schwester ist eingesprungen!« Scharf wie ein Messer schnitt seine Stimme in ihren Satz.

In diesem Moment wusste Marie, dass sie es vermasselt hatte.

»Verschon mich mit deinen Geschichten, hab ich gesagt. Sei pünktlich, hab ich gesagt. Ist das zu viel verlangt?«

»Nein, aber mein Sohn …«, begann Marie verzweifelt.

»Ach, hör doch auf. Heute sind es die Masern, morgen sind es die Windpocken, ich hab selber zwei Gören zu Hause. Ich fang doch auch nicht hier damit an.«

Kreidebleich stand Marie inmitten der drängelnden, trinkenden und rauchenden Menschen. »Aber ich brauche die Arbeit«, bat sie verzweifelt.

»Tut mir leid«, erwiderte der Wirt und vermied es, ihr in die Augen zu sehen. »Bei mir bist du draußen. Ich kann mir so was einfach nicht leisten.«

\*

Völlig zerschlagen saß Marie am anderen Morgen in Niklas' Sprechzimmer. Zum ersten Mal sah sie nicht auf, wenn der Arzt mit ihrem Sohn sprach, ließ sich nicht mitreißen von den vielen kleinen Zeichen des Einverständnisses, die sich zwischen Felix und Niklas Cromer entwickelt hatten, den Gesten des Vertrauens und des zwanglosen Miteinanders, die die Grundlage für die Studien des Arztes bildeten.

Niklas hatte Felix eine Weile beobachtet, wie er die Legosteine zusammenlegte, die den Boden des Behandlungszimmers schon zu gut einem Drittel bedeckten, wie er konzentriert Muster an Muster zusammensetzte, als er in einen Korb mit Holzstäben griff. Mit den Holzstäben schlug der Doktor in wechselnden Intervallen je eine Folge von fünf Tönen an, C F E F G, eine Quarte aufwärts, eine kleine Sekunde abwärts, eine kleine Sekunde aufwärts und dann noch eine große Sekunde aufwärts. Danach ordnete er die Stäbe geometrisch auf dem Boden. Schon nach den ersten Schlägen hatte er Felix erreicht, der Junge ließ seine Legosteine sinken und stand auf. Neugierig trat er an Niklas heran, beobachtete ihn beim Aufbau der Holzstäbe, griff dann selber in den Korb, um sich zwei Stäbe zu holen. Felix antwortete dem Arzt sofort. Taktak, Taktak, schlug er den Rhythmus, den er mühelos erkannt und ohne Verzögerung wiedergeben konnte. Ohne den Jungen anzusehen, ohne ihn durch Ansagen und Aufforderungen zu verunsichern, gelang es Niklas, über die Musik ein Band zu knüpfen, Felix' Aufmerksamkeit zu gewinnen und ihn zu einer gemeinsamen Aktion zu veranlassen.

Nach einer Weile fiel dem Arzt auf, dass Marie anscheinend nichts von alldem bemerkt hatte. Verloren starrte sie durch die große Glasfront hinaus in den dunstigen Himmel des grauen Märztages und saß so kraftlos in ihrem Sitz, wie er sie noch nie gesehen hatte.

Aus dem rhythmischen Band zwischen Felix und ihm war inzwischen eine kleine Stadt erwachsen, konsequent verbundene Vierecke aus Holz breiteten sich über den Boden aus. Taktak, Taktak. Es war der pure Rhythmus, der Barrieren sprengen und das Herz dieses verschlossenen Jungen öffnen konnte. Schlagartig wurde dem Arzt klar, dass ihm allein die Musik helfen konnte, die Geheimnisse dieses Kindes zu ergründen. Sie war der Türöffner zum Wesen des Jungen. Der Schlüssel, nach dem er so viele Wochen vergeblich gesucht hatte, erwies sich als Notenschlüssel.

»Haben Sie gesehen?«, flüsterte Niklas, nachdem er endlich aufgestanden und zu Marie hinübergelaufen war. Die Aufregung stand ihm ins Gesicht geschrieben. »Marie, haben Sie gesehen?«

Langsam drehte sie sich zu ihm und zuckte bedauernd mit den Achseln. »Was ist denn?«, fragte sie leise.

»Wir machen etwas gemeinsam!«, sagte Niklas mit vibrierender Stimme. »Felix und ich! Er ist zum ersten Mal aus seiner Welt herausgekommen.«

Ihr ungläubiges »Nein« glich einem kleinen harten Kieselstein, der auf eine Glasplatte fällt.

Doch dann sah Marie ihn lächeln, sah, wie sich die angespannten Gesichtszüge des Arztes in ein strahlendes Lachen lösten. Da wusste sie, dass er die Wahrheit sagte. Das Wunder war geschehen.

*

Erschöpft beobachtete Marie ihren Sohn, wie er am Nachmittag entspannt zwischen den Kindern der Wohngemeinschaft hin- und herlief, geometrische Muster in die Wandmalereien fügte oder leise Zahlenreihen vor sich hin murmelte. In den letzten Tagen hatte Felix von den Studenten an der Druckerpresse ausrangierte Flugblätter in die Hand gedrückt bekommen, auf die er seine endlosen Zahlenkolonnen kritzelte. Wie geheimnisvolle Schlingpflanzen bedeckten sie den Boden des Spielzimmers, wucherten bald in alle Ecken hinein, ohne dass er aufhören konnte, Zahlen an Zahlen aneinanderzureihen. Niemand störte sich daran.

»Wieso kannst du eigentlich so gut rechnen?«, fragte ihn ein kleines Mädchen.

»Ich bin ein Rechenvogel«, erwiderte Felix ohne Scheu. »Ich kann rechnen und fliegen.«

Er ließ den Stift sinken, hob und senkte seine Arme in seinem alten Rhythmus, als wäre er erst gestern durch die Hopfenfelder seines Heimatdorfes gelaufen, und rannte los. Ihre Augen folgten dem wiegenden Takt seiner Bewegung, dem Vogelschwung seiner Arme und dem Hoch- und Niederwippen seiner Zehenballen. Er ist angekommen, dachte Marie. Er ist wirklich in Berlin angekommen.

»Marie?« Alex' Stimme kam aus der Küche. »Marie? Telefon für dich.«

Sie musste erst die lange Schnur des grauen Telefons entwirren, um den Apparat in eine ruhige Ecke der Wohnung mitzunehmen.

»Marie«, hörte sie ihren Mann am anderen Ende der Leitung sagen, »Marie, die Klinik hat eine Rechnung geschickt. Eintausenddreihundert Mark. Eine Woche hab ich gesagt. Ihr seid jetzt schon über einen Monat da, und die Klinik hat nichts Besseres zu tun, als eine Rechnung zu schicken. Und ich weiß noch nicht einmal, für was ich da überhaupt zahle.«

»Paul«, unterbrach Marie ihn hastig, »Paul, heute hat der Felix in der Behandlung einen Riesenfortschritt gemacht.«

Sein Atem klang schwer, sie hörte, wie er sich am anderen Ende eine Zigarette anzündete.

»Marie«, sagte er schließlich, »kannst du mir bitte sagen, woher ich das ganze Geld nehmen soll?«

Marie schloss die Augen. Sah ihn vor sich, wie er hilflos und verzweifelt in der Ecke der Bauernküche stand. Wahrscheinlich starrte er beim Sprechen zum Hof hinaus, nur um seiner Mutter nicht in die Augen sehen zu müssen. Denn bestimmt hantierte Elisabeth um ihn herum, ganz sicher würde sie sich die Gelegenheit nicht entgehen lassen, bei dem Telefonat nach Berlin Mäuschen zu spielen. Eine Schwiegertochter, die das Geld in der Stadt mit vollen Händen aus dem Fenster warf, na bravo, das war doch was ...

Marie wusste, dass sie ungerecht war. Elisabeth versorgte ihre beiden Großen, die ganze aufwändige Hausarbeit blieb an ihr hängen, es war ihr gutes Recht zu erfahren, wann ihre Schwiegertochter wieder nach Hause kommen würde.

»Das ist so unglaublich viel Geld, was wir für den Buben ausgeben, das geht so nicht«, schimpfte Paul. »Der

Felix und du in Berlin, der Rest da herunten, das geht so nicht, ich meine, wir sind doch eine Familie!«

Ein Knall. Dann Stille. Paul hatte einfach aufgelegt. Das Gespräch war zu Ende.

Marie wusste, dass sie handeln musste. Dass ihr keine Wahl mehr blieb. Sie griff nach ihrem Mantel, der an einem Haken hing.

»Du, ich muss noch mal weg«, rief sie der verblüfften Alex zu. »Ich erkläre es dir später.«

*

Es dämmerte bereits, als Marie den Bus in Richtung Kurfürstendamm bestieg. Ein erster Hauch von Frühling lag in der Luft, doch Marie spürte nichts davon. Von der Haltestelle aus musste sie nur noch wenige Meter in eine Seitenstraße gehen, dann hatte sie ihr Ziel erreicht. In roten Neonbuchstaben warb die *Paradieso Bar* um ihre Kundschaft. Es war etwa acht Uhr am Abend, eigentlich zu früh für einen Club. Der Mann, der sie vor einigen Wochen an das Kudamm-Eck vermittelt hatte, saß am Tresen und sah einige Abrechnungen durch.

»Marie«, erinnerte er sich sofort an ihren Vornamen, als sie vor ihm stand. »Ich heiße übrigens Wolf«, lächelte er, ohne ihr die Hand zu reichen.

»Sie haben gesagt, ich könnte hier gutes Geld verdienen«, sagte Marie, ohne sein Lächeln zu erwidern.

Ein letzter prüfender Blick von seiner Seite. »Jaaa …«, antwortete er gedehnt.

»Ich sag es Ihnen, wie es ist«, erwiderte sie rasch. »Ich habe eine Familie, die ich über alles liebe. Ich bin hier in Berlin, weil mein Sohn eine psychische Störung hat. Für die keine Krankenkasse zahlt. Deshalb muss ich Geld verdienen, viel Geld. Damit es ihm wieder besser geht.«

Wolf hatte sich schon nach den ersten Worten von ihr weggedreht und starrte zur Bar hinüber. Verschonen Sie mich mit Ihren Geschichten, hallte die längst verdrängte Stimme der Pensionswirtin in Maries Kopf. Bloß keine Geschichten. Das schien das Überlebensmotto dieser Stadt zu sein.

»Ich bin kein Samariter«, sagte er schließlich und drehte sich langsam wieder zu ihr um. »Aber Sie kriegen Ihre Chance. Sie können hier so viel Geld verdienen, wie Sie brauchen«, konstatierte er nüchtern. Ein spöttisches Lächeln überzog sein Gesicht. »Ihre Courage gefällt mir«, grinste er. »Wirklich, das mag ich.«

Marie wusste nicht, wohin sie schauen sollte. Wusste nicht, wohin mit ihrer Verlegenheit. Alles, was sie wusste, war, dass Paul das hier niemals erfahren durfte.

*

Während der letzten Märzwoche war der Schnee auch in der Hollertau fast vollständig geschmolzen. In seiner abgewetzten Arbeitshose und seinem ausgeleierten Pullover saß Paul vor seinem alten Schulfreund Otto in der Bankfiliale. Die Zeit für die Sonntagsanzüge war vorbei. Es gab nichts mehr zu beschönigen.

»Na?«, kam es gedehnt von Otto, dem nicht entgangen war, wie fertig Paul aussah. Ganz grau war er im Gesicht, ein Bild des Jammers, als ob ihn alle Kraft mit einem Schlag verlassen hätte. »Hast dich mit dem Schenkhofer einigen können?«

»Ein Arschloch ist das, ein blödes«, schimpfte Paul. »Der Hopfenpreis wird jede Woche neu bestimmt, hat er gesagt, und dann hat er mir noch weniger gegeben.«

Bei Pauls Auslassungen hatte sich Otto tief über seine Schreibtischpapiere gebeugt, damit sein Gesicht nicht verriet, dass er längst Bescheid wusste. Hinter Pauls Rücken hatte der Schenkhofer schon dafür gesorgt, dass alle im Dorf über Pauls fehlgeschlagene Revolte unterrichtet waren. Pauls Abfuhr diente dem machtbewussten Brauereibesitzer als willkommene Abschreckung, um sich die anderen Bauern gefügig zu halten.

»Der Schenkhofer sitzt einfach am längeren Hebel, da kannst machen, was du willst«, brummelte Otto vor sich hin.

Paul sammelte sich. »Otto, pass auf«, kam es erschöpft. »Ich bräuchte ein bisschen mehr Geld.«

Mit gespielter Überraschung blickte Otto von seinen Unterlagen hoch.

»Kannst du mir den Kredit ein wenig aufstocken, als Überbrückung sozusagen?«

Otto sah seinen alten Freund mit hochgezogenen Augenbrauen an.

»Ich muss die Behandlung vom Felix in Berlin jetzt auch noch zahlen«, gab Paul unumwunden zu.

»Was macht denn dein Bub in Berlin?«, fragte Otto verblüfft.

Paul runzelte die Stirn. Er nestelte nach einer Zigarette in seiner zerknüllten Packung.

Otto hielt ihm ein Feuerzeug hin. »Hat dir die Marie Hörner aufgesetzt?«, fragte er prompt.

»Schmarrn«, knurrte Paul und stieß wütend den Rauch in die Luft. »das ist eine medizinische Behandlung. Was Genaueres weiß ich nicht.«

Auch Otto hatte sich nun eine Zigarette angezündet und sah seinen alten Freund nachdenklich an.

»Also, was ist jetzt mit dem Kredit?«, stieß Paul hervor.

Otto wiegte seinen Kopf hin und her. »Also, so einfach ist das nicht. Da brauchen wir Sicherheiten.«

»Was denn für Sicherheiten?«, fragte Paul verblüfft. »Ich hab jedes Jahr meinen Hopfen, das weißt du doch.«

Otto lächelte jovial. »Ein Mann mit Grund kommt über die Rund, sag ich immer.«

In Paul dämmerte es plötzlich. »Wie meinst du das?«, fragte er misstrauisch.

»Eine Hypothek auf den Weiherner Acker tät schon passen.« In größter Gelassenheit rückte Otto nun also mit seinen Absichten heraus. Er war kein Unmensch, aber auch kein Trottel. Der gute Paul hatte ihm eine Steilvorlage geliefert, und er nutzte sie.

Als Paul endlich begriff, was hier gespielt wurde, hätte er seinem alten Schulfreund am liebsten eine gescheuert. Aber sie standen nicht mehr auf dem Schulhof, sondern mitten im Leben – und dabei hatte Paul eindeutig die schlechteren Karten.

»Sag mal, bist du jetzt total übergeschnappt?«, war das Einzige, das er noch hervorbringen konnte. »Du weißt doch ganz genau, dass das unser bester Grund ist. Außerdem gehört der gar nicht mir, der gehört meinen Eltern.« Die letzten Worte hatte Paul gebrüllt.

Otto stand hastig auf und schloss die Tür seines Büros. Im Schalterraum brauchte nicht das halbe Dorf mithören, was hier verhandelt wurde. »Höchste Zeit, ihn zur Familiensache zu machen«, erklärte er gedämpft.

Doch Paul hatte längst genug gehört, er hatte die Nase gestrichen voll. Lieber ließ er alles vor die Hunde gehen, als es denjenigen zum Fraß vorzuwerfen, die schon auf seinen Bankrott spekulierten. »Ein Aasgeier bist du«, sagte er, schon die Klinke in der Hand.

»Geh, Paul«, rief Otto empört, doch da war Paul schon längst zur Tür hinaus und rannte durch den Schalterraum auf die Straße. »Dabei bin ich doch auf deiner Seite«, seufzte Otto ungehört und drückte den Zigarettenstummel heftig im übervollen Aschenbecher aus.

*

»Was soll das denn werden, wenn es fertig ist?«, fragte Alex erstaunt, als sie sich an Marie vorbei in das kleine Badezimmer der WG drängte. »Du hast dich doch noch nie geschminkt.«

Verblüfft sah Marie im Spiegel, dass Alex keine Scheu hatte, vor ihr aufs Klo zu gehen, und so malte sie einfach weiter einen etwas unbeholfenen Lidstrich um ihre Augen und zog ihre Lippen mit einem zartrosa Lippenstift nach, den sie in der Drogerie an der Ecke gekauft hatte.

»Ich habe meine Arbeit in der Kneipe verloren«, sagte sie, während Alex die Spülung zog. Nach einer kurzen Pause legte Marie nach: »Ich hab jetzt einen Job im *Paradieso*.«

»Waas?« Vor Schreck vergaß Alex, die gerade ihre Hände wusch, den Wasserhahn wieder zuzudrehen. Das Wasser strömte in das kleine Becken, bis Marie eingriff und den Griff energisch zudrehte.

»Alex! Ich bin ein großes Mädchen und kann auf mich aufpassen«, lächelte sie etwas bemüht.

Doch Alex ging auf ihren leichten Ton nicht ein. Sie schwieg, doch es war nicht zu übersehen, wie es in ihr arbeitete.

»Hast du ein Auge auf Felix?«, fragte Marie leise.

»Klar«, kam es von Alex zurück.

Sonst sagte sie nichts.

*

»Elsa?«, rief der Besitzer des *Paradieso*. »Elsa? Kümmerst du dich mal um unsere neue Mitarbeiterin?«

Eine junge zierliche Frau mit langen glatten Haaren kam in einem goldenen Minikleidchen auf Marie zu. »Na denn«, sagte sie und lächelte ihr aufmunternd zu.

Während beide Frauen in eine mit Federboas, Cocktailkleidern, Perücken, Pumps und erotischem Zierrat angefüllte Kammer traten, sah Elsa Marie prüfend von der Seite an.

»Du warst noch nie in einem Club, stimmt's?«

Marie nickte. Einige Mädchen nestelten noch an ihren Kostümen, die Tänzerinnen überprüften die Glitzermarkierung, die ihre Brustwarzen mehr betonen als verdecken sollte. Marie schluckte. Nein, Paul durfte das hier nie erfahren … Elsa hielt ihr ein Kleid aus schwarzer Spitze an und nickte zufrieden.

»Schuhgröße?«, wollte sie wissen.

»Neununddreissig«, kam es sehr leise von Marie.

*

»Sie sehen ja hinreißend aus«, lächelte der Clubbesitzer, der sich gerade noch mit einem frisch für ihn zubereiteten Steak am Tresen die Kraft für eine lange Nacht holte, als Marie mitten im plüschigen Rot des großen Raumes stand.

»Was erwarten Sie von mir? Was wollen Sie wirklich?«

213

Für diesen Satz hatte Marie all ihren Mut zusammengenommen.

Wolf kaute seelenruhig weiter, nahm einen Schluck aus dem Rotweinglas, das ihm eines der Mädchen über den Tresen geschoben hatte, und tupfte sich dann mit einer großen weißen Serviette sorgfältig den Mund ab. Er lächelte nicht. Stattdessen betrachtete er die Frau, die ihre Aufregung mit all der Courage bekämpfte, die ihm von Anfang an gefallen hatte. Nein, er wollte sie nicht hinhalten. Die Zeit des leichtfüßigen Parlierens war vorbei. Er zündete sich eine Zigarette an und blies den Rauch gelassen in die Luft.

»Wie ich schon gesagt habe: Hier können Sie Ihr Geld verdienen«, sagte er. »Wie viel, das überlasse ich ganz Ihnen.«

*

Der Schnee des Winters hatte sich zu kleinen schmutzigen Inseln auf die Lehmböden der Felder zurückgezogen, als Paul und Xaver mit dem Anhänger die ausgepressten Jutesäcke aus der Brauerei holten. Gereinigt und frisch verschnürt mussten sie nun, trocken geschichtet und gestapelt, für die kommende Hopfenernte in der Scheune gelagert werden.

»Hast was Neues vom Felix gehört?«, fragte Xaver, als er den letzten Stapel Säcke mit Paul vom Anhänger hinabwuchtete. »Ist eine mutige Frau, die Marie«, brummte er, als Paul den Kopf schüttelte.

»Wenn das nur nicht alles so viel Geld kosten würde«, erwiderte Paul mit schmalem Mund. Die Schatten unter seinen Augen waren in den letzten Tagen noch dunkler geworden, und Xaver sah seinem Sohn an, wie erschöpft er war.

»Du«, kam es ungewohnt leise von Paul, »du, ich muss dich was fragen.«

Xaver ließ die Jute sinken und richtete sich auf. Ganz ruhig stand er da. Seine blassblauen Augen über den tiefen Tränensäcken blickten erwartungsvoll zu seinem Sohn hinüber. Endlich, dachte er. Endlich macht er den Mund auf. Er wartete. Doch die gespannte Aufmerksamkeit seines Vaters legte sich wie Blei auf Pauls Brust und machte ihm das Atmen schwer.

»Vergiss es«, winkte er ab, langte nach dem nächsten Jutepacken und schleppte ihn allein in die Scheune hinüber.

Xaver schloss die Augen. Ein bitterer Blitz durchzuckte seine Lippen.

*

Beim abendlichen Stammtisch hatte sich Paul seinen alten Freund Sepp herausgegriffen und ließ sich am Nebentisch vom Wirt zwei Bier und zwei Klare bringen.

»Pass auf, Sepp«, kam es gedämpft. »Ich muss die Hopfenmaschine wieder zurückbringen.«

»Ja sakra, spinnst du?« Sepps Augäpfel traten ob dieser Neuigkeit hervor, er schnaufte wie eine Dampfwalze und kippte erst einmal den Schnaps hinunter. »Das ist nicht dein Ernst.«

»Leider doch.« Paul konnte ihm nicht in die Augen sehen.

»Du hast dir doch so viel vorgenommen. Was ist jetzt mit ›Der Aufschwung ist für alle da‹?«, erwiderte Sepp fassungslos.

»Ach, hör auf«, rief Paul verbittert. »Das alles ist so schon schwer genug. Aber die Rechnungen von Felix' Behandlung, das haut hinten und vorne nicht hin …«

»Herrschaft, Paul«, grollte Sepp. »Ich weiß nicht, ob das geht. Ich muss mal mit dem Fissler reden. Und ich verliere natürlich auch meine Provision.«

»Ach, darum geht's«, brauste Paul auf und zündete sich eine Zigarette an.

»Ja, ich muss auch von was leben«, stöhnte Sepp und funkelte Paul zornig an. Doch als er seinen einst so hoffnungsfrohen Freund hier wie ein ausgebleichtes Stück Treibholz sitzen sah, lenkte er ein. »Ich schau mal, was ich machen kann.«

*

Als Xaver an diesem Abend im Schlafanzug in seine eheliche Schlafstube trat, flocht Elisabeth gerade ihren langen grauen Zopf auseinander, mit dem sie tagsüber ihre mit den Jahren dünn gewordenen Haare zusammensteckte.

»Hast du endlich mal mit dem Paul gesprochen?«, fragte sie spitz und verfolgte durch den Wandspiegel die gebeugte Gestalt ihres Mannes, der sich schwer auf seine Bettseite sinken ließ. »Die Leute reden schon. Erst vor kurzem war er beim Otto auf der Bank.«

»Was würdest du ihm denn für einen Vorschlag machen?«, fragte Xaver spöttisch.

»Du bist so ein Sturschädel«, schimpfte Elisabeth. »Du brauchst dich nicht wundern, wenn dein Sohn Haus und Hof vor die Hunde gehen lasst.«

Xaver drehte sich zu ihr um. Seine blauen Augen hatten sich verdunkelt, in dem Blick, der sie traf, schimmerte die erloschene Asche eines schon vergessenen Feuers.

»Ach, jetzt bin ich schuld«, brach es mit ungewohnter Schärfe aus ihm heraus. »Dafür warst doch immer du zuständig«, sagte er und seine Stimme wurde gefährlich leise. »Angst einjagen«, nun keuchte er, »beten bis zum Umfallen! Und für was? Deine Kinder vertrauen dir nimmermehr.«

Am Ende hatte Xaver zu schreien angefangen. Er brüllte sich seinen ganzen Zorn aus dem Leib, so wie ein schlafender Vulkan auf einmal wieder aufwacht, brach es aus ihm heraus.

Vor Schreck hatte Elisabeth ihren Kamm fallen lassen, doch sie rührte sich nicht. Starrte nur in das Spiegelbild ihres eigenen, ihr selbst so fremd gewordenen Gesichts.

»Die Marie treibst aus dem Haus«, schrie Xaver weiter, und Elisabeth versuchte vergeblich, ihre plötzlich zitternden Knie in Schach zu halten. Er sollte nicht sehen, was seine Worte angerichtet hatten, also ließ sie sich vorsichtig auf ihren Hocker sinken. »Aus dem Felix machst einen Teufel«, hallte die Stimme von Xaver in ihren Ohren. »Da fragt man sich, wer dran schuld ist, wenn der Paul alles vor die Hunde gehen lasst«, kam es nun erschöpft von seiner Bettseite.

Reglos saß er nun da und starrte vor sich hin. Seine Stimme hatte bei den letzten Worten wieder ihren schnarrenden, leisen Ton angenommen, den sie so gut an ihm kannte. Nur sie selbst kannte sich nicht mehr aus. Nicht mit sich und nicht mit den anderen. Hatte sie wirklich alles falsch gemacht?

*

»Halt, nicht so schnell«, keuchte Marie, als Felix voller Tatendrang den asphaltierten Weg zum Klinikgebäude vor ihr herstürmte.

»Ich schaffe vierhundertzwanzig Schritte in zweihundert Sekunden«, erklärte ihr Sohn eifrig.

»Du willst ja nur ganz schnell bei Niklas sein«, rief Marie, und noch ehe sie ihn einholen konnte, war Felix schon durch die Drehtür geschlüpft und hüpfte im Foyer der Klinik ungeduldig von einem Fuß auf den anderen.

»Sie sehen müde aus«, begrüßte Niklas sie und schaute Marie forschend in die Augen.

»Ach nein«, wehrte sie verlegen ab, »ich komm schon klar.«

Ohne die Aufforderung der Erwachsenen abzuwarten, war Felix aus dem Besprechungsraum weiter ins Behandlungszimmer gehüpft, wie selbstverständlich griff er in den Holzkasten und holte einige Zahlen hervor.

»Du darfst nicht alles anpatschen«, rief Marie zu ihm hinüber, doch Niklas wehrte lächelnd ab.

»Das macht doch nichts«, sagte er leise.

»Er konnte es kaum erwarten«, sagte Marie. »Kaum erwarten, wieder bei Ihnen zu sein.«

Beide sahen sich an. Marie senkte den Blick.

»Ich muss mit Ihnen sprechen«, sagte Niklas. »Setzen wir uns einen Moment.«

Während Marie auf dem Stuhl vor dem Schreibtisch Platz nahm, sah sie, wie ihr Sohn an das große Fenster zum Foyer trat. Wie jeder normale Junge es auch tun würde, beobachtete er neugierig, wie die Frühlingssonne ein besonderes Lichtspiel an den Wasserkaskaden entzündet hatte, die als architektonische Besonderheit an der Außenmauer herunterliefen und in einem Wasserbecken im Erdgeschoss mündeten.

»Die Wohngemeinschaft scheint Felix gutzutun«, sagte Niklas vorsichtig.

»Ja«, lächelte Marie, »die Kinder dort sind toll. Die nehmen den Felix so, wie er ist.«

»Er reagiert auch viel entspannter. Das kommt meiner Analyse zugute«, erwiderte Niklas und zündete sich eine Zigarette an. »Er zeigt immer klarer, was er will und was nicht.«

Jetzt strahlte Marie den Arzt unumwunden an. Jede Spur von Müdigkeit war aus ihrem Gesicht verschwunden, sie leuchtete geradezu von innen.

Wie schön sie ist, dachte Niklas, warum ist mir das nie richtig aufgefallen? Und das Schönste an ihr ist, dass sie es nicht einmal weiß. Er senkte seinen Blick, räusperte sich und versuchte, die richtigen Worte zu finden.

»Felix artikuliert nun viel freier«, erläuterte er betont sachlich. »Er zeigt längst nicht mehr so viele Blockaden wie am Anfang.«

Alles in Marie jubilierte, fast hätte sie geschrien vor Freude. »Meinen Sie«, brach es atemlos aus ihr hervor, »meinen Sie, er wird wieder ganz gesund?«

Niklas zuckte zusammen wie bei einem Stromschlag. »Nein.«

Wie eine Ohrfeige knallte das Wort durch den Raum. Fassungslos starrte Marie den Arzt an.

»Nein?«

Der Arzt schüttelte bedauernd den Kopf.

»Was soll das heißen?« Ihre Augen füllten sich mit Tränen.

»Nicht so, wie Sie hoffen.«

Alles in Marie bäumte sich auf, wollte gegen ihn gehen.

»Was wissen Sie von meinen Hoffnungen?«, sagte sie rau. »Ich bin hierhergekommen, weil ich gesehen habe, dass mein Junge kein Dummkopf ist«, fuhr sie mit brüchiger Stimme fort. »Kein Blödmann. Kein Verrückter. Kein Dorfdepp. Ja, der Felix ist anders. Er macht Dinge, die Kinder in seinem Alter sonst nicht so machen. Er kann sich oft stundenlang mit einem Gegenstand beschäftigen ...«

Niklas biss sich auf die Lippen. Verdammt, das wusste er doch! Und sie wusste genau, dass er es wusste. Dass er ihren Sohn inzwischen auf eine Art besser kannte als dessen eigener Vater. Was erwartete sie? Dass er sie belog?

»Und es gibt Dinge«, fuhr sie ungerührt fort, »die er besser kann als die anderen. Wie sein schnelles Rechnen zum Beispiel. Ich hab das Gefühl, inzwischen rechnet er fast nur noch.«

Jetzt sprangen die Tränen aus ihren Augen. Zornig wischte sie sich mit dem Ärmel über das Gesicht. Er wollte ihr ein Taschentuch reichen, doch sie stieß ihn zurück.

»Warum glauben Sie mir nicht?«, rief sie verzweifelt.

»Für eine genaue Diagnose zählen vor allem Fakten«, sagte er erschöpft. Diese Frau machte ihn fertig.

»Aber man hat doch ein Gefühl!«, schrie es aus ihr heraus.

»Ja?« Scharf wie ein Messer schnitt seine Stimme in den Raum hinein.

Marie erstarrte.

»Ich habe ein Gefühl«, sagte er gedämpft. »Aber ich kann mich nicht darauf verlassen. Ich darf mich nicht darauf verlassen!«

Marie war aufgestanden und hatte ihm den Rücken zugedreht. Stand einfach da und starrte zu Felix hinüber, den sie durch eine Nebelwand aus Tränen kaum noch sehen konnte.

»Aber ich«, sagte sie unerbittlich. »Weil es das Einzige ist, auf das ich mich immer verlassen konnte.«

Sie packte ihre Jacke und griff nach der Hand ihres Sohnes, der von den lauten Stimmen der Erwachsenen angelockt, in die Tür zum Besprechungszimmer getreten war.

»Komm, Felix, wir gehen«, sagte sie müde.

»Marie!« Niklas war aufgesprungen und lief ihr bis in den Flur nach. Ein rascher Griff nach ihrem Ärmel, er hielt sie tatsächlich fest. »Marie, so warten Sie doch.«

Ein Blick von ihr, und er wusste, dass er es verdorben hatte. Ihre Hoffnung hatte ihm Flügel verliehen, doch er war zu hoch geflogen und hatte es versäumt, sie mit der Realität in Verbindung zu halten. Auf diesen Absturz war sie nicht vorbereitet gewesen.

»Ich bin so enttäuscht«, sagte sie leise, drehte sich um und ließ ihn stehen.

Die Abteilungstür schlug zu. Niklas blieb aufgewühlt zurück. Langsam knöpfte er seinen weißen Kittel auf. Er brauchte eine Pause. Dringend. Er musste nachdenken.

*

Marie drehte ihren Schlüssel zur Wohngemeinschaft um und öffnete müde die Tür. Sie wich den Blicken der anderen aus, lief in die Küche und brühte sich einen Tee auf. Felix saß auf dem Boden des Spielzimmers und kritzelte an seinen Zahlenreihen, doch Marie mochte gar nicht mehr hinsehen. Er schrieb wie um sein Leben, kritzelte und notierte unentwegt endlose Zahlensysteme, denen Marie schon lange nicht mehr folgen konnte, schrieb auf den Rückseiten der abgelegten Plakate, lag zwischen den Beinen von rauchenden Studenten und diskutierenden Frauen in wallenden indischen Gewändern, rechnete zur Musik von Jimi Hendrix und Janis Joplin und schien völlig zufrieden zu sein.

Zahlen, nichts als Zahlen, hatte Paul immer geseufzt. Vielleicht hatte er doch recht gehabt, dachte Marie. Was sollte das alles? Was sollte dieser verdammte einsame Kampf, den sie hier gegen ihre eigene Familie führte, wenn am Ende doch nichts zu ändern war? Wenn sich nichts für Felix zum Besseren wenden ließe? Er ein Außenseiter blieb, der nie mitten im Leben stehen würde?

*

»Paul? Ich weiß einfach nicht mehr weiter.«

Ihre Stimme kroch fast in das graue Telefon, die lange Schnur aus der Küche hatte sich locker um ihre Beine gewickelt. Mit angezogenen Knien saß Marie zusammengekauert auf ihrem Bett wie ein Häuflein Elend.

»Vielleicht war das Ganze wirklich ein Riesenfehler von mir«, gestand sie leise.

»Ja, Marie, was soll ich denn dazu sagen?«

Auch Paul hatte das Telefon aus der Küche gezogen, hinaus auf die Fensterbank. Er stand auf dem Hof, in seiner grauen Arbeitshose und dem zerschlissenen Pullover, und starrte auf den Lastwagen, auf dessen Anhänger die Hopfenmaschine geladen worden war. Die Maschine, in die er seine ganze Hoffnung gelegt hatte, der all seine Träume von einem leichteren Leben auf dem Feld und einem bescheidenen Wohlstand gegolten hatten. Heute wurde sie abtransportiert.

»Vielleicht musst du dich einfach damit abfinden«, sagte er leise und starrte seiner Maschine hinterher, die auf dem Anhänger den Feldweg am Rande des Hofes erreicht hatte und von dort aus Richtung Landstraße gefahren wurde.

»Ja, vielleicht«, kam es sehr leise aus der Leitung, aus Berlin, aus einem anderen Leben. Dann blieb es still.

Paul hängte auf. In seinem Mund hatte sich die Wut der Enttäuschung und das Gefühl des Versagens zu einem bitteren Geschmack zusammengezogen, den er nun in den Hof spuckte, doch so schnell ließ sich seine Beklommenheit nicht abschütteln. Wie weit weg sie war. Immer hatte sie ihn mit ihrer weichen Stimme rühren können, hatte stets sein Herz erreicht, mit wenigen Worten oder einer Berührung alles aufbrechen können, was sich aus den Verkrustungen einer bitterstrengen Jugend auf sein Innerstes gelegt hatte und ihn manchmal hart oder unduldsam werden ließ. Marie hatte ihn immer zu erreichen gewusst. Das war jetzt anders. Alles in ihm war still geblieben bei ihrem Telefonat. Er hatte keine Sehnsucht gespürt. Nach nichts, nach niemandem. Die einsamen Nächte der letzten Wochen hatten etwas in ihm verstummen lassen, was er nun nicht wiederfand.

Es ging nicht nur darum, dass sie ihn allein gelassen hatte. Viel schwerer wog, dass ihm darüber seine Träume abhandengekommen waren, alles woran er immer geglaubt hatte, war nicht mehr da. Die Einheit seiner Familie, aber auch die Kraft des Fortschritts, der Glaube, dass man mit Fleiß und Ideen die Dinge zum Guten wenden könnte. Es lag im Dreck. In den Hof gespuckt.

*

Paul blieb die ganze Nacht wach. Er wollte nichts mehr fühlen. Sollten ihm doch alle gestohlen bleiben. Aber da war noch etwas. Da wo es wehtat, rumorte es weiter. Das ließ sich nicht abstellen. Und es war dieser Schmerz, der ihn nicht schlafen ließ. Der ihm sagte, dass er handeln

225

musste. Marie und er standen längst an gegenüberliegenden Ufern. In den letzten Wochen hatte sich ein breiter Fluss zwischen ihnen aufgetan, der immer weiter anschwoll. Bald würde es ein Meer sein. Ein Meer, das keiner von ihnen mehr überqueren konnte.

Mitternacht war fast vorüber, als er aufstand, wie in Trance seine beste Hose hervorzog, in ein sauberes Hemd schlüpfte und die Haare kämmte. Er griff nach seiner Zigarettenpackung und schob einige Scheine aus der Wirtschaftskasse ins Portemonnaie. Seinen Hut und seinen guten Mantel in der Hand lief er nach draußen. Als das für den Moosbacher Hof ungewohnt späte Motorengeräusch in die Träume von Elisabeth und Xaver drang, hatte er den Hof schon verlassen.

*

Auf den Straßen um den Kurfürstendamm in Berlin liefen noch immer eine ganze Reihe gutgelaunter Nachtschwärmer herum. Die *Paradieso Bar* war für einen Wochentag ungewöhnlich gut besucht, die vielen Gäste gaben Marie keine Gelegenheit, ihren trüben Gedanken nachzuhängen, was ihr nur recht war. Wenn sie im Vorbeigehen ihr Spiegelbild sah, blickte sie in eine verführerisch schöne Maske, in ein perfekt komponiertes Bild, hinter dem sich alle Spuren des Lebens, aller Kummer und alle Aufregung verbergen ließen. Zum ersten Mal spürte Marie, dass ihr dieser Aufzug auch Schutz bot.

Wie es in ihr aussah, ging hier in dieser Berliner Nacht keinen etwas an. Das Klirren der Gläser, das Lachen der Gäste, die knisternden Blicke – Marie bewegte sich traumwandlerisch sicher in diesem fremden Universum. Es hatte nichts mit ihr zu tun.

*

Flankiert von zwei jungen Kollegen und seiner Verlobten Katja lief Niklas noch immer aufgewühlt durch die nächtlichen Straßen und ließ zu, dass die Kämpfe des Vormittags weiter in ihm tobten.

»Es wird höchste Zeit, dass die Krankenkassen die Kosten für psychische Erkrankungen in ihren Kostenplan aufnehmen«, schimpfte er.

Seine Verlobte schien genervt. »Ich habe keine Lust mehr, mir weiter von dir den Abend verderben zu lassen«, erklärte sie. »Mathias, vielleicht kannst du ihn ja zur Vernunft bringen«, appellierte Katja weiter an ihren Kollegen. »Leyendecker hat meinem Vater gesagt, dass Niklas sofort als Facharzt bei ihm anfangen könnte. Und was macht er? Er zögert!«

»Ja!«, erwiderte Niklas mit Nachdruck. »Weil ich Leyendeckers Ansichten nicht teile.«

Mathias grinste über die Reibereien seines Kollegenpaares. Niklas' Sorgen wollte er haben. »Vielleicht gibt er mir ja den Posten«, meinte er sarkastisch.

»Niklas«, die junge Ärztin trommelte mit ihrer behandschuhten kleinen Faust gegen die Brust ihres Verlobten. »Ich finde das gar nicht lustig!«

Arnd, der zweite Kollege war inzwischen vor einem Nachtclub stehen geblieben. »Komm, lass uns noch einen Absacker nehmen«, grinste er.

»Aber nicht da«, wehrte Niklas ab.

»Gerade da!«, erklärte Arnd, der wie Mathias schon lange nicht mehr nüchtern war.

»Mir ist jetzt auch danach«, erklärte Katja entschieden und zog den widerstrebenden Niklas durch die Tür der *Paradieso Bar.*

*

Drei Tänzerinnen mit Glitzerpailletten auf ihren nackten Brüsten, Glitzerhöschen und Spitzenstrümpfen bewegten sich aufreizend zu einer rhythmisch vorantreibenden Musik, während Mathias zielstrebig auf einen Tisch zusteuerte.

»Los, kommt schon! Hier ist was frei«, rief er, und Katja zog Niklas wie ein widerstrebendes Tier hinter sich her.

Endlich hatten alle vier in den roten Plüschsesseln Platz genommen. Das Licht im Saal verdunkelte sich. Eine neue Tanznummer begann, und eine warme, weich klingende Frauenstimme fragte von hinten: »Darf ich Ihnen etwas bringen?«

Niklas zuckte zusammen.

»Bringen Sie mir einen Gin Tonic«, rief Mathias, während sich Niklas umdrehte und Marie ungläubig ins Gesicht starrte.

»Marie! Was um alles in der Welt machen Sie hier?«

Marie fühlte, wie ihr die Scham ein kräftiges Rot ins Gesicht trieb, und hoffte inständig, dass ihr das gedimmte Licht über die nächsten Sekunden hinweghelfen würde.

»Möchtest du mir die Dame nicht vorstellen?«, kam es spitz von Katja.

Marie schob ihren Stolz beiseite und drehte ihr Gesicht der jungen Ärztin zu. »Wir kennen uns«, erklärte sie gefasst.

Katjas durchdringender Blick wanderte über ihr Dekolleté und tastete sich an den Spitzen ihres Kleides entlang. Vor Überraschung stand ihr der Mund offen. »Ah ja«, lächelte sie süffisant. »Ich hatte Sie allerdings ganz anders in Erinnerung.«

»Streichen Sie den Gin Tonic! Champagner für alle!«, gluckste Mathias und grinste breit in die Runde.

»Champagner also«, sagte Marie, lächelte höflich und ging zurück zum Tresen.

Sie setzte ihre Schritte sehr bewusst. Nein, sie würde nicht vor Scham zu Kreuze kriechen, nicht vor dieser arroganten Pute, der die Leyendeckers dieser Welt wie gebratene Tauben ins Maul flogen. Was wusste diese Frau schon, die in der behüteten Welt ihrer vielversprechenden Ärztekontakte ihre Gunst wie ein Ass im

Spiel einsetzte, um dem Mann ihrer Träume eine erfolgreiche Zukunft zu schmieden, eine Zukunft, die nach Plan zündete, immer höher und höher hinauf. Ob die Träume dieser Dame aber auch Niklas' Träume waren? Marie wusste es nicht, und sie wollte es auch nicht wissen. Nicht mehr. Nicht nach diesem bitteren Streit heute Morgen. Alles, was sie mehr in ihm gesehen hatte, hatte sie phantasiert, aus dem kostbaren Glauben heraus, dass sie für eine gemeinsame Sache kämpften. Der Zukunft ihres Jungen. In gewisser Weise hatte ihr Niklas die Augen geöffnet. Sie war eine Närrin gewesen. Sie hatte sich viel zu viele Hoffnungen gemacht. Letztlich war Niklas Cromer auch nur ein Arzt, der Karriere machen wollte, wie alle anderen. Basta.

Als Marie an den Tisch zurückkehrte, noch immer sehr aufrecht, auf dem Tablett die gefüllten Champagnergläser, konnte ihr Niklas nicht ins Gesicht sehen. Für einen Moment hatte sie das Gefühl, dass die Situation für ihn noch schmerzlicher war als für sie. Blödsinn, ein absurder Gedanke, schimpfte sie dann aber mit sich und stellte die Gläser betont sorgfältig vor dem jungen Arzt, seiner Verlobten und ihren Kollegen ab.

»Hat der Mensch noch Töne ...« Mathias bedachte Marie mit anzüglichen Blicken. »Und so was stolziert täglich auf unserem Klinikflur.«

Schon tätschelte er mit seiner Hand ihren Hintern und zog Marie, die vergeblich versuchte, sich von ihm los zu winden, auf seinen Schoß.

»Lass sie los.« Aus Niklas' Worten sprach unverhohlene Wut.

»Na komm, was bist du denn so empfindlich«, gluckste Mathias unbeeindruckt, aber da war Niklas schon emporgeschnellt und hatte seinen Kollegen am Kragen gepackt.

»Du sollst sie loslassen«, schrie er.

»Jetzt halt mal die Luft an, Niklas«, griff Arnd, der zweite Kollege, ein. »Wir sind hier schließlich in einem Animierschuppen, da wird man schon mal einen Spaß machen dürfen.«

Marie hatte den Disput genutzt und sich zu Elsa an die Bar gerettet. Im Licht des Tresens wirkte ihr auffallendes Make-up plötzlich wie eine Wachsschicht, unter der ihre Haut in unnatürlicher Blässe schimmerte.

»Lass mich mal ran«, meinte Elsa ungerührt und warf Marie einen aufmunternden Blick zu.

Ein leiser Beifall von den Tischen beendete die Revuenummer der Mädchen auf der Bühne. »*Baby, Baby, All the Time*« tönte es nun aus der Stereoanlage, während die Tänzerinnen hinter der Bühne ihre Kostüme wechselten. Doch auch der melancholische Blues von Nat King Cole konnte Niklas nicht beruhigen. Er stand noch immer fassungslos vor seinen Kollegen, sein Gesicht war dunkel vor Zorn.

»Ihr führt euch auf wie die Idioten«, zischte er.

»Schatz«, kam es nun von Katja, die ihre Hand besänftigend auf seinen Arm drückte. »Mach dich doch nicht lächerlich«, sagte sie leise.

Widerstrebend setzte er sich nieder und nestelte nervös nach einer Zigarette aus der Packung. »Marie ist die Mutter eines Patienten«, erklärte er mit Nachdruck.

»Also, hier ist sie 'ne Animierdame«, erwiderte Mathias spöttisch und zündete sich gelassen eine eigene Zigarette an.

»Und warum wohl?«, entgegnete Niklas scharf. »Streng mal deinen Grips an!«

Mathias grinste und paffte demonstrativ.

»Das ist Privatsache, oder?«, meinte Arnd.

»Privatsache«, stöhnte Niklas verächtlich. Er zog hektisch an seiner Zigarette.

»Meine Herren?« Maries Kollegin Elsa war inzwischen an den Tisch getreten und bedachte die Runde mit kühlen Blicken. »Darf ich Sie um etwas mehr Zurückhaltung bitten?«

Niklas schlug entnervt die Augen nieder. Doch als Elsa gegangen war, hob er von neuem an: »Ich sag dir mal, warum das keine Privatsache ist. Weil die Krankenkassen bei psychischen Erkrankungen keine Kosten …«

Jetzt reichte es Katja. »Warum in aller Welt nimmst du das eigentlich so persönlich?«, unterbrach sie Niklas.

»Weil die Behandlung von Felix Moosbacher in meiner Verantwortung liegt. Was sind wir für ein Land, in dem die Psyche eines Menschen nichts wert ist?«

Marie hatte sich seit Mathias' Anzüglichkeiten von

Niklas' Tisch ferngehalten. Doch als sie nun an einem der Nachbartische die Gläser abräumte, musste sie mit anhören, um was es am Ärztetisch ging. Niklas' flammendes Plädoyer traf sie ins Herz. Er redet gegen eine Wand, dachte sie. Sie verstehen ihn nicht. Und noch während die Wortfetzen der Streitenden zu ihr herüberdrangen, jubilierte etwas in ihr, das stärker war als alle Scham, heftiger, als es ihr verletzter Stolz je hätte sein können. Ich hab mich doch nicht in ihm getäuscht, dachte sie und begann erst unmerklich, dann heftiger zu zittern. Wann fängt das an, hämmerte es in ihr, dass man alleine ist, mit seinem Erkennen, seinem Mut und seiner Verzweiflung. Mit dem Wissen, dass man diesen einen Weg gehen muss, diesen einen und sich nicht umdrehen darf. Vorsichtig stützte sie ihren Arm ab. Das, was da mit ihr passierte, ging keinen etwas an. Keiner sollte das sehen, auch Niklas nicht.

»Mich kotzt das an! Versteht ihr das nicht?«, regte der sich unterdessen weiter auf.

Katja sah ihre Kollegen ratlos an. Da stimmte etwas nicht, da war etwas völlig außer Kontrolle geraten, was sie nicht begreifen konnte. Niklas beruhigte sich nicht, weil er sich nicht beruhigen wollte.

»Könnte es sein, dass du in der Sache Felix Moosbacher die Distanz verloren hast?«, fragte sie zornig.

»Ganz im Gegenteil«, erwiderte Niklas heftig. »Mir ist klar geworden, um was es geht. Ich habe mich für die andere Seite entschieden.«

Mathias brach in hysterisches Gelächter aus. »Die andere Seite ...«, lallte er.

Katjas ebenmäßige Gesichtszüge erstarrten. Ihre Augen weiteten sich. Vergeblich suchte sie Niklas' Blick. Doch der ließ sich nicht mehr aufhalten.

»Dieses ganze Götter-in-Weiß-Gehabe und die Methoden von Leyendecker und deinem Vater werde ich nicht länger unterstützen. Ich habe ein Komitee gegen die Diskriminierung psychisch Kranker ins Leben gerufen. Und für dieses Komitee werde ich Ende der Woche auf dem Ärztekongress hier in Berlin eine Rede halten, die neue Grundlagen für den Umgang mit Patienten fordert.«

Jetzt war es raus. Und inmitten von all den Stimmen, der Musik und dem Gläserklirren schien es eine Sekunde lang ganz still.

»Aber für deine Betreuung im Studium war mein Vater gut genug, oder was? Wie oft hast du ihn um Rat gefragt!«

»Und dafür werde ich ihm auch immer dankbar sein«, erklärte Niklas. »Aber ich bin kein Student mehr. Ich habe meine eigene Haltung gefunden. Ich muss meinen eigenen Weg gehen.«

Katja starrte ihren Verlobten fassungslos an. »Du weißt, dass das den Bruch zwischen meiner Familie und dir bedeutet«, sagte sie leise.

»Du meinst, zwischen dir und mir«, erwiderte Niklas. Marie spürte die Anspannung dieser Sätze im Rücken. Das Herz klopfte ihr bis zum Hals, da hörte sie hinter sich Katjas Stuhl poltern und sah, wie Niklas' mühsam um Beherrschung ringende Verlobte den Saal mit hocherhobenem Kopf verließ. Mathias klatschte ironisch Beifall.

*

Als Marie gegen zwei Uhr aus der Bar trat, stand Niklas mit dem Rücken zur Tür auf dem regennassen Asphalt und rauchte.

»Ist es nicht kalt?«, fragte sie ihn.

Langsam drehte er sich um.

»Ich hole mir gleich meinen Mantel«, sagte er leichthin.

Marie schluckte. Sie musste all ihren Mut zusammennehmen. »Ihre Entscheidung vorhin, hat die was mit Felix und mir zu tun?«

Beide sahen sich an. Er kämpfte mit sich.

»Nicht direkt«, sagte er leise.

»Und indirekt?«, fragte sie ihn.

Niklas antwortete nicht.

*

Er folgte ihr, als sie die Tür zur Wohngemeinschaft aufschloss. Um Felix nicht zu wecken, ging sie mit ihm in ein leer stehendes Zimmer, in dem sich außer einem abgeschabten Perserteppich und einem alten Plüschsessel keine weiteren Möbel befanden. Sie hatte ihren Mantel achtlos über den Sessel gelegt und suchte nun nach Gläsern. Auch Niklas zog seinen Mantel aus und legte ihn auf den ihren. Sie goss Rotwein ein.

»Es gibt so vieles, was ich nicht weiß«, gestand er.

Sie setzte sich neben ihn und reichte ihm ein Glas.

»Manchmal hab ich Angst, dass man mir nicht genug Zeit lässt, es zu erforschen.«

Marie legte ihre warme Hand auf seine kühle Stirn. »Nicht so viel denken«, sagte sie leise.

Als er sie küsste, wusste sie, dass es kein Zurück mehr gab. Wie Ertrinkende klammerten sie sich aneinander, ein jeder im Kampf mit sich selbst auf der Suche nach Erlösung.

»Ich beneide dich um dein Gefühl«, flüsterte er.

Alles, was nun geschah, war wie selbstverständlich. Von dem Moment an, in dem er sie auf den Boden zog, brauchten sie keine Worte mehr. Erst in dem Augenblick, als er in sie eindrang, wurde sie sich ihrer Nacktheit bewusst, doch da spielte es schon keine Rolle mehr. Sie liebten sich ohne Angst und ohne Scheu. Ja, dachte sie. Ja.

\*

Von ihrem Fenster aus sah sie am frühen Morgen, wie er sich unten auf der Straße die erste Zigarette anzündete. Sie beobachtete, wie er mit gesenktem Kopf die Straße überquerte und stellte sich vor, wie er übermüdet und unrasiert die Klinik betreten würde. In nur zwei Stunden würden sie einander wiedersehen. Sie hatte mit Felix einen Termin.

Während Niklas beim Betreten seiner Abteilung noch darüber nachdachte, dass er möglichst unbemerkt von der diensthabenden Schwester die nächste Dusche ansteuern sollte, hatte diese ihn schon erspäht.

»Herr Doktor, so geht das aber nicht«, schimpfte sie.

Niklas starrte sie an. »Was denn?«, sagte er mit belegter Stimme.

»Na, das hier«, rief sie und riss die Tür zu seinem Behandlungszimmer auf. Was er da erblickte, verschlug ihm den Atem. Die große Glasfront zur Westseite war über und über mit Formeln bedeckt. Eine Zahl an der anderen spiegelte sich im Grau des Berliner Morgenhimmels. Felix. In dieser Zahlenwelt hatte er gestern Zuflucht vor ihrem morgendlichen Streit gesucht, er hatte gerechnet, während Marie und er aneinander verzweifelt waren. Die furiose Komposition des Jungen schien Niklas wie der bildkräftige Beweis dafür, dass Marie mit allem, was sie immer behauptet hatte, im Recht war. Er war ein Idiot. Ein verdammter Volltrottel. Um ein Haar hätte er alles vermasselt. Doch diese Nacht hatte ihm noch einmal eine Chance gegeben, und bei Gott, er wollte sie nutzen. Er würde alles dafür tun, um das Rätsel Felix Moosbacher zu lösen.

Als er sich auf einen Sessel fallen ließ, hätte er fast den Schlegel des Xylophons zerbrochen, den Felix auf der Sitzfläche liegen gelassen hatte. Das Instrument lag am Boden, mitten im Raum. Es sah aus, als ob Felix darauf gespielt hätte, bevor er die Zahlen notierte. Es sah aus, als ob das Xylophon in einer geheimen Verbindung zu diesen Formeln stand ... Das war es! In der Wahrnehmung von Felix musste es eine Verknüpfung zwischen Musik und Mathematik geben! Das war der Ariadnefaden im Labyrinth seines rätselhaften Denkens. Er hatte ihn endlich gefunden.

Nun musste er diesem Faden folgen – aber wie? Allein würde er nicht weiterkommen, er musste einen weiteren Experten zu Rate ziehen, vielleicht Professor Krenn vom Mathematischen Institut konsultieren. Und die Musik? Vielleicht könnte er Alex bitten ... Ja, so könnte es gehen! Wenn er sich beeilte, wäre vielleicht noch ein Termin auszumachen, vielleicht sogar heute Vormittag. Jetzt, wo ihm eine glückliche Fügung diese Indizien in die Hände gespielt hatte, wollte er keinen Tag länger warten. Er stand kurz vor der Lösung, er spürte es.

*

Nach über fünfhundert Kilometern über Ingolstadt, Hof und Halle stand Paul mit seinem Ford Taunus gegen neun Uhr endlich vor dem Schlagbaum an der Grenze zwischen Kreuzberg im amerikanischen Sektor und dem sowjetisch besetzten Stadtteil Mitte und starrte auf das Springer-Hochhaus, das einsam und monströs zugleich inmitten dieser vernarbten Stadtlandschaft aufragte.

Paul hatte nicht geschlafen in dieser Nacht, er war einfach durchgefahren, weiter und weiter durch ein trostloses Zonenrandgebiet, von kreisenden Gedanken gemartert. Die Müdigkeit kribbelte wie ein Ameisenheer in seinen Gliedern, er brauchte dringend einen starken Kaffee. Doch erst einmal kamen zwei Grenzbeamte der Deutschen Demokratischen Republik auf ihn zu, und die sahen nicht aus, als ob er sie nach einem Kaffee fragen könnte. Der Größere von beiden prüfte seinen Pass, während der andere um seinen Wagen herumlief und das Innere von allen Seiten beäugte. Paul wartete. Dann endlich erhielt er seinen Pass zurück, zusammen mit dem Passierschein, der nötig war, um vom Ostsektor, über den er gekommen war, in den Westsektor zu wechseln.

*

Als Marie wie für diesen Tag verabredet um Viertel nach neun mit Felix den Klinikflur betrat, kam ihr Niklas bereits mit großen Schritten entgegen.

»Lasst die Mäntel an«, rief er. »Ich werde heute nicht mit Felix arbeiten.«

Marie sah ihn verwundert an. »Aber warum denn nicht?«, fragte sie leise.

»Wir haben einen Termin«, sagte er stolz, schob seinen Arm sanft in Maries Rücken und dirigierte Mutter und Sohn auf den Ausgang zu. Er hielt ihnen die Tür auf. Für einen Moment sahen sich Marie und Niklas in die Augen. Dann senkte Marie den Blick. Sie hatte keine Ahnung, was er vorhatte.

*

Paul stand wenig später mit einer Zigarette in der Hand in einer Telefonzelle am Kurfürstendamm und telefonierte mit dem Krankenhaus.

»Wie, nicht in der Klinik?« Angespannt hörte Paul den Ausführungen der Schwester zu. »In der Universität? Was macht sie denn da?«, fragte er. Dann brachte er nur noch ein »Aha« heraus. Paul holte tief Luft. »Und wo ist das?«

*

Als Niklas mit Marie und Felix das Foyer der Freien Universität Berlin betrat, war dort die Hölle los. Überall klebten Plakate, zahlreiche Studenten verteilten Flugblätter, organisierten sich zu Sprechchören oder hielten im Sitzstreik das Treppenhaus besetzt. Einigen Professoren wurde der Zutritt in die Hörsäle verwehrt, was zu erregten Debatten führte. »Ho, Ho, Ho Tschi Minh«, tönte es aus allen Ecken. Felix blickte äußerst ängstlich drein. Mist, dachte Niklas, das erschreckt ihn, das kann uns alles verderben. Er stellte sich schützend vor den Jungen und richtete es gemeinsam mit Marie so ein, dass sie ihn mit ihren Mänteln so gut wie möglich abschirmten. So gelang es ihnen, Felix ohne Zwischenfälle bis zum Auditorium des Mathematischen Institutes zu führen.

Während der Junge sogleich begann, die Tischklappen in den hoch ansteigenden Stuhlreihen eine nach der anderen herunterzuklappen, eilte ein sichtlich aufgelöster Professor Krenn in den Saal.

»Entschuldigen Sie bitte«, keuchte er. »Aber hier an der Uni steht alles kopf, Sie haben ja gesehen, was da los ist. Ich musste heute sogar meine Vorlesung abbrechen.«

Niklas betrachtete den Mann besorgt. »Vielen Dank«, sagte er, sichtlich um Normalität bemüht, »wir danken Ihnen außerordentlich, dass Sie sich trotzdem für uns Zeit nehmen.«

Der Professor sah den jungen Arzt skeptisch an. »Was Sie mir erzählt haben, hat meine Neugier geweckt«, gab er zu. »Trotzdem muss ich so schnell wie möglich zurück zu einer Krisensitzung mit meinen Kollegen. Können wir gleich anfangen?«

Niklas sah sich nervös um. »Ich fürchte, wir müssen noch einen Augenblick warten.«

Marie verstand nun gar nichts mehr. Sie warf Niklas einen fragenden Blick zu, doch der gab nichts preis.

»Entschuldigen Sie«, erklang in diesem Moment eine helle Stimme vom obersten Treppenabsatz des Hörsaals. »Schneller ging es nicht.«

Überrascht drehte sich Marie um.

»Alex!«, rief Felix. »Alex ist da.«

Marie sah überwältigt von einem zum anderen. Was hatten sie vor, was hatten Niklas und Alex hier ausgeheckt? Der Professor sah angespannt auf seine Uhr.

»Eine halbe Stunde«, drängte er nun, »eine halbe Stunde, mehr kann ich Ihnen wirklich nicht einräumen.«

Er setzte sich erwartungsvoll auf einen Klappstuhl in der ersten Reihe, zögernd ließ sich Marie neben ihm nieder. Niklas nickte ihr aufmunternd zu und setzte sich ebenfalls. Alex reichte Felix liebevoll die Hand, streifte hastig ihren bestickten Mantel ab und betrat die Bühne, auf der ein großer, alter Grotrian-Steinweg-Flügel stand.

Alex hatte sich für den ersten Satz der späten Schubert-Sonate, B-Dur, Deutschverzeichnis 960, entschieden und schlug nun präzise und sensibel zugleich die Tasten an. Über die gleichmäßigen Akkordwiederholungen der linken Hand legte sich die liedhafte Melodie ihrer Rechten. Längst war ihr Felix auf die Bühne gefolgt, neugierig betrachtete er das Spiel ihrer Hände und lugte auf Zehenspitzen in den geöffneten Innenraum des Flügels. Das Heben und Senken der Dämpfer im Zusammenspiel mit dem Anschlagen der Filzhämmerchen faszinierte ihn sichtlich, er schien Ort und Zeit völlig vergessen zu haben. Plötzlich brach das Spiel ab.

»Felix?« Alex sah zu dem Jungen hin. »Was für eine Zahl ist das?« Sie spielte ein A.

»Das ist eine Neun.«

»Und diese?«, fragte sie. Sie spielte ein F.

»Das ist eine Fünf«, sagt er.

Und so ging es weiter. Ein von Alex gespielter Akkord identifizierte Felix als eine Dreihundertfünfundzwanzig. Doch Alex war mit ihrer Demonstration noch nicht fertig.

»Felix«, sagte sie. »Ich spiele, und du gehst an die Tafel und schreibst die Zahl.«

Was dann geschah, übertraf Maries kühnste Erwartungen. Zu Schuberts Klaviersonate im ruhigen liedhaften Tempo flogen die Zahlen nur so dahin. In Windeseile hatte Felix mit seinen Formeln die halbe Schiefertafel bedeckt. Wie gebannt starrte Marie auf die fliegenden Kinderhände, die die Zahlen wie die Perlen einer Schnur zu ordnen wussten. Vorsichtig blickte Marie zu dem Professor neben ihr, der mit kritischem Blick Felix' Formeln überprüfte.

»Das stimmt«, sagte er kopfschüttelnd. »Das stimmt alles. Der Junge ist genial!«

Marie schwindelte. Der ganze Saal schien sich um sie zu drehen. Da spürte sie Niklas' Blick. Dankbar sah sie ihm in die Augen. Er hatte sein Versprechen wahr gemacht. Über alle Hürden hinweg hatte er ihr geholfen, dem Rätsel ihres Jungen auf die Spur zu kommen. Der letzte Akkord des ersten Satzes verklang.

»Danke«, flüsterte Marie und beugte sich zu Niklas hin, »ich danke dir.«

Ganz nah waren ihre Gesichter, da hörte Marie ein leises Knacken von der oberen Saaltür. Vorsichtig drehte sie sich um. Paul. Plötzlich war ihr Mann da, stand einfach auf dem Treppenabsatz und sah zu ihr hinunter. Später wusste sie nicht mehr, wie sie in diesem Moment die vielen Stufen hinaufgekommen war. Endlich stand sie vor ihm, und erst in diesem Moment fuhr ihr die Überraschung so richtig in die Glieder. Sie zitterte, ihre Knie schlotterten. Wie mit einem Vergrößerungsglas nahm sie alles an ihm wahr. Wie grau sein Gesicht war, wie tief sich die Schatten unter seinen Augen eingegraben hatten. Wie hilflos er da stand.

»Komm«, sagte sie leise. »Komm. Du musst dir etwas ansehen.«

Zusammen liefen sie die Stufen zum Podium hinunter. Die letzten Töne der Sonate verklangen. Nun war es ganz still im Saal. Dann beugte sich der Professor zu Niklas und besprach sich mit ihm, unhörbar für die anderen.

Marie und Paul standen unbeholfen nebeneinander. Wie fremd sie aussieht, dachte er. Mit ihren offenen Haaren und dem Haarband. Nie zuvor hatte seine Frau ihre langen Haare in der Öffentlichkeit so getragen. Dieser Anblick hatte immer ihm allein gehört. Und er ahnte, dass das nicht die einzige Veränderung sein würde, auf die er sich einstellen musste.

»Hast du gehört, was der Professor vorhin gesagt hat?«, fragte sie leise.

Paul nickte. »Ja, Marie, das hab ich gehört.«

Mit raschen Schritten kam Felix nun vom Podium herunter auf seine Eltern zugesprungen, Alex folgte ihm in einigem Abstand.

»Papa? Papa!«, rief er ungläubig und lief auf Paul zu.

Sein Vater beugte sich zu ihm hinunter und drückte ihm einen Kuss in die Haare. »Papa, bist du auch mit dem Bus gekommen?«

»Nein Felix«, antwortete Paul. »Ich bin mit unserem Auto da.«

»Ford Taunus, Baujahr 1966, sechzig PS, ein Meter zweiundsiebzig breit und ein Meter achtundvierzig hoch«, kam es prompt wie aus der Pistole geschossen.

Das hat sich also nicht verändert, dachte Paul, und noch während er seinen Jungen nachdenklich betrachtete, war Niklas mit Professor Krenn näher gekommen.

»Paul«, Marie sah ihren Mann unsicher von der Seite an. »Darf ich dir Dr. Cromer vorstellen?«

Beide Männer nahmen sich nun erstmals genauer in

Augenschein. Der Händedruck fiel kühl aus. Alles an Niklas war gepanzerte Vorsicht. Und Paul hatte vorhin genug gesehen. Er hatte Maries Blick im Profil von der Tür aus beobachten können, dieses himmelstürmende Vertrauen, wie ein Blitz war ihm das in die Glieder gefahren.

»Lass uns gehen, ja?«, sagte Marie nervös und zog Paul mit Felix zum Treppenhaus hin.

Niklas sah an ihr vorbei und zündete sich erst einmal eine Zigarette an. Es war sinnlos, sie hier noch einmal anzusprechen. Er musste sich seine nächsten Schritte genau überlegen. Das überraschende Auftauchen ihres Ehemannes hatte auch ihn überrumpelt. Doch er war hier der behandelnde Arzt, seine Gefühle taten da nichts zur Sache. Und er würde als Arzt handeln und gemeinsam mit Professor Krenn eine abschließende Anamnese im Fall Felix vorbereiten.

»Ich hab den Wagen auf dem Parkplatz zur Allee hin abgestellt«, meinte Paul.

»Darf ich mitfahren?«, fragte Felix seinen Vater.

»Ja freilich«, antwortete Paul rasch. »Wenn uns die Mama sagt, wohin.«

\*

Eine halbe Stunde später schloss Marie die Tür zur Wohngemeinschaft auf, und Paul folgte ihr wortlos. Er stellte seine Tasche in ihrem Zimmer ab, legte seinen

Mantel darüber und seinen Hut obenauf. Beklommen sah er sich um. Betrachtete die Plakate an den Wänden, das Chaos an bunten Farben, fremden Formen und ungewohnten Gerüchen. Beobachtete irritiert die jungen Leute hier. Registrierte ihren lockeren Ton, ihren unbefangenen Umgang miteinander, der so ganz anders war als alles, was er in seinem Leben bisher gesehen und erlebt hatte. Schritt für Schritt wanderte er den Flur entlang und inspizierte mit unbewegter Miene das Ho-Tschi-Minh-Plakat, die angeklebten Zeitungsausschnitte über den Krieg in Vietnam, das Massaker im Kongo, den Tod des Studenten Benno Ohnesorg im vorherigen Jahr.

»Hier wohnt ihr also«, sagte er, als er schließlich die Gemeinschaftsküche betrat, in der Marie gerade einen Tee kochte und Alex ein paar Kekse aus einer blechernen Dose holte.

»Ja«, antwortete Marie mit gedämpfter Stimme. »Und das war das Beste, was uns passieren konnte.«

Ohne Maries Bemerkung zu kommentieren, folgte Paul mit unbewegter Miene seinem Sohn, der an seiner Mutter vorbei aus der Küche hinausgelaufen war. Mit weit ausholenden Bewegungen schwang Felix seine Arme auf und nieder und rannte unbefangen in die Kinderschar hinein, die das Spielzimmer bevölkerte.

»Felix der Rechenvogel ist wieder da!«, rief ein Mädchen, doch keiner kümmerte sich darum, und genauso unbekümmert verkörperte Felix den Vogel, den er immer darstellte, wenn er sich ganz in seiner Welt zu Hause fühlte.

Zu Hause, dachte Paul bitter. Sie haben sich hier ein neues Zuhause geschaffen. Eines, das er nicht verstehen konnte, in dem kein Platz für ihn war.

Eine Stunde später sah er fassungslos zu, wie Marie sich vor dem Wandspiegel schminkte und ihre offenen Haare kämmte. Es war ihm nicht entgangen, dass sie ihm auswich, dass sie, seit sie diese Wohnung hier betreten hatten, noch nicht ein persönliches Wort an ihn gerichtet hatte.

»Ich erkenne dich gar nicht wieder«, sagte Paul verzagt.

Wie von einem geheimen Räderwerk aufgezogen machte sie einfach weiter. Als ob ich gar nicht da wäre, dachte er bitter.

Pauls überraschendes Erscheinen hatte Marie tiefer getroffen, als sie sich eingestehen wollte. Dass er ausgerechnet heute hier aufgetaucht war, war etwas, mit dem sie nicht umzugehen wusste. Wie oft hatte sie sein Kommen in den letzten Monaten herbeigesehnt, hätte alles dafür gegeben, ihn an ihrer Seite zu wissen, nicht mehr allein in ihrer Sorge um Felix zu sein. Stattdessen hatte er sie am Telefon mit Vorwürfen übersät, hatte immer nur seinen Hof und seine Interessen im Auge gehabt. Aber nun war er da. Und nichts, nichts in ihr rührte sich, gab ihr einen Hinweis, wie sie mit ihm umzugehen hatte. Vielleicht war es zu spät, was sie beide betraf. Marie wusste es nicht. Sie wusste nur, dass sie heute Abend arbeiten musste. Und dass sie keine Erklärung dafür abgeben würde. Sie war der Erklärungen müde.

*

Als sie kurze Zeit darauf mit einem leichthin gehauchten »Bis dann« die Wohnung verließ, blieb Paul wie angewurzelt im Raum stehen. Er betrachtete seinen schlafenden Sohn, zog ihm die herabgerutschte Bettdecke bis zum Bauch hoch und sah dann vom Fenster aus seine Frau in der Berliner Nacht verschwinden.

»Hast du Hunger?« Alex hatte an der Tür zu Maries Zimmer geklopft, doch Paul hatte nichts gehört, er war viel zu weit weg mit sich und seinen Gedanken. Wie ein Erwachender sah er sie nun an.

»Wir haben Spaghetti gekocht«, lächelte Alex.

»Geht sie da jeden Abend hin?«, fragte er unvermittelt.

Alex wich seinem forschenden Blick nicht aus. »Sie braucht das Geld für die Behandlung«, erwiderte sie mit fester Stimme. »Du hast ihr doch gesagt, dass ihr euch das nicht leisten könnt.«

Paul senkte den Blick.

»Ist dir eigentlich klar, wie verzweifelt Marie war?«, hakte Alex nach.

»Ja«, kam es gedämpft, »das hab ich alles nicht gesehen …«

Nun schwiegen beide.

»Ich glaube, ich habe einiges falsch gemacht«, gestand Paul.

»Aber jetzt bist du da«, erwiderte Alex, »und das zählt.«

Paul räusperte sich. »Ich verstehe einfach von den ganzen Sachen nix«, brachte er hervor. »Von der Psyche und so.«

Alex nickte. »Vielleicht wirst du den Felix ja nie richtig verstehen«, sagte sie leise und blickte zu dem Kind hinüber, das schlafend und ruhig in seinem Bett lag. »Aber vielleicht muss man das ja auch nicht immer. Wenn man den anderen als anders respektiert.«

Pauls Blick ging nach innen. Alex spürte, wie er mit sich rang.

»Die Spaghetti werden kalt«, sagte sie.

*

Ihre Armbanduhr zeigte zwanzig nach zwei, als Marie leise die Tür zur Wohngemeinschaft aufschloss. Sie streifte ihren Schal ab und hängte ihren Mantel an einen Kleiderständer aus Bambusrohr, der im Flur stand. Leise drückte sie die Klinke zu ihrem Zimmer herunter und trat in den dunklen Raum, der nur vom Licht der Straßenlaterne draußen schwach beleuchtet wurde. Paul lag mit offenen Augen auf ihrem Bett. Er trug ein weißes Unterhemd. Seine nackten Arme schimmerten in dem blass silbrigen Licht.

»Was machst du eigentlich genau in diesem Nachtclub?«, wollte er wissen.

Marie zog sich ihren Pulli über den Kopf. »Bedienen«, sagte sie.

»Und sonst noch so?«, kam es vom Bett.

Marie hakte sich ihren Rock auf. »Und nix noch so.«

Paul drehte sein Gesicht zur Wand. Er kämpfte mit sich. Marie legte sich neben ihn. Sie rührte sich nicht.

»Marie, wie du weg warst, nach dem ganzen Streit«, sprach er mit kaum hörbarer Stimme, »da war mir so elend ums Herz wie noch nie in meinem ganzen Leben.«

Marie schluckte. Alles in ihr überschlug sich. Hämmerte. Kämpfte.

»Paul, ich muss dir etwas sagen«, stieß sie hervor.

»Ja?« Seine Augen suchten sie.

Und das war es. Als sie seinem angstvollen Blick begegnete, gab es ihr einen Stich. »Ich möchte, dass du morgen mitkommst«, sagte sie. »Wenn ich mit dem Felix zum Dr. Cromer gehe.«

Ihre Gesichter waren ganz nah, aber ihre Hände rührten sich nicht. Paul nickte.

*

»Ich habe Sie heute hierhergebeten, weil ich nach eingehender Beratung mit Professor Krenn eine erste Einschätzung vornehmen will«, sagte Niklas und lächelte vorsichtig.

Kurz und scheu flogen die Blicke zwischen ihm und Marie hin und her, beide wussten, was auf dem Spiel stand. Auf die Minute pünktlich betraten Marie und Paul mit Felix das Besprechungszimmer, wo Professor Krenn gerade Platz nehmen wollte, sich zur Begrüßung des Elternpaares aber sofort wieder erhob.

»In den vergangenen Wochen habe ich das Verhalten von Felix sorgfältig studiert«, fuhr Niklas fort. »Wir haben zahlreiche Lernspiele miteinander erproben und dezidierte Auswertungen vornehmen können.«

Niklas rückte sich auf seinem Stuhl zurecht, er verschränkte seine Finger ineinander und öffnete sie wieder. Marie schluckte. Vor Aufregung war ihr Mund wie ausgetrocknet.

»Felix ist ein ganz besonderes Kind.« Niklas sah erst Marie und dann ihrem Mann fest in die Augen. »Er zeigt eine Reihe autistischer Symptome bei einer gleichzeitigen außergewöhnlichen Begabung, die wie abgetrennt von seinem sonstigen Verhalten in seinem Bewusstsein liegt. Autismus heißt, dass Felix in vielen Bereichen des Lebens nie so reagieren wird wie andere Menschen.«

Marie wurde blass. Vorsichtig schaute sie ihren Mann von der Seite an, der sich größte Mühe gab, den Ausführungen des Arztes zu folgen. Dann wanderte ihr fragender Blick erst zu Niklas und schließlich zu Professor Krenn. Was bedeutete das? Felix war doch begabt. Er war genial. Das hatte der Professor selbst gesagt.

»Er kann sich nicht oder nur schwer in die Regeln einer Gemeinschaft hineindenken«, versuchte Niklas seine Erklärungen fortzusetzen.

»Aber«, Marie bemühte sich sichtlich, ihre wachsende Aufregung niederzukämpfen, »aber in Berlin geht es ihm doch besser!«

Niklas hielt ihren flehenden Blick kaum aus. »Ja«, erwiderte er sichtlich angespannt, »weil die freie Form der Wohngemeinschaft seinem Wesen entgegenkommt. Und weil ich mich als Facharzt für Entwicklungsstörungen auf ihn einstelle. Aber in jeder traditionellen Schule, in jeder anderen üblichen sozialen Gemeinschaft, einem Sportverein beispielsweise, würde Felix sofort wieder unter Druck geraten. Dann wären auch seine früheren Verhaltensweisen gleich wieder da.«

Maries Antwort ähnelte einem Schrei. »Das glaub ich nicht! Nein!«

Bei Niklas' letzten Worten hatte Paul seinen Kopf immer tiefer gesenkt, unfähig den jungen Arzt noch weiter anzusehen. Fast unbeweglich saß er nun da, allein seine Wangenknochen mahlten unaufhörlich vor sich hin, als müsse er in sich etwas niederringen, was sonst herausplatzen würde.

In Marie selbst war nach dem ersten Schock kalte Wut aufgestiegen. Doch Niklas ließ sich nicht beirren. Er wollte, nein, er musste seine Diagnose beiden Eltern verständlich machen.

»Es gibt Formen von Autismus, die schon in den ersten Lebensjahren mit Sprach- und Intelligenzstörungen einhergehen«, erklärte er. »Das ist bei Felix nicht der Fall. Bei Felix sind die wirklichen Symptome deutlich später aufgetreten, richtig bemerkt haben Sie es ja erst um den Zeitpunkt seiner Einschulung. Der österreichische Arzt Hans Asperger hat diese Form von Autismus Anfang der vierziger Jahre erstmals beschrieben«, erläuterte Niklas weiter, als Paul ihn endlich unterbrach.

»Und was heißt das jetzt genau?«, fragte er. »Was bedeutet das für uns?«

Nun senkte Niklas den Kopf, er rang mit sich und kämpfte um die richtigen Worte. »Felix wird sich immer schwertun mit sozialen Kontakten, mit den Regeln des menschlichen Miteinanders«, antwortete er. »Er kann sich einfach nicht vorstellen, was in den Köpfen anderer Menschen vor sich geht. Er wird sich immer anders fühlen und auch anders verhalten.«

Ohne es zu wollen hatte Niklas Marie mit jedem seiner Worte und Erklärungen weiter und weiter auf einen Abgrund zugestoßen, den sie nun, zum ersten Mal in ihrem Leben, ohne Beschönigung, ohne Hoffnung und Ausflucht wie einen alles verschlingenden Krater vor sich sah.

»Immer anders«, stieß sie tonlos hervor. »Nie normal?«

Ihr ungläubiger Blick schnitt Niklas ins Herz. Doch er hielt ihm stand. Der Arzt in ihm wusste, dass in solchen Fällen nur die Wahrheit helfen konnte, wie schmerzlich sie für die Eltern auch sein mochte. Nur auf der Grundlage einer klaren Diagnose war es möglich, weiterführende Schritte für die Patienten zu entwickeln.

Niklas schüttelte den Kopf. »Nein«, sagte er schließlich. »Nicht so, wie wir es uns wünschen.«

Maries Augen verdunkelten sich. Das war es also. Aus und vorbei. Mit einem Schlag hatte sich in ihrem Inneren eine Wüste aufgetan, in der es nichts mehr zu hoffen, nichts mehr zu empfinden, nichts mehr zu kämpfen gab. Sie fühlte sich leer, vollkommen leer.

Niklas sprach einfach weiter, erfüllt von seiner Diagnose, seiner neu gewonnen ärztlichen Klarheit.

»Felix braucht Regeln«, sagte er, »feste Rituale. Und am besten ist es, wenn er diese Rituale für sich selbst entwickelt und versteht. Er liebt stereotype, wiederkehrende Bewegungen. Sein Vogelspiel etwa, auch wiederkehrende Rhythmen, mechanische Abläufe. Ich könnte mir vorstellen, dass ihm das Schutz bietet, ihn abschirmt gegen die Unzulänglichkeiten menschlicher Gefühle.«

Niklas sah Marie bei diesen Worten an, suchte das Einverständnis in ihrem Blick und bemerkte zu spät, welche tiefe Verzweiflung er bei ihr ausgelöst hatte.

Sie war nicht länger fähig, seinen Blick aufzunehmen. Die Taubheit, die Marie erfasst und überflutet hatte, ließ sie ins Leere starren.

»Liebe und Wut, Glück und Trauer anderer Menschen kann Felix nicht verstehen«, fuhr Niklas behutsam fort.

»Da muss er ja furchtbar einsam sein«, stieß sie fassungslos hervor. Niklas nestelte nervös in seiner Jackentasche und zog eine Zigarette aus der fast leeren Packung.

»Felix ist das besondere Geschenk einer außergewöhnlichen mathematischen Begabung zuteilgeworden«, sagte er mit belegter Stimme. »Da hat er Glück. Wenn wir ihn richtig fördern, dann könnte ihm seine Intelligenz helfen, sich all das zu erschließen, was ihm Gefühle nicht zeigen können.«

Marie biss sich auf die Lippen. »Wie soll das denn gehen?«, fragte sie resigniert. »Wo gibt es denn so eine Förderung?«

Niklas hob die Hände. »Das ist das Problem«, gestand er. »Wir stehen erst am Anfang. Wir müssten länderübergreifend forschen.«

»Also, können wir ihm hier nicht helfen«, warf Marie bitter ein. »Er wird nicht gesund.«

Paul, der seine Blicke mehrfach zwischen seiner Frau und dem Arzt hatte hin- und herwandern lassen, hielt das Ganze nun nicht mehr aus. »Was heißt das denn jetzt?«, rief er wieder. »Was heißt das denn für unseren Jungen?«

Niklas seufzte und zog tief an seiner Zigarette. »Felix ist außergewöhnlich begabt. Er lebt in einem eigenen abstrakten Universum, das sich aus Zahlen und Tönen zusammensetzt. Ein kalter Himmel sozusagen. Eigentlich getrennte Sinne wie Sehen und Hören verbinden sich in seiner Welt. Das nennt man Synästhesie, das ist sehr ungewöhnlich. Aber Felix ist eben auch ein Mensch mit einem autistischen Krankheitsbild. Der noch lange einer psychiatrischen Behandlung bedarf, einer speziellen Schule, die seine sozialen und emotionalen Fähigkeiten fördert.«

Für einen schmerzhaften Moment war es nun ganz still geworden.

»Also wird er nie geheilt«, flüsterte Marie.

Ihre Trauer berührte Niklas tief. Für einen Moment hielt er inne, rang sich dann aber doch zu einer ehrlichen Antwort durch.

»Nein, heilen können wir ihn nicht, Marie«, antwortete er schließlich. »Aber helfen.«

»Und wie lange stellen Sie sich eine solche Behandlung vor?«, fragte Paul tonlos.

»Vielleicht Jahre«, gab Niklas zu.

Marie sprang auf. Sprang einfach auf, ohne noch einmal den jungen Arzt oder ihren Mann anzusehen. Sie rannte los, riss die Tür zum Klinikflur auf und lief so schnell sie konnte, drängte sich in einen gerade abfahrenden Aufzug, der sich hinter ihr ruckartig schloss, und starrte in die Gesichter wildfremder Menschen. Die Tränen strömten ihr über die Wangen.

»Wir können viel für Felix erreichen, gemeinsam mit anderen Kollegen bereite ich eine Initiative vor ...«

Niklas' Worte überschlugen sich nun, aber niemand hörte ihm mehr zu. Mit steinernem Gesicht hatte Paul seine letzte Zigarette ausgedrückt und war seiner Frau hinterhergelaufen.

Professor Krenn legte Niklas anerkennend die Hand auf die Schulter.

»Eine beeindruckende Analyse, Dr. Cromer«, sagte er. »Aber für die Eltern ein schwerer Schlag.«

*

Draußen vor dem Eingang der Klinik, auf einem Wegstück zwischen Parkplatz und Bushaltestelle, fand Paul seine Frau schließlich wieder.

»Marie«, sagte er. »Jetzt warte doch mal.«

Aber Marie drehte sich nicht zu ihm um und wehrte ihn ab, als er sie zu sich heranziehen wollte. Wortlos starrte sie auf den grauen Asphalt. Und so stand er hinter ihr und rührte sich nicht, bis sie sich schließlich doch ganz langsam zu ihm umwandte.

»Ich bin so müde«, schluchzte sie auf, und jetzt sah er, dass ihr die Tränen aus den Augen schossen, so unerschöpflich, als ob sich eine bis dahin verborgene Quelle aufgetan hatte, die nun nie wieder versiegen würde. Noch nie hatte Paul seine Frau so weinen sehen.

»Marie«, sagt er mit spürbarer Erschütterung. »Wir werden schon einen Weg finden.«

»Wir?«, stieß sie verzweifelt hervor.

Ihre Frage traf ihn wie ein Schlag. Vorsichtig nahm er ihre rechte Hand. Dann führte er ihre blassen, zit-

ternden Finger behutsam an seinen Mund und küsste sie.

»Wir«, sagte er beschwörend. »Du und ich, Marie. Du
und ich.«

*

»Ich habe gehört, dass Sie am Samstag auf dem Ärzte-
tag hier in Berlin einen Vortrag halten«, sagte Professor
Krenn zu Niklas, als er sich in dessen Besprechungszimmer seinen Mantel anzog. »Ich finde Veränderungen
wichtig. In allen öffentlichen Einrichtungen. Und was
ich gesehen habe, wie Sie mit dem Jungen gearbeitet haben, das halte ich für den richtigen Ansatz. Alles Gute.«
Er warf dem jungen Arzt einen letzten aufmunternden Blick zu, dann verließ auch er den Raum. Niklas war
nun mit Felix allein. Er lief zu dem Jungen in das an-
grenzende Behandlungszimmer und ließ sich dort in einen Sessel fallen. Erschöpft starrte Niklas auf die Tafel,
die Felix während seiner Ausführungen im angrenzen-
den Behandlungszimmer erneut mit Zahlen beschrieben hatte. Dieser Junge hatte sein Leben verändert und
seiner Arbeit als junger Mediziner die Richtung gewie-
sen. Die Analyse dieses Kindes hatte ihn zu einer Haltung herausgefordert, für die er ohne die Begegnung mit
Felix vielleicht noch Jahre gebraucht hätte. Er wusste es
nicht nur, er fühlte es auch. Er hatte allen Grund, diesem Jungen dankbar zu sein. Ihm – und seiner Mutter.

»Ich würde gerne meinen Sohn abholen.«

Niklas hatte Paul nicht kommen hören, der nun Felix'
und Maries Jacken einsammelte.

Auf Niklas' fragenden Blick hin sagte Paul: »Sie wartet unten im Wagen.«

Niklas nickte.

*

Es war Anfang April, als Paul zwei Tage später Maries
Gepäck im Kofferraum seines Wagens verstaute. Nur
Felix' Tasche fehlte noch. Auf dem Bürgersteig in der
Schlüterstraße umarmten sich Alex und Marie lange,
während Felix mit weit schwingenden Armen auf den
Randsteinen balancierte.

»Fünf, sieben, neun«, begann er mit seinem Rechen-
spiel und entfernte sich murmelnd von den beiden Frau-
en.

»Und ihr kommt mich sicher wieder besuchen?«, fragte Alex.

»Ganz sicher«, antwortete Marie.

Für die letzte Reisetasche lief Paul noch einmal in das
Haus, stieg die Stufen hoch zur Etage der Wohngemeinschaft, die er vor einigen Tagen mit so viel Skepsis
und Angst betreten hatte.

»Berlin war besonders für mich«, sagte Marie unten
auf der Straße leise zu Alex. »Hast du was von Niklas
gehört?«

»Heute ist ja sein großer Tag«, antwortete Alex lächelnd. »Der Kongress. Für Niklas steht heute eine Menge auf dem Spiel.«

»Ihr habt wohl schon länger darüber gesprochen?«, fragte Marie.

Alex nickte. »Wir haben ihm die Faltblätter gedruckt.«

Ein graues VW-Cabrio bog in die Straße ein und parkte vor dem Haus gegenüber.

»Wenn man vom Teufel spricht«, murmelte Alex und grinste. »Ich geh noch mal hoch«, sagte sie rasch und ließ Marie allein.

Niklas war mit wenigen Schritten bei ihr. Er trug einen schwarzen Rollkragenpullover und einen schmalen dunklen Mantel. Marie wurde bewusst, dass sie ihn bisher fast nur in seinem weißen Kittel gesehen hatte – mit Ausnahme jener Nacht. Blass sah er aus. Zergrübelt.

»Wollt ihr wirklich schon fahren?«, fragte er unumwunden.

Marie nickte gefasst. »Ich habe noch zwei Kinder«, antwortete sie. »Und es ist höchste Zeit.« Für einen letzten Moment verweilten ihre Augen ineinander.

»Ich werde mich damit abfinden müssen, dass Felix immer anders ist.«

Niklas nickte. »Marie, ich bin hier in Berlin in Kontakt mit zwei jungen Ärzten. Das sind aufgeschlossene Kinderpsychiater. Wir haben gestern noch über die Gründung einer Privatschule für Kinder mit Entwicklungsstörungen gesprochen. Ein Kollege will eine Sektion für Hochbegabte in Nürnberg gründen.«

Marie schluckte und kämpfte darum, die Tränen zurückzuhalten.

»Das ist doch ganz in eurer Nähe.« Niklas nahm ihre Hände und drückte sie fest. »Marie, es ist alles in Bewegung.«

*

In Maries Zimmer schnappte Paul gerade Felix' Reisetasche, als sein Blick auf die Fensterbank fiel, wo noch das Säckchen mit den Murmeln lag, das Niklas seinem Patienten vor langer Zeit mitgegeben hatte. Er trat ans Fenster und sah seine Frau mit dem Arzt in vertraulichem Gespräch beisammenstehen. Paul zog eine Zigarette aus der Hosentasche und zündete sie an. Er hatte es plötzlich überhaupt nicht mehr eilig, nach unten zu kommen. Und wenn alles zu spät ist?, dachte er beklommen. Wenn es einfach vorbei ist?

*

»Du musst unbedingt Dr. Thomas Hofer am Nürnberger Klinikum anrufen. Felix sollte dort auf diese Schule gehen.«

Marie nickte. »Und du?«, fragte sie traurig. »Was wird aus dir?«

Niklas rang mit sich. »Ich weiß es nicht«, stieß er hervor. »Aber ich werde heute auf dem Ärztekongress über Reformen in der Psychiatrie sprechen. Dabei werde ich mir sicherlich nicht nur Freunde machen. Aber es muss sich was ändern. Und der Kampf hat gerade erst begonnen. Felix wird für all die Kinder ein Beispiel sein, die nicht so eine Löwin zur Mutter haben.«

Ein letztes Mal griff Marie nach seiner Hand. »Mach es gut, Niklas! Und zeig es ihnen!«

*

Endlose Steinreihen hatte Felix bereits abgezählt, als Marie ihn endlich zu sich rief.

»Komm, Felix! Es wird Zeit.«

»Fünftausendneunhundertsiebenundsiebzig Steine sind es von dahin bis hierher«, sagte er.

»Das werde ich nie nachzählen können«, murmelte Marie zärtlich und ging vor Felix in die Knie, um ihm den offenen Mantel für die Fahrt zuzuknöpfen. »Aber wenn du das sagst, mein Sohn, dann wird das stimmen.«

*

Ein sonniger Vorfrühlingstag war es, als Marie, Paul und Felix die lange Strecke Richtung Hollertau zurückfuhren. Obwohl Felix schon kurz nach Berlin auf der Rückbank eingeschlafen war, sprachen sie lange kein Wort. Das Autoradio spielte Schlagermusik, und jeder hing seinen Gedanken nach. Keine Silbe hatte Paul über seine Beobachtung am Fenster gesagt, aber Marie spürte auch so, dass es in ihrem Mann arbeitete.

»Bist du sicher, dass du wieder zurückwillst?«, brach es kurz vor Nürnberg dann doch aus ihm hervor.

Marie dachte nach. »Zurück will ich nicht«, sagte sie schließlich. »Aber neu anfangen. Das schon.«

In diesem Moment unterbrachen die Vieruhrnachrichten die Musik.

*»Auf dem diesjährigen Kongress der Deutschen Ärztekammer kam es nach dem Vortrag eines Psychiaters zu Tumulten unter den Gästen. Studenten stürmten den Saal und verteilten Flugblätter, auf denen sie darauf hinwiesen, dass es endlich bessere Therapieformen nicht nur in der Psychiatrie geben muss. Zahlreiche Ärzte verließen erbost über die Aktion den Saal. Andere spendeten enthusiastisch Beifall. Es zeichnet sich eine unwiderrufliche Kehrtwende im Gesundheitswesen ab.«*

Als Paul zu seiner Frau hinübersah, lag ein stilles Lächeln auf ihren Lippen.

*

Marie hatte keine Ahnung, wie sie nach ihrer langen Abwesenheit all das empfinden würde, was so lange fraglos ihr Zuhause gewesen war. Vor allem dem Wiedersehen mit Elisabeth sah sie mit einiger Beklemmung entgegen. Zu schweigen und wegzuschauen wie früher, nur um des lieben Friedens willen, das würde ihr kaum noch gelingen. Zu viel war in den vergangenen Wochen passiert. Die alte Marie gab es nicht mehr. Sie war über sich selbst hinausgewachsen. Vielleicht muss man dafür einmal wirklich allein gewesen sein, dachte sie.

Die an manchen Tagen schon kräftig scheinende Aprilsonne hatte von dem Schnee auf den Feldern nichts mehr übriggelassen, nur in schattigen Winkeln lugte zwischen manchen Gehöften ein einsamer Schneerest hervor. Marie fühlte sich daran erinnert, wie alles begonnen hatte. Ein grauer Novembertag und eine große Stille, dachte sie. So hatte es angefangen.

*

Elisabeth räumte gerade die frischgespülten Teller des Mittagessens in den Küchenschrank zurück, als sie den Ford Taunus von der Landstraße aus auf den ungepflasterten Weg zum Hof abbiegen sah.

Lena und Max hatten ihre Köpfe tief über ihre Hausaufgabenhefte gebeugt und stöhnten in regelmäßigen Abständen vor sich hin.

»Was glaubt ihr, wer jetzt kommt?«, fragte Elisabeth und machte die Schranktür hinter sich zu.

»Die Mama?«, fragte Lena ungläubig.

Elisabeth nickte. Sie lächelte.

Lena und Max stießen ihre Stühle fast gleichzeitig um und rannten hinaus. Sie liefen um die Wette, jeder wollte der Erste sein. Xaver, der still in einer Küchenecke gesessen hatte, reichte seiner Frau die Hand. Gemeinsam stellten sie die umgefallenen Stühle wieder auf.

Marie hielt ihre beiden Großen fest umschlungen. Felix, der sich im Angesicht dieses Trubels unbemerkt aus dem Auto schleichen wollte, wurde von Xaver gepackt und geherzt. Dann ließ er den Jungen los und sah ihm lächelnd nach, wie er neugierig über den Hof lief und alles inspizierte.

»Mama«, fragte Max später neugierig, als alle längst bei einem heißen Kaffee im Wohnzimmer saßen, und frischgebackenen Streuselkuchen von den guten Tellern aßen, die sie sonst nur an hohen Festtagen benutzten. »Ist Berlin eigentlich größer als die ganze Hollertau?«

»Na ja, irgendwie schon«, sagte Marie. »Ich habe mich oft verlaufen.«

Paul sah sie nachdenklich an. In diesem Moment schob ihr Max ein Schulheft vor die Nase.

»Donnerwetter«, sagte sie.

»Eine Eins, mit nur einem Fehler«, kommentierte ihr Ältester stolz.

Paul räusperte sich. »Komm«, sagte er. »Jetzt lassen wir die Mama ihren Kaffee trinken.«

»Ist schon gut«, beschwichtigte ihn Marie und führte die heiße Tasse vorsichtig zum Mund.

Ihr Blick traf sich mit dem Elisabeths. Für einen langen Moment sahen sich die beiden Frauen an.

»Ich glaube, ich habe einen Fehler gemacht«, sagte Elisabeth plötzlich.

Marie und Paul trauten ihren Ohren nicht.

»Mit dir«, sagte Elisabeth leise. »Mit dem Buben.«

Marie wusste nicht, was sie antworten sollte.

»Ich habe nachgedacht«, fuhr Elisabeth mit einem Seufzer fort.

»Wir haben alle Fehler gemacht«, sprang Xaver ihr bei. Er stand auf und öffnete die Tür des Wohnzimmerschrankes. »Da«, sagte er und reichte Paul ein Schriftstück. »Schau her.«

Paul traute seinen Augen nicht, als er die getippten Zeilen überflog. »Den Weiherner Acker als Schenkung«, sagte er tonlos. »Das kann ich nicht annehmen.«

Marie sah sprachlos von einem zum anderen.

»Ungewöhnliche Umstände erfordern ungewöhnliche Maßnahmen«, sagte Xaver entschieden.

Paul schluckte. »Vater, ich habe alles geregelt«, erwiderte er und suchte Xavers Blick. »Der Sepp hat die Maschine abgeholt, und jetzt kann ich den Kredit zurückzahlen. Auch die Rechnungen vom Felix.«

Xaver lächelte, er und Elisabeth warfen sich einen liebevollen Blick zu. Einen solchen Blick hatte Marie noch nie zwischen ihren Schwiegereltern gesehen, und auch

Paul musste viele Jahre in seiner Erinnerung zurückgehen, um sich an ein solches Einverständnis zu erinnern.

»Du hast alles geregelt«, sagte Xaver gelassen. »Ich weiß.«

*

Paul glaubte zu träumen. Schwungvoll wie ein junger Mann war Xaver nach draußen geeilt, und wie in Trance war Paul ihm nachgelaufen. Sein Vater schob das Scheunentor auf, und da stand sie. Im glitzernden Licht des sonnigen Nachmittags stand die Hopfenmaschine, die Paul so heiß ersehnt und so bitter verloren hatte.

»Du führst jetzt den Hof«, sagte Xaver. »So, wie du es für richtig hältst.«

Die Männer sahen sich an. Xaver klopfte seinem Sohn auf die Schulter, dann ließ er ihn allein. Das tote Holz der Scheunenwände schimmerte silbrig in den tiefliegenden Strahlen, und Paul musste die Augen zukneifen, so sehr blendete ihn das Licht.

*

»So«, sagte Marie etwa eine halbe Stunde später. Sie kniete vor ihrem Sohn, rückte ihm die blaue Mütze zurecht und schloss die Knöpfe seines Mantels. Wie immer band sie einen Doppelknoten in seine Schnürsenkel – doch diesmal hatte Felix nicht gezappelt, sondern die Prozedur ruhig über sich ergehen lassen. »Jetzt kannst du wieder rausgehen.«

Erst jetzt bemerkte sie, dass er seine Augen ganz ruhig auf sie gerichtet hielt. »Aber gib Obacht«, sagte sie noch leise, als sie plötzlich seine kleine Hand an ihrer Wange fühlte. Marie rührte sich nicht.

Später dann, als Felix schon draußen war und sie die Treppe hoch in sein Kinderzimmer stieg, um seine Reisetasche auszuräumen, versuchte sie, sich diesen Moment wieder und wieder vor Augen zu führen. Sie wusste, dass sie diese Berührung in ihrem ganzen Leben nicht vergessen würde.

*

Da lief Felix schon. Die Abendsonne glänzte rötlich auf den noch leeren Hopfenstangen, an den Zweigen zeigten sich die noch fest verschlossenen Knospen im dunkelnden Licht. Vom Fenster seines Zimmers aus sah Marie, wie sich Felix auf dem Feld entfernte. Sie ahnte den seltsam wiegenden Rhythmus seiner Bewegung und glaubte zu beobachten, wie er seine Arme dabei immer wieder schwingen ließ und auf den Ballen seiner Füße im Laufen hoch- und niederwippte. Diese Bewegung würde sie nie bei einem anderen Menschen sehen. Eine Bewegung, die sie eigentlich an keinen Menschen, sondern an einen Vogel erinnerte. Es war die Bewegung ihres Sohnes.